公元787年,唐封疆大吏马总集诸子精华,编著成《意林》一书6卷,流传至今
意林: 始于公元787年,距今1200余年

轻小说 青春最美,梦想出发
中国式优质轻小说第一品牌

指尖花凉
忆成殇 II

梅吉/著
MEI JI WORKS

吉林摄影出版社
·长春·

意林轻小说 出品

图书在版编目（CIP）数据

指尖花凉忆成殇. Ⅱ / 梅吉著. -- 长春：吉林摄影出版社, 2016.6
（意林轻文库. 恋之水晶系列020）

ISBN 978-7-5498-2634-6

Ⅰ.①指… Ⅱ.①梅… Ⅲ.①长篇小说－中国－当代Ⅳ.①I247.5

中国版本图书馆CIP数据核字(2016)第126645号

指尖花凉忆成殇 Ⅱ
Zhijian Hualiang Yi Cheng Shang Ⅱ

著　　者	梅　吉
出 版 人	孙洪军
总 策 划	安　雅　张　星
责任编辑	施　岚　胡晓路
图书统筹	蓝曦悦
特约编辑	丁　旭
绘　　图	wallce三本王
书籍装帧	胡静梅
美术编辑	王　春
开　　本	700mm×1000mm　　1/16
字　　数	250千字
印　　张	13
版　　次	2016年6月第1版
印　　次	2016年6月第1次印刷
出　　版	吉林摄影出版社
发　　行	吉林摄影出版社
地　　址	长春市泰来街1825号
	邮编：130062
电　　话	总编办：0431-86012616
	发行科：0431-86012602
网　　址	www.jlsycbs.net
经　　销	全国各地新华书店
印　　刷	河北鹏润印刷有限公司
书　　号	ISBN 978-7-5498-2634-6　　定价：22.00元

版权所有　侵权必究

如发现印装质量问题，请与印务部联系，联系电话：010-51908584

Contents 目录

第 1 章	坠入深渊	001
第 2 章	嗨，好久不见	017
第 3 章	朗费罗桥惊魂夜	041
第 4 章	盛大的浪漫	063
第 5 章	飞来的礼物	087
第 6 章	重归故土	105
第 7 章	生死一线	135
第 8 章	原来就是他	159
第 9 章	不说再见	181
后　记		197

Zhijian　Hualiang　Yi　Cheng　Shang II

Zhijian Hualiang Yi Cheng Shang II

第 1 章
坠入深渊

雪很小，落在地上只薄薄的一层，行人踩过之后变得泥泞不堪，很多的脚印，一步一步延伸到巷子深处——那是苏瑾所熟悉的槐树街。一切都还是当年的模样，逼仄，破旧，杂乱无章。

耳边充斥着各种声音：震耳的音响，小贩的叫卖，路人的喧嚣。天空变得阴沉，风起云涌，预示着一场暴雨即将到来。

苏瑾看到了年少时的自己。是十六岁吧，那个单薄的身影，低垂着眉眼，穿一件肥大的校服，走在傍晚的雪地里，有些瑟缩。

前面的区域被黄色的警戒线围住，原本狭窄的道路被围得水泄不通，血突然从四面八方涌出来，像泉眼，汩汩地。她听见母亲惊恐地大叫："梁玮，梁玮！"然后有无数双手推搡着她，捶打着她，让她一直一直跪倒在梁玮的面前。

一阵剧烈的疼痛使得苏瑾骤然清醒。

睁开眼睛的时候，她一时不知身在何处，迷糊间抹了一把脸，冰凉的，全是泪。

又做噩梦了。

记忆纷至沓来。

她想起槐树街，米粉店，阁楼，学校；想起母亲、继父……还有那个单纯的少年。他瘦，高，眉毛修长，薄薄的单眼皮，总带着一丝慵懒。

他就坐在书店二楼的围栏那里，晃荡着双脚，他的身边开满星星点点的小黄花，飘着淡淡的暖香，是素馨。

她记得很多事，那些酸楚冰冷的记忆，因为这个少年，才暖了起来。

在以为弟弟梁宏丢了的那个晚上，她绝望地走着，是他一直陪着她；在被母亲误会挨打的时候，是他挡在了前面；在梁玮出事后，是他对她说，我带你走；也是他，因为她一个电话连夜赶到北京；还是他，带着她回家，照顾生病的母亲……他为她做了很多事，跑到米粉店帮忙，在她的抽屉里放糖，买走她手工的编织包，抢过她的桶装水咬牙扛上楼……

她的少女时代，已经永远地远去了，可是那些记忆却生根于心底。

苏瑾就躺在黑暗里，用了很长很长的时间来回忆过去。她没有察觉到，在想起那个少年的时候，她的唇边会有一抹笑容，那个冲动倔强的少年，那个顽劣活泼的少年，那个会耍赖耍横的少年，那个一直站在她身后的少年——她在思念他。

到波士顿已经一年了。这里的气候她依旧无法适应，春天的迷雾太大，夏天的空气太潮，秋天的飓风太烈，冬天的雨雪太多。原本她是一个适应性很强的人，但独在异乡的孤独和无助，还是在这样的时刻，被无限放大。

第1章 坠入深渊

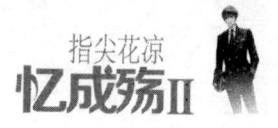

她听到门口有些动静,但脚步声只是迟疑地停驻了一下,就飘远了。

是冯岚。苏瑾的室友。

她们的导师都是麻省理工金融学院最知名的教授姜叶明。不同的是,冯岚比她早来美国五年,高中毕业就从中国香港来到美国,读了一年语言班,考入麻省理工大学,本科毕业后继续读硕士。两个人是因为姜叶明才认识的,也是因为他的推荐她们才做了室友,她们合租在一个套二的小公寓里。那栋公寓有五十多年的历史了,鹅黄色的外墙被涂得斑驳凌乱,门口的两盏铁皮绿漆街灯散发着幽幽的昏黄色光芒,住在这里的多是清贫的留学生,肤色、语种混杂,房间隔音效果也不好,只是房租低廉。

在这样的环境里,两个来自同一个国家的女孩本应该惺惺相惜,但实际上她们的交往并不多。看得出来,冯岚的家境也不优渥,吃穿用度全靠自己打拼,她除了上学,跟苏瑾一样,还做了几份兼职,忙得跟陀螺一样,休息时间上的不同,让她们很少碰面。即使碰面,也只是淡淡地点个头。

她们都是清冷孤傲的性子,相比苏瑾,冯岚更加锐利一些,她斜眼看人的时候,瞳孔里全是冰冷的光,很冷厉,一副难以相处的模样。

好在苏瑾并不在意这些,宿舍的卫生她做得多一些,房租水电她先支付,门窗家电的维修她来过问,她默默地经营着她们之间若有若无的关系。她不会主动,更不会热络。她们的两个房间,就像是两个城堡,隔了老远的距离。

昨天警察来送传票的时候,是冯岚开的门。她看着苏瑾不知所措地接过传票,没有询问抑或是安慰——她们之间冷淡得连虚与委蛇都省掉了。

那张传票是MK公司起诉她商业泄密的,在开庭前她不能离境,还要随时接受警察的传唤——没有想到,她十年苦读终于走到今天,却有这样的一场官司等待着她。

她查过了,如果罪名成立,她要面临的是三年以上的监禁,刑满后恐怕就要被驱逐出境。她所有的努力,所有的期许,所有为了改变命运的隐忍,也许到头来只是一个飘起来的氢气球,本以为得到了自由可以飞得更高,结果飞得越高空气越稀薄,最后只能是粉身碎骨。

她的情绪已经快要崩溃。

苏瑾缓缓站起身,走到窗口撩起窗帘的一角向外望了一眼,炫目的白光刺进来,更

显得房间就像一个巨大的黑洞，无数的暗流像要把一切都卷进去。苏瑾的大脑有片刻的空白，她下意识地想要回到床上，蒙头再睡上一觉，即使依然是噩梦，至少能够让她见到故人。

原来她比想象中，更想念槐树街。

那个曾经奋不顾身要逃离的地方，竟然成为她向往的故乡。

只是，母亲已经不在了，梁玮也不在了，她跟继父少有联系，偶尔打电话，也都是简单的问候，沉默一下，就挂断。唯一让她担心的，是梁宏。年纪尚小，就失去至亲，这种痛楚她早已尝透，所以平日里她会买些小礼物邮寄回去，她从来是隐忍不擅长表达的性格，在别人看来是寡淡，但她心里是真的关心着这个弟弟的。

苏瑾到MK金融投资公司做实习生，是因为姜叶明的推荐。起初她并不是瑞奇的助理，只是做些端茶递水打杂的事务。一次会议，瑞奇的助理外出，瑞奇就吩咐苏瑾去打印些资料，她看到的是一家公司的财务报表，最近MK公司准备给这家公司做注资。为了拉升股价，金融投资公司会给一些纳斯达克上市公司注资再撤资，这是资本市场惯用的伎俩。苏瑾大略看了一遍，就发现这家公司的财务报表有问题。作为实习生她原本不够资格在会议上发言，但她的性格又不允许自己视而不见，在会议快结束的时候她站了起来。

所有人都诧异地看着她。

这个来自中国的女生，用铿锵有力的语调、简明扼要的语句说出了她所发现的问题："根据该公司之前的战略布局，他们在南非投资的石油矿产并没有任何收益，而这个项目却耗费了他们公司百分之三十以上的资金，这种盲目扩张很容易造成资金链断裂。"苏瑾停顿一下，环顾四方，"从财务上来看，他们的盈利也有问题，我认为他们的这份报表有虚假成分。"

这个投资项目的负责人是金发碧眼的美国本土男约翰，他在MK公司已经待了三年，战果辉煌。这次资本运作也只是公司的一个小项目而已，投入并不算太多。可是被当面质疑，还是一个实习生的质疑，这让他很愤怒。他跳起来，指着苏瑾，大声地嚷嚷："你以为你是谁？你应该去给每个人把咖啡加满，快点儿，滚出这间会议室！"

苏瑾云淡风轻地看着他，她的不动声色更是激怒了这个狂妄的美国人，他差点儿要动手推她出去，然后瑞奇淡淡地开口说："这个项目先暂停。"

果然，只是在一个月后，没有了MK公司的注资，那家公司宣布破产。

约翰跑到苏瑾面前，几乎是热泪盈眶地感激她，他说："Sophie（苏菲），你会成为

很厉害的操盘手,你挽救了我的一次错误!"

苏瑾倒觉得他的性格很直率,生气时的愤怒,高兴时的坦然,那种真切的作风,是她永远也学不来的。即使是少女时代,她也已经学会把自己变成蚌,将一切都藏在心里。

如果她早一点儿,再早一点儿告诉顾铮她的心情,他们之间会不会不同?

他会和她一起去北京吗?

她会为了他,留在国内吗?

他们之间错过了那么多的可能,唯有叹息在心中萦绕不散。

在等红绿灯的时候,在踏上台阶的时候,在进电梯的时候,在捧着一杯咖啡的时候……她总是会蓦然抬起头来,仿佛听见一个爽朗的声音在喊:"嗨,苏瑾,好久不见。"

好久不见,顾铮。

她没有与他联系,他也没有。她不知道他的近况,但想来应该是很好的。

不像她,即使拿到全额奖学金,即使来到她梦寐以求的学校,也还是陷入了命运的另一场旋涡。而这一次,身边没有了顾铮,她会不会万劫不复?

瑞奇把苏瑾调到他的专属助理室,和另外三个很有资历的同事一起处理瑞奇的很多事务。瑞奇是MK公司的职业经理人,带领着一支很精英的团队,在华尔街这个资本童话的世界,创造了很多话题。

苏瑾还不是MK公司正式的员工,她只是一周过来两天,瑞奇却越来越倚重她,在一些注资、撤资、融资等项目上,都要听听她的意见。

这次商业泄密事件是一个并购案。MK公司准备并购一家叫Atlas Venture的生物制剂公司,这是本年度MK公司的重点项目。集团领导非常重视,特意交给瑞奇他们团队,希望万无一失。媒体对这次并购也大肆报道,原本很顺利,但另外一家叫德丰杰的公司突然宣布加入并购竞争。在几番较量后,竟然是德丰杰公司以微弱的资金优势胜出。

MK公司领导大为震怒,据Atlas Venture公司内部人员传来的消息,两家公司报价如此接近,是因为MK公司内部有泄密的行为。

MK公司迅速做出回应,从内部开始调查相关人员。

那个早晨,当苏瑾来到MK准备上班的时候,发现她的座位已经被腾空了,就连她养的小盆栽也被一并带走了,然后商业罪案科的人带走了她。

她被扣押了72个小时。那段记忆她有些不真切,只是记得灯光很亮,她昏昏欲睡,但面前的人不断地和她说话——她的脑海里一直响彻着一个名字，顾铮，顾铮。

快要坚持不住了，身体和精神都前所未有地疲倦。

最后出现的人是林浩卿。

林浩卿支付了巨额的保释金，暂时保释出苏瑾。

回家以后，苏瑾就蒙头大睡。她困乏极了，即使她知道林浩卿也有无数的问题要问她，但她一个字也不想说，他爱怜地看了看她，抬手拍了拍她的肩膀，转身离开了。

晚一点儿的时候林浩卿带着很多食物又出现了，他敲了敲门，她没有开，他就放在了门口。

林浩卿在宾夕法尼亚州，他的课业也很重，只能暂时回去。

第1章 坠入深渊

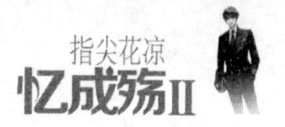

昏睡了两天后，苏瑾勉强打起精神来。

她不允许自己沉溺下去，还没有看到最后的结果，她依然要做那个坚韧的苏瑾。

林浩卿在她房间门口留了字条。

冰箱里塞满了食物，加热一下就可以食用。一切有我，别怕。

林浩卿

苏瑾的心暖了一下，就算是一块石头，也会被林浩卿焐热。

但感情和感激永远是两回事。

她能给林浩卿的，只能是歉意。

苏瑾吃了点儿东西，体力稍微恢复了一些。

波士顿的八月，雨水很多，整个房间都弥漫着潮湿闷热的气息。她开始收拾房间，然后打算去图书馆借一些商业泄密案的资料来看，她清楚地知道自己并没有做这样的事，这不是误会就是陷害。从警察的口中，她知道他们在她的电脑里查到了她和德丰杰公司某个高层的邮件，虽然那个邮件被故意删除，还用了很隐秘的代码，但这样故布疑阵，更显得欲盖弥彰。

她根本就不认识德丰杰公司的人，也没有发过这样一封邮件，但很奇怪，这份被删除的邮件明明就是从她电脑里发出去的，而从发送时间来看，她当时正坐在自己的座位上，也正在使用电脑——真的是太诡异了。

一切证据全部指向了她，非要置她于绝境。

在整理客厅的时候，冯岚的一本书从书架上掉了下来，里面摔出了一页折好的纸。苏瑾下意识地打开，看到了一封和她一模一样的推荐信，她好奇地拿起来，看到这份推荐信是推荐冯岚到MK公司实习的，日期还在她之前。她的思绪慢慢清醒一些，冯岚看起来比她还需要工作，她没有全额奖学金，而MK公司的实习生也是拿时薪，待遇不错，但她为什么没有去呢？

这让苏瑾隐约觉察到这其中似乎有什么内情。

正在愣神的时候，冯岚开门进来。她穿着件暗绿色的夹克，腰身的位置有铆钉束起来的褶皱，显得柳腰盈盈一握，一条黑色的灯笼裤，高帮的运动鞋，她个子很高，足足有一米七，这样简洁又时尚的打扮让她整个人看上去大气利落。冯岚的五官不算抢眼，椭圆形的脸蛋，单眼皮和有些丰厚的唇，是西方人所欣赏的那种女孩，看起来比苏瑾更精致。

不像苏瑾,除了在MK公司上班时会穿正装化淡妆,平日里都是素面朝天。

冯岚看到苏瑾,如往常那样交换一个眼神就打算回房间,但这一次苏瑾挡在了她的面前。

"你为什么没有去MK实习?"苏瑾盯着她的眼睛问道。

冯岚这才注意到苏瑾的手里有一封推荐信,她怔了一下。虽然她很快就稳住了心神,但一闪而过的慌乱还是让苏瑾捕捉到了。她更觉得,冯岚不去MK公司一定是有原因的。她没有去,所以自己去了。

冯岚转身去倒水,一边倒水,一边漫不经心地回答:"不为什么,和其他工作时间有冲突。"

苏瑾一时语塞,这个理由很成立。苏瑾找不到破绽。

是的,不能因为MK公司的时薪高,她就一定要去。

"你也别难过,如果能取得MK公司的谅解,也许法官会轻判。"冯岚淡淡地说。她把水杯放在唇边,并没有喝,又放下,看向窗外:"你只能怪自己太不小心了。"

"我没有!"苏瑾扬高声线。

"不用跟我说,我不是法官。"冯岚的唇边露出一抹讥诮的笑容,"资本市场和战场一样残酷,胜者为王,败者为寇。"

"冯岚,"苏瑾脱口而出,"你是不是知道些什么?"

"我?"冯岚脸上恢复冷漠神色,"不知道。就算知道,也无可奉告。"

苏瑾上前一把拽住她的手臂,第一次哀求她:"帮帮我,冯岚,如果你知道,请你告诉我!"

"我不能说!"冯岚避开她。

"你知道我面临的是什么吗?是驱逐出境!是监禁!冯岚,我的一生都毁了!"苏瑾面色灰白,声音发抖——原来她害怕极了。

那是一种世界末日般的绝望。

她从来都不允许自己走错一步,她从槐树街走到北京,从北京走到波士顿,她的理想,她的抱负,她想要改变命运的决心……天知道,她失去了多少,承受了多少,付出了多少,又忘却了多少。

"你弄疼我了!"冯岚用力扳开她的手。冯岚知道如果自己还待在这里,苏瑾会继续追问下去,她干脆大踏步朝门口走去。

苏瑾就像抓住最后的救命稻草,本能地追了上去:"冯岚,求你了!帮帮我!"

冯岚快速下楼,苏瑾伸手想要抓住她,却在须臾之间落空,身体朝前一倾,在冯岚

的尖叫声里，跌跌撞撞地摔下了楼梯。

苏——瑾——

在苏瑾失去意识之前，她仿佛听到了顾铮的呼喊。她想要回答，可所有的声音都被封住了，她眼前一黑，坠入了茫茫的深渊里。

苏瑾再一次醒来的时候，看到的是白色的天花板。有那么一瞬间她觉得自己躺在槐树街的阁楼里，只是意识很快被拉回来，她清楚地意识到发生了什么。

她挣扎着想坐起来，旁边一个四十来岁身材丰满的黑人女护士赶紧制止了她："别动！"

"我怎么了？"苏瑾轻声地问。她这才察觉到手臂上打着点滴。

"上帝保佑，还不错！来，我们互相介绍一下，Sally（莎莉），你呢，漂亮女孩？"她俯下身，用很慈祥的目光望着苏瑾。

"苏瑾。"

Sally面色一顿，像是自言自语："Oh my God（老天）！我得告诉Dave（戴夫），脑震荡也许引起你失忆了，这可太不幸了！"

"我没有！"苏瑾强调道，"我记得很清楚。"

"这是哪里？"

"波士顿。"

"你是谁？"

"苏瑾。"

"可这上面你的名字是Sophie。"

苏瑾苦笑一下，她都快忘记她来美国后给自己取的名字了，所有人都喊她Sophie，而苏瑾这个名字已经许久不曾被人提起。

"苏瑾是我的中文名。"

"你来自中国！那里有'北京欢迎你'！" Sally饶有兴致地说，"我和未婚夫的蜜月就决定去中国，Sophie，跟我讲讲你的中国！"

苏瑾尴尬地顿了顿："我什么时候能出院？"

"出院？NO（不），NO，NO！" Sally笑着摇头，"你得乖乖在床上躺着！你左踝骨骨折，Dave医生给你打了个完美的石膏。"

苏瑾动了动腿，一阵钻心的疼刺了上来。她不得不佩服美式的幽默，他们的乐观是一种全民的精神，就算她的腿没有了，他们也会找出一个笑点来。

她的心沉了沉，最糟糕的都已经发生了，还有什么可害怕的？躺不躺在床上又有什么区别呢？

反正她哪里都去不了。

冯岚不在这里，看来她是铁了心不会告诉她任何事了。

她侧了个身，艰涩地闭上了眼睛。

第 1 章 坠入深渊

4

三天后的黄昏,莫小晚出现在苏瑾的面前。

太阳已经快坠入地平线,天空却是一派淡蓝的颜色。在波士顿很难有这样晴朗的时刻,莫小晚的出现就像这晴天一样,让苏瑾的心里明亮了一些。

近几年,莫小晚越发美了,不再是少女时代青春逼人的感觉,而是一种清纯和成熟并存的女人味,有着小狐狸样尖俏的下巴,穿一条波希米亚风格的长裙,身材纤细妖娆。

每个人都有变化,反而衬托着苏瑾的一成不变。

怎么看都是一副学生的模样,扎着低低的马尾,连刘海儿都省去了。

"你怎么来了?"苏瑾诧异地问。但事实上,苏瑾心里真的很感激她的出现,所有的不如意,都催生出眼里星星点点的泪水,再硬朗的心,也会脆弱。

"在伦敦看个画展,顺道过来看你。"莫小晚把手里的一束花放到她床头。

"伦敦到这里是八个小时的飞机,怎么会顺道?"苏瑾看着她,"不过,你能来,真好。"

"既然希望我来,为什么不给我打电话?"莫小晚故意板起面孔,凶巴巴地说,"要不是你电话打不通,我打到赵坤那里,还不知道你出了这么大的事。"

赵坤和苏瑾都在波士顿留学,两个人在同乡会上相识,后来苏瑾也介绍了她和莫小晚认识,看来,苏瑾的案子和她现在的处境早已传开了。

"林浩卿那个家伙不是阴魂不散地跟着你吗?怎么这个时候不在?"莫小晚义愤填膺地说。

"是他保释我出来的。"

"那你住院呢?"

"我没告诉他!"

莫小晚拿手指戳了戳苏瑾那个"完美"的石膏,随口道:"唉,你说你和顾铮都没戏了,为什么不试着接受林浩卿?你难道看不出他也挺有市场?"

顾铮。

苏瑾在心里默默地念了一遍他的名字。

每一次,每一次,每当有人提起他的名字时,她的心都会这样被轻轻地撞击一下。

看到她沉默不语,莫小晚继续说下去:"要我说林浩卿哪里比不上顾铮?学历,家世,人品,长相……而且他对你这么长情,都五年了,五年他都在你身边一直等着你,难道就不能试着接受他?要我说,有他照顾你……"

"小晚。"苏瑾出声打断她。

这样的话题她不止一次地提过,林浩卿真的没有什么不好,可是,他偏偏不是她喜欢的那个人。

命运让她先遇到了顾铮,他们所经历的那些,不仅仅是青春年少的故事,而且是一生的刻骨铭心。在旁人看来,那些喜欢也许只是情窦初开,但对于苏瑾来说,却是难以释怀的情感。

"好啦好啦,我不说了!"莫小晚撇撇嘴,"就知道你死心眼!"

"我现在还顾得上这些吗?"苏瑾苦笑了一下。

莫小晚怔了怔,她捧住苏瑾的手紧紧地握住,笃定地对着她说:"我一定会找最好最好的律师为你辩护,一定不会让你有事!"

谢谢。苏瑾在心里轻声对她说。

5

莫小晚从著名的汉考克大厦出来的时候，还在愤愤不平地碎碎念："什么嘛！为什么要做有罪辩护？苏瑾做错什么了？美国不是自由国度吗？怎么还有冤假错案？我就不信了，在这里白的还能说成黑的！"她愤怒地朝路边花坛踢了一脚，抬手指着直耸云霄的高楼，狠狠地咒骂了一句："一群美帝国主义的臭洋鬼子！"

她今天已经拜访了好几家律师事务所了，找的都是朋友介绍的所谓波士顿最著名的律师。但他们在听到是MK公司与员工的纠纷时，给出的建议都是苏瑾认罪，他们请求法官轻判，最好的结果就是苏瑾被驱逐出境。

别说苏瑾不同意，莫小晚也不会同意。

被驱逐出境，那她的学业呢？她的前途呢？她这一生都将背负"间谍"这样的耻辱。

但是，那些律师也说得很直白，MK公司实力雄厚，属于全球五百强之一，他们没有十足的把握是不会起诉一个员工的，何况还只是一个无足轻重的实习生。看得出来，他们失去对Atlas Venture公司的并购不仅仅是一次资本运作的失败，而且他们惊恐于对员工的管理失控。他们不允许再有这样的事件发生，所以一定要追究到底，用中国话来说，这是杀一儆百。

莫小晚坐在花坛边打电话，她要发动所有的人脉，找到最好的律师，帮苏瑾打赢这场官司。

一个一个电话打下去，她却越来越沮丧。

"中国人？"不知什么时候从旁边冒出来一个男人，他在八月闷热的波士顿穿西装打领带，头发梳得锃亮，手里抱着一个公文包，满脸堆笑地望着莫小晚。

莫小晚给了他一个白眼，当作是无聊的搭讪者，背过身去。

男人不死心地追问："阿拉上海宁，侬呢？"（我是上海人，你呢？）

"走开！"莫小晚低喝道。

"别误会，我只是听到你说在找律师，我是。"他赶紧递过一张名片。

莫小晚半信半疑地接过去。名片上面是中英文介绍，写的是"艾金·岗波律师事务所合伙人Frieda（弗里达）"，中文名是"陈白"，烫金的名片背后还有一长串的介绍，毕业于牛津大学法律专业云云。

莫小晚再认真看了看他，三十多岁的年纪，白净秀气的模样，一双略微狭长的单凤眼，有点儿韩剧男主角的感觉。笑起来的时候，唇角上扬，很阳光。

看到她打量自己，陈白开始滔滔不绝："知道艾金·岗波律师事务所吗？这可是波士顿十大律师事务所之一，喏，你刚从这栋楼下来吧，我们律师事务所就在102层。是这样的，你可别介意，我刚刚听你打电话是遇到官司了。我这个人最大的优点就是乐于助人，何况咱们都是中国人！打官司这种事你知道最重要的是什么吗？对，最重要的是律师！一定要选对律师！其实你说的这个官司很简单，只要我们找到真相就能洗清你朋友的嫌疑了。美国法律跟中国一样，谁申诉谁举证，MK公司看上去证据确凿，但每一条都可以被推翻。只要我们找到漏洞就可以做无罪辩护……"

……

陈白哇啦哇啦地跟莫小晚讲了足足半个小时，他口若悬河，侃侃而谈，莫小晚已经听得有些晕头转向，觉得他说的也有几分道理。也许因为是同胞，她对他更多了几分信任，也许是因为在几次碰壁后她也有些着急，又或者她骨子里坚信着苏瑾没有做过这件事，案件就不会那么复杂……

听到最后，她频频点头，然后决定跟着陈白去他的办公室看看。

看上去是间不错的律师事务所。陈白也有独立的办公间，墙壁上有一些锦旗。她早已从他的名片里看出，他行事作风就是一个张扬浮夸的人。

莫小晚还是决定谨慎一些，她在收到他的合同后说："我再考虑一下。"

"这种民事纠纷案一个月之内就会开庭，如果你不尽早找好律师做完全准备——"陈白摸着下巴故意没有往下说。

"我再想想！"莫小晚心里盘算，还有几个律师先去了解一下，不能被这个人忽悠。

陈白有些急，几乎是咬牙切齿地说："看在都是中国人的分儿上，律师费我给你打八折。"

"不是……"

"五折！"陈白举着五根手指头，"不能再少了！我纯粹就是帮忙了！"

"律师费还可以打折？"莫小晚盯着他。

"这不就是中国国情嘛！"陈白以为她还要讨价还价，"这样吧，你说多少？"

"不用。如果你打赢了官司，我会付你双倍费用。"

陈白的脸一阵通红，他有种说不清的羞愧，但很快这种感觉被他抹杀了。他知道，如果他不极力促成代理这个案件，他就会从这家律师事务所滚蛋。他已经有七个月没有接到任何官司了，之前所有代理的案件都以败诉告终，就算是一个简单的离婚官司，他也能打得灰头土脸。这间律师事务所也不是什么波士顿十大律师事务所，而他也只是在

牛津大学进修过一段时间罢了，在国内混得不如意考了托福出国，但国外也一样，不是满地金子任他捡，上司会苛责你，同事会排挤你——原来生活在哪里，都不易。

莫小晚对他们这一行并不熟悉，也没有真正去了解过这家公司的实力和他的背景。

陈白一再地忽悠，完全不拿案件最后结果当回事，他想要的，只是接下这个案子，拿到代理费，这样还可以暂时在这里混一段时间。

无罪辩护？怎么可能赢？

"我们的目标是一致的，我一定不会看着我的同胞蒙冤入狱！"陈白信誓旦旦，"现在中国留学生在这里其实是弱势群体，我们需要团结起来。"

"你才二十七岁！"莫小晚在看了他的律师资格证后诧异地说。他看上去真是老成，比实际年龄至少大了五岁。

陈白打开文件夹，他说太多话了，有些口干舌燥，看到莫小晚认真的表情，又有些心虚："这样吧，你再考虑下，我还有别的案子要接，如果忙不过来，到时候只能交给别人了。"

"那……签吧。"莫小晚头脑一热，索性就答应了下来。

后来在知道陈白的真实情况后，她悔得肠子都要青了。她不明白自己当时怎么就被陈白说动了，也许是因为他的手指——他有着修长的手指，指尖饱满圆润，让她想起了唐柠。

Zhijian Hualiang Yi
Cheng Shang II

第 *2* 章
嗨，好久不见

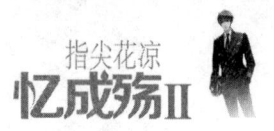

三万英尺的高空,云层就在面前。

层层叠叠,像是一片茂密的白色森林生长在蓝色的土壤里,煞是好看。

"顾铮,顾铮,"同事许霖连声喊他,见没有反应,干脆抬手在他眼前晃了一下,"在想什么呢?这么专注。"

顾铮拍开他的手,身子更侧一些,拿整个后背对着他。

"喂!这么漫长的飞行,好歹你也跟我说几句话,一直发呆,不无聊吗?"

许霖双手去拉他,顾铮只好无奈地转过面孔:"想聊什么?"

"刚才我去机舱,小裴,就是C组的小裴问我你有没有女朋友。"许霖啧啧道,"你说你怎么这么招桃花?"

顾铮再一次别转面孔,对他的话题毫无兴趣。

"要我说不就是女朋友嘛,又不是结婚,你干吗搞得那么严肃认真!"许霖聒噪地继续往下说,"这就像吃冰淇淋,那么多种口味,你每一种都试试才知道自己最喜欢吃哪种!"

"抹茶。"顾铮回答。

"什么?"

"我只喜欢吃抹茶口味的冰淇淋。"

许霖"扑哧"一声笑了,一手攀在他的肩上:"顾铮,你说你是不是不喜欢女孩?我这种怎样?要不——"

顾铮嫌恶地打开他的手,骂道:"一边去。"

"真搞不懂你!那么多漂亮女孩追你,你却一个也看不上。"

"跟你说了,你也不懂。"顾铮讥诮地扫他一眼。像许霖这种挥一挥衣袖就带走一片姑娘的情场浪子,他才不屑于跟他讲什么是感情。

虽然两个人总是斗嘴,但许霖和顾铮是同一批次招进这家国际航空公司的飞行员,两个人的关系也颇深。别看许霖一副轻佻浪荡的样子,对人却是仗义耿直的。他们通过航空公司试训后,成为搭档一同飞行。这一次他们作为公司重点的栽培对象前往美国纽约参加"空中急救"的培训。

顾铮军校毕业后并没有留在部队,虽然因他优良的成绩早已有空军部队看上他,但他选择了去考航空公司。父母并没有反对,这让他有些意外。也许在他们看来,他能够有今天的成绩,已经大大超出他们的预期。他一直感激自己在一个民主的家庭中长大，一直觉得父母对他宽容善待，只是在苏瑾这件事上，他不明白母亲为什么这么坚决反对。

选择去航空公司而不是去部队，他自己心里明白，他只是想离苏瑾近一点儿。

或者有那么一天，当苏瑾从波士顿返回中国的时候，会乘坐他开的飞机。

"到纽约你想去哪里？去百老汇看演出，还是去帝国大厦看夜景？"许霖还在絮絮叨叨，"我已经联系好租车公司了，准备租一辆车漫游……"

顾铮的思绪在他的话语声里渐渐飘远了。

他没有跟苏瑾联系，就算纽约离波士顿只有一个半小时的飞机航程。

这一年，她过得好吗？有时候他会在茫茫的网络中寻找她的消息，或者用谷歌街景地图看波士顿或者麻省理工大学，那么清晰的画面，那么近，又那么远的距离。苏瑾一直是那种淡漠的性格，她不会在校友录上留言，也不会在同学群里聊天，更不会在网络上书写日记。她的时间都用来学习、学习、学习。想起她的时候，他的胸腔会像灌入一杯温润的水，暖暖的，包裹住心脏。

他记得分开时她曾经说过的话，记得她说想要跟他在一起，不管是哪里。

那些话语仿若还在耳畔，让他微笑着却又要落泪。

如果他任性地由着自己的心呢？如果他说，好，苏瑾，留下来，或者去哪里，我都跟你在一起。他们之间会不会不同呢？范加林和凌子浩都说他傻得无药可救了，既然彼此喜欢，那就应该在一起，可是苏瑾一直那么努力，他不能阻挡她的脚步。

他只能努力地追，努力地跑，才能跟她并驾齐驱。

他不再是那个贪玩的少年，在大学里他所有的课程都是优，他选修其他专业课，还考了英语专业八级。也是因为这些成绩，他在进入航空公司后格外受重视，良好的身体素质和优秀的专业素养，加上他沉稳内敛的性格，从试飞到单独飞行，交出的都是完美答卷。

是苏瑾让他变成现在的模样，是她让他想要变得更好，更强。

而那个塑造他的女孩，她的身边是不是已经有别人了？

飞机缓缓降落在肯尼迪机场。他们一行原本就颜值颇高，如今又穿着制服，更是气宇轩昂惹人注目，几乎要引起一阵骚动。一些女孩更是夸张地大叫起来，像是遇见了某个明星。

许霖帅气地把行李箱转了个圈，然后冲着围观的女孩露出他招牌的微笑。他自然知道自己长得相当不错，也善于利用这一点来博得别人的好感，他几乎要大喊一声："美

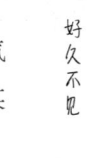

利坚合众国，I'm coming（我来了）！"

几个女孩推推搡搡地要上前，许霖挑了挑前额的发，低声说："真受不了，原来长得太帅也是一种负担。"

"别臭美了！"他旁边的同事尤玫白他一眼，"长了眼睛的都知道她们在看谁。"

果然，一个女孩在同伴的怂恿下红着脸站到顾铮的面前，询问能不能和他合影。

顾铮刚想拒绝，许霖就把手搭在他肩上，抢着回答："Of course!（当然）"

女孩兴奋地尖叫起来，招呼着同伴过来拍照。

顾铮用手肘朝许霖肚子上不动声色地撞了一下，许霖为了保持帅气，生生挤出一个艰涩的微笑，他压低声音凑到顾铮耳边道："拜托，配合下，让我也享受一下明星待遇。"

站在一旁的裴芸芸有些幽怨地看着顾铮，这次知道顾铮要来纽约集训，她好不容易才争取到这个名额，以为有机会和顾铮的关系近一些，但他对于她几次借故攀谈都表现得十分冷淡。她一直都是高傲的漂亮女孩，追求她的人非富即贵，可她却对顾铮心生好感。他身上有一种无形的气场，淡然洒脱，英气逼人。

他那种不以为意的帅，才是真正的帅。

不像许霖，虽然长得也帅，但这种好看只是给人一种花瓶的感觉，没有内涵，也没有深度。

"许霖，别闹了！"眼看着要求合影的女孩越来越多，顾铮皱着眉说。

"这是我的名片！"一个身材火辣的美国女孩，干脆直接把联系方式塞到顾铮手里，"随时可以联系我！"

顾铮礼貌地微微一笑，走出人群。

"这就是美国作风！"许霖啧啧不已，"主动，积极！我喜欢！"

许霖抢过顾铮手里的名片："给你是种浪费，反正你也不会联系。"

顾铮走出机场，看着蔚蓝的天空，深深地吸了一口气，在心里默默地说：苏瑾，我来了。

2

在美国的集训为期三个月，周末他们会有自己的时间。许霖已经安排了一堆节目，他知道顾铮对他的活动一向不感兴趣，所以也不勉强他。

"那你周末打算怎么过？"许霖对着镜子一边喷古龙水，一边问。

"去波士顿。"顾铮想也没想就回答。

"波士顿？"许霖有些意外。

"去看一个朋友。"

许霖古怪地瞟了他一眼："女孩？"

顾铮沉默。

许霖怔了一下，然后惊喜地跳起来："我要跟你去波士顿，我要去看看能让你主动的女孩！"

顾铮有些无语。他对苏瑾只是"主动"吗？如果他告诉许霖他曾经为她做的那些事，会不会让他觉得不认识自己了呢？他不是刻意地要对别的女生冷淡疏远，也不是故作清高自傲，而是在他心里早已装不下别人，只有苏瑾，能让他有怦然心动的感觉。

最深切的喜欢，就是一场赴汤蹈火在所不惜的付出，给了就是给了，再也拿不回来。

即使已经在谷歌街景地图上看过无数次麻省理工大学，但真正走进这里，依然让顾铮心悸。

各种情绪在他心里辗转，爱恋，思念，隐忍，痛楚……欲罢不能。

已经走到这里了，那个喜欢的女孩近在咫尺，可他依然在矛盾迟疑。

这里真的很美，不仅仅是景色，连空气都因为"她"的存在而变得香甜怡人。微风掠过，路边的树叶轻轻地抖动，就像一支思念曲。淡淡的惆怅，弥漫在波士顿的空气中。

顾铮边走边想，这条路苏瑾走过吗？还有那长椅……他一直记得槐树街的巷子，记得那个单薄的少女孤独的身影，她不是那种明艳的女孩，却自有一种清丽的气质。即使她穿最朴素的衣服，不施粉黛，在他眼里，都美不胜收。

一个卷发的异国女孩在广场上学骑单车，她的身边围着一群鸽子。当她的自行车歪

歪斜斜不受控制地朝前滑行时，鸽子们仍旧是一副"懒得理你"的悠闲状，女孩怕撞到鸽子，不停尖叫着让它们走开，场面滑稽搞笑。

坐在长椅上的顾铮也注意到了，他不由得笑了。

他想起苏瑾坐在他单车后的情景了——是不是当你在想念一个人的时候，一些不经意的场景会让你拐了无数个弯都要想起她来。

女孩立刻捕捉到了他的笑意，瞪了他一眼，径直推着单车走过来，气势汹汹地用英语问："你和鸽子是一伙的吗？"

顾铮有些歉意："我并没有嘲笑你的意思。"

"那你教我骑单车！"女孩不容置疑地说。

顾铮看着她飞扬的眉毛，淡淡地笑了："我不会。"

女孩噘了噘嘴："你是从哪里来的？日本？"

"中国。"顾铮抬手看了看腕表，想结束这场对话。

"留学生吗？"女孩自动忽略他的表情。

"不是。"

"旅游？那我做向导吧？我对这里熟得一塌糊涂。对了，我叫珍妮，来自俄罗斯。"珍妮落落大方地自我介绍，她不像俄罗斯女孩那样有高大的骨架、丰腴的身材，倒很像中国南方的女孩，有着娇小玲珑的五官，唇红齿白。

"我得走了。"顾铮站起来。

"我认识很多中国人，他们可不像你这样没礼貌。"被拒绝的珍妮有些不开心，然后冲着另一边喊着，"约翰，瞧，这里有和你一样的人。"

顾铮被她的措词弄得哑然失笑，回头看了一眼就明白了，她说的"一样"是他们都是中国人。

名叫"约翰"的男生也向顾铮望过来，两个人相视一笑，礼貌地点点头。

珍妮拉着约翰走向顾铮："他看上去有些不开心。"

虽然顾铮并没有问她为什么这么说，但珍妮还是自顾自地回答："你一直坐在那里，我骑了半天了你才注意到我。"

顾铮笑道："难怪你学不会单车，眼睛应该看前面。"

约翰用中文和顾铮交谈："她八成是喜欢你了，要我帮你问电话吗？"

"不用。"顾铮简单回答，下意识地问，"你也是这里的学生吗？"

"找人？"约翰笑了，"是中国人？这所学校的中国人不少，但你说一下名字，也许我认识。"

顾铮思忖一下:"不用了。"

约翰不明就里地望着他:"难道你来这里不是为了找'她'?"

珍妮在一边看他们用中文交流,开始抗议。

顾铮和他们道别。他来到这里,不是为了打扰苏瑾,但天知道他真的很想见到她,就在这样云淡风轻的日子,他走到她的面前,即使什么也不说,心里已经满足。

原来他比自己想象中还要贪心,不断地隐忍,不断地克制,却又按捺不住想破坏自己定下的规矩。

约翰已经走了老远了,顾铮突然间折身,朝他追了上去。

"苏瑾。"他有些气喘地拍拍约翰的肩膀,急切地问,"你认识苏瑾吗?苏州的苏,怀瑾握瑜的那个瑾。"

"哪个jin?"约翰没有听过这句。"怀瑾握瑜"是屈原在《九章》里的一句,这样生僻的知识约翰自然不知。

"周瑜字公瑾,那个瑾。"顾铮换了个说法。

"苏瑾。"约翰恍然大悟,想了想,"我知道她。"

"她好吗?"顾铮的声音微微颤抖。

"因为都是中国人,所以她的案子我们也挺关注……"

"案子?"顾铮下意识打断他,"不,不是的。我说的不是那个苏瑾。是一个女孩,她来这里念金融硕士。"

"这就对了!"约翰看着他,"她的英文名字是苏菲。"

顾铮在听完约翰简单的叙述后愣了很久,心就像撞在荆棘上,几乎穿透后背般地疼。他一直以为苏瑾在这里平静地念书学习,但原来她遇到了这样大一个麻烦。她怎么可能是那个泄密者?她那种执拗认真的性格,你就是告诉她,地上有金子,她也不会去捡。

敲苏瑾家门的时候,顾铮的心跳跟门铃声一样,"咚咚咚"地作响。其实拿到她的地址很简单,他给范加林打了一个电话,范加林又给莫小晚打了一个电话,那串地址就发到了他手机上,信息里还有范加林的一句话:铮子,苏瑾需要你。

顾铮紧紧地握着手机,他越走越快,越走越急,几乎是跑了起来。

有些事一旦下定决心,就会变得更加急切。

门打开,冯岚狐疑地看着顾铮。

"请问苏瑾住这里吗?"顾铮的声音透着紧张。

冯岚点点头。她看着面前英气逼人的顾铮,心里有些酸涩。为什么来找苏瑾的都

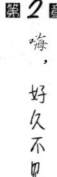

第2章 嗨,好久不见

是这样出众的男生？之前林浩卿摆明了一副痴情不悔的模样，可苏瑾却是安之若素的态度。她嫉妒苏瑾，甚至讨厌她，所以，即使她知道一部分内情也不愿意告诉她。

"她在吗？"顾铮问。

"不在。"冯岚没来由地有些生气，干脆"砰"的一声利落地关了门。

顾铮怔了怔。

苏瑾虽然看着冷淡，但待人接物都很柔顺，并不会主动与人交恶，而面前这个女生这么不好相处的模样，这让顾铮越发心疼独自在异乡生活的苏瑾。

查尔斯河就在面前，顾铮走到河边，选了一个可以看到马路两边的位置，等待苏瑾回来。他的心情就像第一次给苏瑾送创可贴时一样，又忐忑，又期待。

河边有一场音乐会，街头艺人们拉着提琴，拨着吉他，演奏着一首很轻快的歌曲，顾铮听了一下他们所唱的歌词，却是一个"悲伤的故事"。

The day you went away（你离开的那天），

Been crying since the day（从那天起我一直在哭泣），

Cause I've been missing you so much I have to say（我不得不说我是多么想念你）.

欢快的曲调，悲伤的歌词，透着一种说不出的苍凉。

而弹奏的人脸上却是真切的愉悦，他们拉过路人一起旋转舞蹈，随后加入的人越来越多，俨然成了一场小型的舞会，不同的肤色，不同的年纪，还有白发苍苍的老人。在这一刻，快乐是他们共同的语言，只用跟着节拍跳跃，挥舞双手，尽情享受。

顾铮看到苏瑾的时候，她正拄着拐杖一瘸一拐地从熙熙攘攘的街口走来。

所有的声音都像退潮一样，轻缓柔曼地退了下去。

她依然是他记忆里的模样，素色的衬衫，长到脚踝的棉裙，一头乌黑的长发呈流线状披散在肩上，美得有些炫目。她渐渐走近，顾铮就像被定住了一样，根本发不出声音，只是将目光变成透明的松脂，想要把她紧紧地包裹起来。

八月的阳光，耀眼夺目，顾铮几乎落下泪来。

她越发近了，黑山白水一样的眼睛，清淡朴素的面容，恬静坚韧的气质。

一个急匆匆的行人抢道而行，几乎撞倒她，顾铮下意识地喊了一声："小心。"

苏瑾抬头望过来，微微张开嘴露出难以置信的表情。

有那么片刻，他们谁都没有动。就站在街的两边，站在这异乡陌生的街头。

查尔斯河边那场音乐会换了曲子。

Turning all my thoughts to you（我所有的思绪都飞到了你那里），

Trapped to die and never scream（我努力压抑内心对你的呐喊），

And now，I'm in love（我坠入爱河），

You took my heart away（你带走了我的心）.

如泣如诉的女声萦绕在他们中间，和着他们胶着在一起的目光。

嗨，好久不见。

时光在不停地退。

那个阵雨过后的下午，他推开书店的门，一眼就望见捧着书本的她。

那个心不在焉的清晨，他一抬头就看见摔倒在台阶上的她。

那个闷热的夏季，他站在路口等着从米粉店里出来的她，他以为她会说些感谢的话，但她说，你以后别来了。

那个让他胆战心惊的日子，她从昏迷中醒来，他用男子汉的稚气信誓旦旦地说，你可以永远住在我家。

那个下雪的冬日，当他被梁玮的铁棍打得痛彻心扉时，她说，以后我的事不要你管。

那个梁玮出车祸离世的日子，他说，我们去哪里都可以，但她说，我们哪里也去不了。

……

她拒绝他帮助时的倔强，给他补课时的严厉，一起摆地摊时的愉悦，还有去归元寺祈福时的温顺，遇到抢劫给他打电话时的虚弱……

那么多那么多的苏瑾，深深地、深深地，刻在顾铮的心上。

他的青春在一场奋不顾身的爱恋里，成就了现在的模样。

苏瑾的心同样在波涛汹涌。

她没有想到会在这里遇到顾铮。然而，这个时候他的出现却一点儿也不让苏瑾意外，就像以前的每一次，当她的人生出现困顿时，他总是第一个出现在她的身边。

她没有多少惊讶，只是满心的欢喜。

顾铮比去年看上去更加挺拔了，不再是以前那个莽撞的少年模样，透着稳重和成熟。

她朝前走了一步，而顾铮已经快速穿过街道，几乎是一路跑到了她的面前。

顾铮那么自然地拿过她的拐杖，弯下身就背起了她。

苏瑾伏在他的背上,他的体温和薄荷的清新味道让她清楚地知道这不是一场梦,是顾铮,是顾铮真实地来到了她的身边。

"怎么这么不小心?"他又心疼又嗔怪。

"刚刚去医院做过检查,Dave医生说恢复得不错,但石膏还不能拆。"苏瑾的声音很愉悦,"每次去医院Sally都缠着我问关于中国的事……Sally是医院的女护士,她对中国特别感兴趣,我跟她讲那些胡同、巷子,她竟然迫不及待地想要去。可是她不知道,以前的我最想离开的就是那条巷子。"

顾铮微微地笑了。

"离开国内才一年,却感觉已经很久了。这里要吃到正宗的中餐可真难,就算自己买菜回来,可做出来的味道总是不一样。"苏瑾也意识到自己有些语无伦次,可她根本不去在意,她有很多很多的话要告诉顾铮,千头万绪,都化成星星点点的泪。

3

这是顾铮第一次进到苏瑾的房间,几平方米的房间里除了一张单人床,满满当当的都是书。她依然是那个爱看书的女孩。

"我妈的旧书店可以找你加盟了。"顾铮一边笑,一边扶她坐到房间里唯一的椅子上,又拿了靠垫垫在她的脚下,让她更舒适一些。

外面的门被关上,是冯岚出去的声音。苏瑾出院以后,冯岚一直避着她,而苏瑾也没有再去追问,莫小晚给她介绍了律师后也回伦敦去了,那边有一些事务需要她处理。走的时候她很不放心,说要给林浩卿打电话,被苏瑾阻止了。她除了行动不便,生活还能自理,再说林浩卿在这里她反而觉得不自在。

"她……"顾铮示意了一下外面。

"冯岚。"苏瑾介绍道,"我和她跟一个教授。"

顾铮想说不如我替你另外找一个住处,这里太逼仄,室友太过冷漠,他不放心。可是他又了解她倔强的性格,这样贸然提出只会被拒绝。

"苏瑾……"顾铮柔声地问,"你还好吗?"

苏瑾没有正面回答,垂了垂眼:"最近我总是想起槐树街来,想起在旧书店看书的那些日子……你说人是不是一旦怀旧心就开始变老了?"

顾铮抬手敲敲她的头:"我认识的苏瑾可不会这么伤感。"

苏瑾笑了:"以前的我是怎样的?"

"是只会说'别管我''离我远点儿''走开'……"他在心里默默地补充一句,就算从未表白,却已经被你拒绝了一千次一万次。

"顾铮,你怎么会……"苏瑾的问题还没有问出口,外面的门就被敲得山响了。

苏瑾心里顿了一下,这个时间会是警察来吗?被林浩卿保释后的这段日子,她需要随时接受警察的问询,而警察也来过几次了,问她一些新的问题。

"我去开吧。"顾铮起身。

"顾铮——"她的声音微颤。

"什么?"

"我害怕。"说出这句话她的心如释重负。她在他面前早已没有设防,他见过她最狼狈、最困顿的时候,而她现在最需要的,是他在身边。

顾铮望着她柔柔地笑了:"会没事的。"他自然知道她在怕什么,可就算豁出一切

他也要保她平安无事。

　　来人并不是警察，竟然是于蓓蓓。

　　于蓓蓓穿着一件别致的暗绿色连衣裙，纤细的高跟凉鞋，鞋带繁复地缠绕在脚踝处。她的身边是两个硕大的行李箱，一见到顾铮就张开双臂，跳起来大喊一声："Surprise（惊喜）！"

　　顾铮错愕得来不及做出反应，于蓓蓓已经一步挤开他，走进房间，还不忘对他说："我行李！"

　　苏瑾别转面孔的时候，看到的是笑容可掬的于蓓蓓。

　　苏瑾自然记得她。

　　那个顾铮受伤时在医院里照顾他的女孩——那么他们现在在一起吧？

　　于蓓蓓一看就是那种甜美开朗的女孩，桃子形脸，大大的眼睛，俏皮小巧的鼻头，刷着果冻色的唇彩，头发蓬松卷曲，浑身环佩叮当，很可爱。

　　"你好，上一次见面没有正式介绍，我是于蓓蓓。是顾铮的……女朋友。"于蓓蓓巧笑倩兮，热情地跟苏瑾抱了抱。

　　"别乱说！"顾铮急切地解释，"苏瑾，不是这样的！"

　　于蓓蓓嘟嘟嘴："好吧，是准女朋友！"她又嘟囔了一句，"反正你早晚是我的人！"

　　顾铮又气又急，把于蓓蓓往外面推："哪里来的回哪里去！"

　　"我护照丢了！"于蓓蓓耍赖地抓住门框，可怜兮兮地说，"真的，我刚刚下飞机的时候把护照扔进了查尔斯河，现在应该尸骨无存……苏瑾，你收留我吧！"

　　顾铮一阵头大，他自然知道这种蠢事于蓓蓓做得出来。她就是那种脑袋里少根筋的女孩，做任何事盲目冲动不计后果。也许是因为她自小生活的环境——温室里的花朵才会有这样的"单纯"。

　　"顾铮。"苏瑾心里有些酸涩，面上却淡淡地说，"没有护照，她连酒店都住不了。"

　　于蓓蓓眨巴着眼睛点点头："所以我只有暂时住在这里了。"

　　"不行。"顾铮想也没想地拒绝。

　　"我这里……"苏瑾也有些为难，"太小了。"

　　"不介意不介意！"于蓓蓓连声说，"我真的不介意。"在知道顾铮来纽约后，她第一时间就订了来纽约的机票，可是许霖告诉她，顾铮来波士顿了。波士顿有谁，她自然知道。于是她又跟来来到波士顿，在路上她给凌子浩打了电话，让他查苏瑾的地址。

平日里她没少贿赂凌子浩，糖衣炮弹多了，他也会给她提供一些顾铮的"动向"。原本今天问他要苏瑾的地址，他死活不肯帮忙，要不是她用向他女朋友检举他曾偷见网友的事威胁，他还是一副宁死不从的模样。

拿到苏瑾的地址，于蓓蓓就放心了。

只要盯着苏瑾，就一定会看到顾铮。

"别闹了！"顾铮皱眉，"我会给你订酒店的，明天你就去大使馆补签证。"

"苏瑾，你受伤了？"于蓓蓓兴奋地看着苏瑾的石膏，"那正好，我可以在这里照顾你！顾铮是男生，照顾你多不方便，就让我来做吧！"

说完，她已经自来熟地跑到外面，准备给苏瑾倒水。

顾铮无奈地揉揉太阳穴，歉疚地对苏瑾说："这个麻烦我会带走。"

"我倒觉得她性格很好！"苏瑾笑了笑，"这么活泼可爱的女孩，相处起来会很轻松。"

"苏瑾——"顾铮欲言又止。

于蓓蓓还在外面不停地大呼小叫："我来烧热水！但水壶呢？杯子呢？喝咖啡还是茶……"

"我去看看吧！"顾铮的太阳穴突突直跳，他真的拿于蓓蓓没有办法。就算他一直拒绝她，她却有着铜墙铁壁般的厚脸皮，就算前一秒哭得稀里哗啦，后一秒又笑着来找他。

他拿她当可爱的妹妹，却不知如何让她死心。

顾铮走进厨房，找到水壶烧热水，又打开冰箱看里面有些什么食材。小小的冰箱摆放了一些蔬菜，可是顾铮并不太会做饭。以前在家母亲不会让他进厨房，上大学和工作时吃饭都是在食堂解决，现在他很想变成苏瑾的"田螺姑娘"，可现实就是——他这也不会，那也不会。

"打电话叫外卖吧！"于蓓蓓看着冰箱里的食物，失望地说。

"于、蓓、蓓！"顾铮一字一顿地问，"能、消、失、吗？"

"要不去外面吃吧！波士顿的美食应该不少。"于蓓蓓自顾自地说，"先让我来上网搜下。"

那天晚上,于蓓蓓并没有真的留下来和苏瑾住在一起,当她在角落里看到一只蟑螂的时候,立刻决定还是去住酒店,但就住苏瑾家附近的酒店。

而顾铮那天晚上去见了陈白。他在波士顿只有两天的时间,关于苏瑾的案子他想尽快和她的律师沟通一下,他要知道,她的胜算到底有多少。

莫小晚把律师代理协议签了后,让陈白和苏瑾见过一面,之后陈白就再没有露过面。

顾铮坐出租车前往汉考克大厦,靠着椅背他静静地望向车窗外繁华的波士顿。高耸入云的楼房大厦,巨型的电子屏幕,游移的汽车前灯……所有的城市在夜色里都如此相似,可这却不是他们所熟悉的槐树街,他们也不再是青涩稚嫩的模样。

在见到陈白之前,顾铮在网上搜索了一些他的资料,只是越看表情越凝重。

关于陈白的一些背景资料他大概清楚,而他打过的官司,竟然都只是一些很小的案子,胜诉的案例他没有看到,而商业罪案这一块他更是从未涉及。

敲开陈白的办公室门时,他正埋头整理一堆卷宗,抬头看了看顾铮,淡淡地说:"坐。"陈白已经拿到代理书和部分预付款。对于苏瑾的案子他并没有打算耗费太多时间,从表面来看苏瑾泄密是证据确凿,只是在量刑上他会请求法官轻判。

他还是有些于心不忍,一个年轻有前途的女孩,在异国他乡遭遇这样的挫折,她的一生可以说就此毁掉了,但他又有什么办法呢?他只是一个屡战屡败的拙劣律师,怪只能怪,她的运气实在不好。

陈白没有和苏瑾过多接触,因为这会加深他的罪恶感。

所以在接到顾铮约见的电话时,他有些不知如何应付。

他干脆在办公桌上摆满卷宗,装作很忙碌的样子,希望能够很快地打发这个不速之客。

顾铮让他把和苏瑾案件有关的资料都拿给他看,陈白有些迟疑:"我只对当事人负责。"

"我是当事人的男朋友。"顾铮镇定自若地说,"我有权知道你工作的进展。"

陈白意味深长地看了他一眼,心里有些赞许,这两个人真的很般配,不仅仅是外貌,还有他们的个性,苏瑾待人接物疏离淡漠,而他却有那种"罩得住"她的气场。

陈白把资料交给顾铮,顾铮一边看一边提问:"这个并购案是在苏瑾进入MK公司之前还是之后开始的？苏瑾办公室的另外两名员工有没有可能动苏瑾的电脑？那封邮件的接收者是在什么时间打开这份邮件的？还有……"

顾铮没有等到回答，不由得抬头看陈白："怎么？这些问题你一个也不知道？"

陈白感觉到房间有些闷，顾铮几乎是咄咄逼人："MK公司项目资金的申报流程是怎样的？最终知道具体数额的会有哪些人？苏瑾在MK公司的人际关系如何？"

"这些我都在调查中。"陈白给出了一个模棱两可的回答。顾铮的提问很专业，他当然知道这些问题一旦深入调查也可能会查到些什么。

但搜集人证物证是需要时间的，苏瑾的案子还有半个月就要开庭，他没有那么多的精力去调查取证，何况到最后根本就是徒劳的挣扎。

"你没打算赢吗？"顾铮盯着他，怒火渐旺。

"你怎么说话的？"陈白面色不悦。

"是因为你从来没有赢过，所以这一次也没有打算要赢？"顾铮怒目而视，"你知道这个案子关系着一个女孩的未来吗？你这样轻率，这样不负责任，你会害了她！"

"我现在不想跟你辩论！"陈白有些心虚，指了指门口，"作为律师，我当然会为当事人争取最大权益，但一个案子讲的是证据，证据！你有本事就去把那些证据推翻掉！"

"我当然会！"顾铮压不住心头怒火，他上前一步，越过办公桌一把揪住陈白的领带结，"我警告你，如果你敢敷衍了事，我一定不会放过你！"

"你这是在恐吓威胁！"陈白强词夺理，"我可是律师！"

顾铮松开手，就势推了他一把，让他重重地摔回椅子上："你最好记得我的威胁！"

顾铮走出陈白的办公室，把他的资料发了一份给莫小晚，他真是要败给她了。她做事一向不靠谱，这么重要的事苏瑾怎么就交给她来办呢？她到底是脑子里进了多少水才找到这个胜绩为零的差劲律师？

第2章 嗨，好久不见

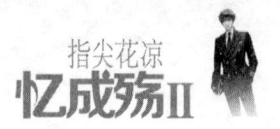

5

在顾铮为这个律师气急败坏的时候，林浩卿出现了，他还带了一个律师来。

他们都坐在苏瑾家并不宽敞的客厅里，气氛有些古怪。因为苏瑾行动不便，她想要倒茶，另外两个大男生都赶着去抢茶杯，好像这样他们就能把对方变成客人。

结果是顾铮抢到了茶杯，林浩卿抢到了水壶。

"你坐吧，我来倒就好！"林浩卿笑意盈盈，他试图抢过杯子占据主动，而顾铮根本不给他，另一只手去抢水壶。

苏瑾有些无奈地看着他们抢水壶，干脆命令道："顾铮，你去抽屉里拿茶叶。"

"得令！"顾铮被苏瑾使唤，却露出得意扬扬的笑容。

"威廉叔叔不喝茶。"林浩卿趁着顾铮手松，一把抢过茶杯，"喝白开水最好，健康营养。"

苏瑾的手机响了，两个男人又不约而同地朝她卧室走去，被挤在门口谁也不让，面上保持着有风度的微笑，但手脚却在暗自使力。

"你们都给我坐下！"苏瑾没好气地说。

两个人这才对望一眼，乖乖地坐回到沙发上。

苏瑾起身，挂着拐杖想要回房间去拿手机，一个没站稳，在摔倒之前，两个人已经眼疾手快地上前扶住了她。

"小心！"他们的声音都透着浓浓的关切。

就连一旁的威廉都从这状况里看出了端倪，笑起来道："Jason（杰森）爸爸一直说他没有女朋友，原来是已经有了心上人。"

林浩卿脸微微一红："威廉叔叔，请您一定要为我心上人打赢官司。"

顾铮瞪他一眼。

"我没有打算换律师。"在知道林浩卿这次来是为了劝说自己换律师后，苏瑾拒绝了。

顾铮和林浩卿又一次不约而同地问："为什么？"

林浩卿急切地说："我这么晚来就是因为去找威廉叔叔了，他是我爸爸的好朋友，他打过的官司几乎都赢了。你应该先看看……"

林浩卿把一份资料递给苏瑾，上面是威廉的介绍。

"我知道。"苏瑾淡淡地笑了笑，"陈白和威廉叔叔比，是相差甚远。但我还是想试试。"

"你这是赌博,这太冒险了!"林浩卿竭力劝说,"苏瑾,你一定要相信我!有威廉叔叔帮你打这场官司,你一定会赢的。"

"我去见过陈白,真的就是一个水货律师!"顾铮没好气地说,"苏瑾,你就别固执了!"

"既然我已经有律师了,我应该相信他。"苏瑾已经知道陈白的背景了,莫小晚也打来电话说很懊恼签了那样的律师,可是她却觉得既然所有人都建议她做认罪辩护,那还不如赌一下,就做无罪辩护。

一直以来,她都有那种稍有疏忽便满盘皆输的忧心,她一直让自己要有不能输、不能错的金刚不坏之身,从事情发生时的迷惘无助到如今的淡定自若,她迅速地调整了自己的心态,她不能这么被轻易地打败,何况现在身边还有顾铮在。

"苏瑾——"林浩卿还想劝服她。

苏瑾却只是平静地望着他。

"好吧!"顾铮望着苏瑾,妥协地叹口气,"就按你说的办吧!"从来都这样,他被她的固执气得半死,却依旧赢不了她,只能退让。他从来都拿苏瑾没办法。

"林浩卿,威廉叔叔应该很忙,不如你们先去忙吧。"顾铮淡然地说。从昨天见到苏瑾,一直到现在,顾铮都没有和苏瑾好好地说话。昨晚有于蓓蓓打扰,今天又多了林浩卿。关于这个案子的详情,顾铮有很多话要问苏瑾。

"接下来我的时间都是用来帮苏瑾打赢官司!"林浩卿盯着顾铮,戏谑地笑,"你来这边是出差还是公干?应该很忙吧。"

"我有的是时间。"如果目光有电流,这两个人的眼神已经火花四溅,"刺刺"地冒着"杀气"。

这是苏瑾最需要帮助的时候,林浩卿自然不会袖手旁观。苏瑾来美国后,他以为她和顾铮之间已经结束了,他一有时间就来波士顿看望苏瑾,虽然每每她都是那种疏远礼貌的态度,也曾经直截了当地拒绝他。但是林浩卿就是不肯放弃,他觉得,精诚所至,金石为开,只要他一直坚持,苏瑾就会被打动。

"你对美国这边的情况也不熟悉。"林浩卿浅笑,"你放心,我会处理好的。"

"让你处理,万一再给苏瑾加一条行贿罪呢?"顾铮讥诮地说,"分析案情,搜集证据,这不是靠钱,而是靠这里!"顾铮点点自己的脑袋。

林浩卿大笑起来:"要说这里!"他也点点脑袋,意味深长地笑了笑,"苏瑾应该比你强。"

"喂！"顾铮几乎是咬牙切齿地低吼，"现在又不是在学校，比功课吗？"

"你们俩！"苏瑾皱皱眉，"能不能别吵了？"

"是他！"两个人再一次不约而同地回答，相视一眼后，冷哼一声别转面孔。

苏瑾真是被他们打败了。

"我不跟你计较了！"林浩卿挑挑眉，"还是让我来分析一下……"

顾铮"嗤"一声打断他："你是第二个贝聿铭，又不是第二个福尔摩斯。"

"顾铮！"苏瑾瞪了他一眼，嗔怪地喊了他一声。

顾铮讪讪地噤声。但心里像被扔了个柠檬，酸酸的。他在嫉妒，嫉妒林浩卿离苏瑾这么近，大学四年他在她的身边，现在他也在。而他，却离苏瑾越来越远。他根本不知道，现在的他在苏瑾心里重要吗？他们只是拥有共同的青春记忆，而这些都已经成为过往。

他是那么害怕失去，才会在面对的时候裹足不前。

"你是说冯岚之前也被推荐进MK公司，但她没有去？"林浩卿在听完苏瑾介绍当时的情况后，沉吟地问。他和冯岚见面次数并不少，这一年来他每每来看苏瑾，总是会遇到冯岚，有时候苏瑾不在家，他就坐在客厅里等。在他看来，冯岚也是一个上进努力的女生，或者，她比苏瑾更有野心，像MK这样的大公司，她怎么会无缘无故地放弃呢？

苏瑾点点头："我问过她了，说是跟其他工作有冲突。"

"但这样好的机会……"林浩卿不相信。对于学金融的人来说，进MK公司应该是梦寐以求的，不仅专业对口，而且起点很高。又有怎样的工作，会因为时间冲突就能让她放弃MK这样的公司？这太不合情理了。

"冯岚就算知道实情，也不会站出来。"顾铮虽然只见过冯岚一次，但她那不友好的态度已经表明她的立场。

苏瑾垂了垂眼。

"我来跟冯岚谈谈。"林浩卿虽然跟冯岚见面多，但交往并不深。他拿不定她的态度，但他会尽力一试。

三个人正在讨论的时候，于蓓蓓提着大包小包到了。

"快点儿来帮忙！"于蓓蓓大呼小叫，"为了证明我能够照顾苏瑾，今天我来下厨。"

林浩卿对于蓓蓓的到来有些讶异："你是……"

"顾铮的女朋友！"于蓓蓓简单利落地回答。

"于蓓蓓！"顾铮火暴地撸了撸袖子，"你是不是觉得我不会动粗？"

于蓓蓓白他一眼，完全不把他的恐吓当回事："准女朋友，行了吧！"

林浩卿笑了起来，揶揄地看着顾铮："人家都追到这里来了，你就从了吧！"

于蓓蓓看到林浩卿站在自己这边，认真地看了看他："那你呢？你是谁？"

"苏瑾的——"林浩卿故意拖长声音，"朋友。"

"什么朋友？"于蓓蓓大大咧咧地问，"你在追苏瑾？"

顾铮把于蓓蓓往门外面推："我们在说正事，你别在这里捣乱。"

"我没有捣乱！"于蓓蓓大声抗议，"我可以做饭，打扫，收拾房间！我是来这里照顾苏瑾的！"

"你知不知道你很讨厌！"顾铮气急，有些口不择言，"别像个狗皮膏药一样！"

于蓓蓓大大的眼睛立刻就眼泪汪汪了，她无辜地看着顾铮："你能不能换个词，狗皮膏药太难听，用牛皮糖不好吗？毕竟是糖。"

林浩卿"噗"的一声将嘴里的茶喷了出去，他从来没有见过这样的女生，她的直率和坦诚都发自内心，一点儿也不会让人感觉矫揉造作。

"你们在商量事，那我去泡咖啡好不好？"这一次，于蓓蓓的目光是望着苏瑾。

苏瑾怔了一下，点点头。

于蓓蓓立刻双眼放光，打了个响指，跑向厨房，她的裙摆和她的人一样，有着朝阳般的欢腾。

苏瑾看着她的背影，有些失神。她的阳光和明媚，正衬得自己此刻狼狈不堪，她是那种在富足温暖的家庭里长大的女孩，自然不知道苏瑾心里有着怎样的沉重。

林浩卿敏锐地察觉到苏瑾的心情，他不经意地转回话题："有没有可能是有人在苏瑾的电脑上安装了病毒，这样他就可以同时操作电脑。"

顾铮点点头："很有可能。但这个人一定在事后把病毒清除了，我们很难证明这一点，不过这应该是关键，我来试试看能不能找到这个病毒留下的痕迹。"

"啪！"听到厨房里杯子落地的声音，顾铮面色一沉，难以消受地揉了揉额头。

"我去看看。"林浩卿笑着说。

林浩卿知道于蓓蓓的出现对苏瑾有一些冲击，他下意识地想要保护她的情绪，因为他知道，当顾铮走向于蓓蓓的时候，她的不动声色其实只是伪装。

厨房中，于蓓蓓正在手忙脚乱地收拾残局。

"别割了手，"林浩卿着急地喊，"我来。"

于蓓蓓没有反对，蹲在一边，看林浩卿细心地扫起那些碎片。

"你和苏瑾进展到哪一步了？"于蓓蓓偏着头，认真地问。

"好朋友。"

"只是这样?"

"只是这样。"

于蓓蓓难掩失望:"你就不能麻利地把她追到手吗?"

"那你怎么不能麻利地把顾铮追到手?"

"迟早!"于蓓蓓大言不惭,"反正我不会放弃。"

"有些事情不是你不放弃就会赢。"林浩卿笑了,"不过我还是祝你好运。"

"谢谢。"

"我还是忍不住要说,你这狂野的方式……顾铮也许接受不了……"

"那你觉得我应该暗恋,暗恋,再暗恋吗?等他察觉到我的感情再被他拒绝?爱若有口无心,是可耻的。爱若有心无口,是可悲的。我才不要做一个悲情的角色。"

林浩卿想了想,觉得她说得在理。顾铮和苏瑾,原本互相喜欢,可他们却顾虑重重,这是不是很可悲呢?

6

　　林浩卿在冯岚工作的茶餐厅等着她。她穿着荷叶边的围裙，头发绾起来，倒比平日里显得亲切一些。他看着她利落地点单下单，如果客人多问几句，她就皱皱眉头，显得有些不耐烦。林浩卿心里暗笑，如果他是茶餐厅的老板，一定不请这样的服务员。

　　冯岚除了上课的时间还做着三份工作，一份茶餐厅服务员，一份中文家教，还有在波士顿著名的景点公园街的教堂做中文导游。平日里她还做一些翻译的工作，生活对她来说就像一个陀螺，需要连轴转。虽然辛苦，但她已经习惯。到波士顿五年，她早已不是那个会想家想到哭的小女生。

　　她看着落地玻璃窗前的林浩卿，有种微妙的甜蜜感。

　　夏日的傍晚，烈日熔金。那些光落下来，流淌在他颈上，手臂上，有层炫目的光芒。

　　她知道林浩卿喜欢的人是谁，可她偏偏就喜欢了他。

　　是在他固执地坐在她们的客厅等待的时候，是在他往她们的冰箱里放水果、牛奶的时候，是在他认真地帮她们修坏掉的瓦斯炉时……他总是风尘仆仆地赶来，有时候只是因为波士顿恶劣的暴风天气，他怕她们的窗户坏掉——见一个人可以用任何小得不能再小的借口。

　　她不明白苏瑾为什么不接受他，这样温柔的男子，任谁都会动心。所以，她动心了。明知道他为"她们"做的事不过是因为"她"而捎带上"她"，但冯岚还是一脚陷了进去。

　　冯岚也是个骄傲的女孩，就算在心里喜欢得天崩地裂，面上却是冷若冰霜。

　　不然又怎样？

　　明知道对方喜欢别人，她去表白岂不是自取其辱？

　　所以她从未打算要让林浩卿或者苏瑾知道。

　　冯岚跟领班请了个假，提前一个小时下班。

　　她怕林浩卿没有足够的耐心等下去。

　　"是因为苏瑾的事来找我？"冯岚站到林浩卿的面前，单刀直入地问。

　　"去外面谈吧。"这里毕竟是冯岚工作的地方，林浩卿不想在这里和她起冲突。

　　冯岚迟疑了一下，朝外面走去，一直走到查尔斯河边才停了下来。

这里是个散步的好地方，波光粼粼的水面，微凉的风，还有成双成对的情侣。她这才意识到，自己把他带到这里来，是因为她幻想过这样的场景。

"你喜欢苏瑾？"冯岚盯着他问。

林浩卿笑了，今天于蓓蓓也问过他同样的问题。

他点点头："我想每个人都看得出来吧。"

"你想帮她，那你得答应我一件事。"

林浩卿一听，面露惊喜之色："只要你帮苏瑾打赢官司，别说一件事，一百件事我都答应你！"

明明是那么明亮的光，冯岚却觉得自己的眼睛陷入一片黑暗的阴影里。他毫不犹豫的回答激怒了她——他并不是没有注意到她的感情，只是他根本不、在、意。

"为她这样豁出去，值得吗？"冯岚讥诮地问。

"你为什么没有去MK？"林浩卿急急地问。

"苏瑾心里没有你吧？"

"MK公司这次并购案你清楚吗？Atlas Venture只是一家很普通的公司，为什么MK公司势在必得？"

"你觉得苏瑾会因为感动就接受你吗？"

"德丰杰公司里接收到邮件的那个员工你知道是谁吗？这个人警方并没有透露……"

"林浩卿，我的条件就是你答应做我的男朋友！"冯岚几乎是喊了出来。

林浩卿突然呆掉了，他看着面前的冯岚，像是看一个陌生人。她的眼睛越发血红，眼神迷离而涣散，他艰涩地问："你疯了吗？"

冯岚咬了咬唇，像个闯祸的孩子，干脆破罐破摔地瞪着他："我要你做我男朋友。"

"不可能。"林浩卿频频摇头，"怎么可能？开玩笑，不行！"

这是冯岚第一次对人表白，但他受到惊吓的表情狠狠地伤了她的自尊心。她比苏瑾差什么？为什么苏瑾可以，她却不可以？这是她第一次喜欢上一个人，满腔的热情，火热的情感，刚刚端出来，就被一盆冷水给浇了下来。

她就像站在倾盆大雨里，浑身都冰冷。

林浩卿被冯岚的话吓到了。他以为她是在开玩笑，但是他注意到她紧紧攥在一起的手，因为过于用力，而在微微地发抖。她的大拇指深陷在掌心里，竭力地隐忍和克制。

他不知道说什么。

他无话可说。

不是没有人喜欢他，只是没有想到会有冯岚。

以前他来找苏瑾，遇到是冯岚开门时，她也只是冷漠地看他一眼，然后就回到房间。来来去去之间他们连客套的寒暄都没有，有时候他想跟她套个近乎，毕竟她是苏瑾的室友，但看她板着一张面孔，他就作罢了。在他看来，她就是苏瑾一个古怪的室友，连朋友都算不上。

"那我帮不了你。"冯岚盯着他。

"你知道感情这种事勉强不得的。"林浩卿苦口婆心，"就算我答应你，可我根本就……"

冯岚也不和林浩卿废话，转身就走。

"喂，咱们再商量一下？"林浩卿在她身后追着问。

冯岚突然站定，转过身抬起左脚，狠狠地踢在他身上，接着，右脚上来，手脚并用，拳打脚踢，似要把满腔的羞愤和屈辱，变成冰雹，统统砸到他身上。

她在表白，而他却在和她讨价还价！

她的自尊和她的心，都被他踩在脚下，他却还不自知。

这个浑蛋！

林浩卿被冯岚突然的拳脚打蒙了，他只会抱着头左躲右闪，连声地讨饶："别打了，有话好好说！打人可不对……"

冯岚整个人已经失控，她不知道怎么面对这样失败心碎的场面，只能像个疯子一样地发泄自己内心的情绪——这是她一生里最狼狈的时刻。

林浩卿干脆抓住冯岚的手臂，气喘吁吁地说："好好好，我答应你，我答应你，行了吧？"他在心里无奈地长叹一声，他要是不答应是不是会被她打死？算了，为了苏瑾他豁出去了。

冯岚停了下来，有片刻的时间，她气喘吁吁却一动不动，只是眼泪不断地从她的眼眶里流出来。

她感到脸上火辣辣的，明明打人的是她，但她却像是被人扇了无数的耳光，钻心地疼。

"不用多，一个月。"她轻轻地说，"林浩卿，我只要你做我一个月的男朋友，多一天都不行。"

她终于知道了，原来爱上一个不爱自己的人，就像一个只会攻击不会防守的傻瓜，把自己的心整个摊开来，等着别人来践踏。这真的愚蠢至极。

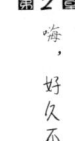

林浩卿看着泪流满面的冯岚，老实说，他被吓到了。他没有想到她的情感一旦爆发，会这样强烈，可是，这对他来说，并不是一件值得高兴和炫耀的事。

　　"你要我做些什么？"林浩卿小心翼翼地问，"怎样履行你男朋友的责任？"

　　"我还没有想好。"冯岚别转面孔，看向查尔斯河面上那轮快沉没的太阳，她终于把自己变成了一个彻头彻尾的反派，这真是一个心酸的角色。

　　"那，苏瑾的案子——"林浩卿不死心地追问。

　　"我和苏瑾的推荐信是同一个人开的，不想知道原因吗？"冯岚淡淡地说。

Zhijian Hualiang Yi Cheng Shang II

第3章
朗费罗桥惊魂夜

余晖从繁密的树枝间泻了下来，落在身上，有一种微醺的感觉。

顾铮看着身边的苏瑾，她静静仰望着远处的天空，脸庞因为太白皙而显得有些透明，他记忆中的少女苏瑾和面前的苏瑾重叠在一起，每一个她都让人心跳加速。

苏瑾兀然回过头来，正对上顾铮的目光。这一次，他们谁都没有躲闪，只是静静地注视着对方，然后不由得笑了。

"你觉得你这样好吗？"苏瑾偏着头问。

她的模样就像个稚气的女生，顾铮的笑意更深了："反正陈白会帮我搞定。"

原本顾铮只有周末两天的时间停留在波士顿，他原本只是想来这边看看苏瑾的学校，但没有想到他见到了苏瑾，还得知她正面临这样大的危机，他怎么能离开？所以他打算在开庭前留下来搜集证据。他给陈白打了电话，让他帮忙找一张医院的病情诊断书，什么病都可以，只要能证明他现在身体不适宜工作也不适宜坐飞机返回纽约，要暂时留在波士顿治疗。他知道陈白肯定有这方面的门道，毕竟他是一个律师。

"如果我真的坐牢……"苏瑾迟疑地问。

"没有如果。"顾铮斩钉截铁地打断她。

"顾铮……"苏瑾皱皱眉，"你知道……"

"反正我不会让你坐牢！"顾铮打断她，又补充一句，"我发誓。"

苏瑾笑了，这就是顾铮。他和于蓓蓓一样，在一个幸福宽容的家庭中长大，这是她一直渴望却从来都没有得到过的东西，所以顾铮的性格里多了一份不管不顾的孩子气。这样的他，美好执着，一直给她最温柔最大的暖。

"回去吧，于蓓蓓一个人在家。"苏瑾淡淡地说。

顾铮嘟囔一声："就是因为她在才不想回去。"刚才他就是趁着于蓓蓓接电话，把坐在轮椅上的苏瑾偷偷推了出来。此刻的苏瑾就算说"不可以"他也不会去理会，他只想跟她单独待一会儿，只是这样静谧的时刻，就已经让他的心盛满了甜蜜感。

"于蓓蓓是个好姑娘。"苏瑾神色复杂地说。

"林浩卿其实也挺不错的。"顾铮没好气地回答。

苏瑾自然听出了他话语里浓浓的醋意，可她该怎么回答呢？她现在前途未卜，心里一点儿底气也没有。如果她真的坐牢，她的一生都完了。一想到这里，她的心就黯然极了。

夕阳坠入查尔斯河,路边的煤气街灯亮了起来,昏黄的光线照在树端,有了墨色的阴影。

顾铮也注意到他们脚下的影子,他朝她身后稍稍退了一步,影子就包裹住了她。这就像是一次货真价实的拥抱,他为这样的发现暗暗自喜,却不知他的小伎俩早就落入苏瑾眼中。

"很晚了,回去吧。"苏瑾转动轮椅,离开顾铮的"怀抱"。

"喂!"顾铮扶住她轮椅的把手,有些哀求的语气,"我知道有一家不错的餐厅……"

"可是于蓓蓓在家。"

"林浩卿那家伙一会儿就回来了,不用担心。"

"可是……"

顾铮不等她回答,已经固执地推着轮椅朝另一个方向走去。

"你不是第一次到波士顿?"苏瑾狐疑地问。

"是。"

"那你怎么知道哪家餐厅不错?"

"我猜的!"顾铮含糊其词。他早已通过谷歌把波士顿了解清楚了,街道、公园、学校、超市……因为思念一个人,所以也会喜欢上她所在的城市,会不由自主地想要了解她生活的所有细节。

顾铮推着苏瑾到了离她家不远的一家中餐馆,位置偏僻,门面也不大,里间只有四五张桌子,红木的餐桌和椅子,处处都是中国风的小饰品。苏瑾错愕不已,她在这附近生活了一年也不知道还有这样一家中餐馆。

顾铮看着她的表情,手指得意扬扬地叩叩桌面:"没想到还有这样的地方吧?"

"要不,叫于蓓蓓也来?"苏瑾总是有些于心不忍。

顾铮直接忽略她的话,高举着菜单朗声喊:"老板,点餐!"

苏瑾看着面前一桌的菜,糍粑鱼、苕粉肉丝、炸藕圆子、豆皮炒腊肉……她仿若回到家乡,吃的全是家乡的菜式,味道正宗绵长。

"顾铮。"苏瑾垂了垂眼,"你别对我太好了。我承受不起这样的好。"

"不就是几个菜,至于感动成这样?"顾铮好心情地大笑,"以前我做得更多,你怎么没有一句谢谢!那次,就那次我为救你,脚踝都扭了,你都不知道抽积液的时候那个针……"顾铮突然打住,没有继续说下去,对于一个男子汉,晕针怎么说都是一件很丢脸的事。

"好啦,快吃!"顾铮为了掩饰尴尬,不断地往苏瑾的碗里夹菜。

他喜欢这样的感觉,他们坐在一起,家常地聊天,吃饭,让时间悄悄地流过去。

抬眼之间,四目相对,就好像一场正式的约会。

时光百转千回,他们兜兜转转,又见故人。

2

"我是来解约的。"莫小晚一见到陈白就单刀直入地说。

在收到顾铮发来的陈白的资料后,她整个人都傻眼了。

这个人就是个骗子,彻头彻尾的骗子!从未赢过一场官司,从未涉及过商业罪案,甚至他的学历也有造假的嫌疑,可这样的人竟然是她给苏瑾找的律师。

处理完事务她就立刻订了前往波士顿的机票,合同是她签的,就算付再高的违约金,她也要开了这个冒牌律师。

陈白这个时候已经下班,正窝在家里泡面的时候接到了莫小晚的电话,他脑海中想起那个明艳的女子,竟然有些心跳加速,他比想象中更加渴望见到她。

"合同规定你现在不能换律师。"陈白身体靠在椅背上,环抱着双臂气定神闲地看着面前的莫小晚。她随意地穿了一件白底蓝道的棉质衬衫,一条黑色高腰小脚裤,简单得恰到好处,正衬托着她典雅自然的气质。

"你开个价吧!"莫小晚几乎是咬牙切齿地低吼,"就算跟你打官司,我也不会请你做我朋友的代理律师!"

"我会做无罪辩护!"

"那你会赢吗?"

"输赢那要法官说了算。"

"那你究竟有多少把握?"

"这个还得看庭上双方的辩论,还有证据和证人供词。"

"意思是你什么也做不了?"

"我会尽力!"陈白看着她怒气冲冲的脸,安慰性地补充一句,"相信我。"

莫小晚腾地站起来,把面前的一杯滚烫的咖啡朝陈白脸上狠狠地泼过去:"我凭什么相信你?你就是一个失败者!我不会让我朋友的未来成为你失败的又一个佐证!什么律师,你就一个巧舌如簧的江湖骗子!"

陈白的脸微微发红,不知道是被烫的还是因为羞愤,咖啡从他的发丝上滴落,外套上也是大片的咖啡渍,样子狼狈滑稽,可他气定神闲地看着莫小晚,说道:"我们来打个赌,如果我赢了官司呢?"

"我疯了才会跟你赌!"

莫小晚气急败坏地朝桌上扔下一张纸币:"咖啡就当是我打发乞丐了!"说完,

她拉着行李头也不回地朝外面走去。她后悔不已，为什么不让林浩卿来处理，还有顾铮，他们都会帮苏瑾解决这个麻烦，可她偏偏自告奋勇，做了这样的蠢事。

因为生气，她没有察觉她已经被人盯上，擦肩而过时被狠狠撞了一下，行李箱被撞翻在地。她一边扶行李一边朝前骂了一句，恍然间发现坤包已被顺走，她站起来就朝前面撞她的男人追过去，一边追一边大喊抓贼。情急之下她竟然用了中文，路人根本就听不懂，只是纷纷侧身让道。而这又是一条主干道，人来人往，那个小贼早已遁形，她跑得气喘吁吁，懊恼站定的时候才想起行李箱被落在原地。

等她回到原地，果然，行李箱也已经不见了。

她傻了眼，因为自己一时的大意，如今所有的证件、现金、信用卡都一并消失，她现在身无分文，看样子要流落街头了。

她又气又急，这国外的贼比国内还猖狂，她真是太不谨慎了。

莫小晚一筹莫展时，一转身竟然看到陈白站在路口准备过马路，她张了张嘴，想要喊住他，却又磨不开面子，跺跺脚，眼睁睁地看着陈白走过了马路。

她在心里愤懑地喊了一声：她才不要去找那个骗子帮忙。

不过就算她想找，陈白也早已没了踪影。

她要报警，但美国报警电话是多少来着？她想要借个电话，但原来老外也这么戒心满满，根本没有人肯把电话借给她。

"走吧！"听到身后突然响起的中文声，莫小晚一回头，看到的竟然是气定神闲的陈白。

"你不是走了吗？"莫小晚错愕地张大嘴巴。

"我就是想看看你会不会喊我。"陈白理了理有咖啡渍的衣领，"你现在只能在附近的垃圾桶找找看，运气好的话也许会找到你的证件。"

莫小晚白他一眼："不是应该先报警吗？"

"等你录完口供，他们早已经销赃完毕。"陈白朝前走，"这边警察办事的效率奇低。"

莫小晚迟疑一下，还是跟上了他。

"把你电话拿来。"莫小晚要给苏瑾打个电话，她连苏瑾家地址都记不住。

他们在附近的垃圾桶寻找莫小晚遗失的证件，可一连走了三条街，翻了十几个垃圾桶，莫小晚都没有发现属于自己的东西。当然，她才不肯去翻垃圾桶，想想要是被熟人知道就太丢脸了，陈白只得捏着鼻子用棍子翻，遇到可疑的东西就斜着身子用手指夹起来询问，可是一无所获。

他们倒是在垃圾桶里发现了鲜花和一些纪念品、首饰、照片，一看就是分手的情侣丢掉的"爱情过期品"。

莫小晚有些感慨："爱情就像海水，汹涌的时候激动人心，退潮的时候留下的就是不堪的垃圾，大家避之不及。"

陈白看了她一眼："麦兜你知道吗？一只可爱的小猪，他说有些事情是要说出来的，不要等对方去领悟，因为对方不是你，不知道你在想什么，等到最后的结果很可能是失望和伤心。所以我打算告诉你一件事。"

莫小晚从自动售货机里拿了一罐饮料，一边揉脚一边喝饮料。她很久没有走过这么远的路，八厘米的细高跟让她的脚踝又疼又酸。

"我喜欢你。"

陈白刚说完，莫小晚一怔，手里的饮料罐直接跌落在她身上，汩汩流出的液体惊得她跳起来："纸巾，快给我纸巾！"

陈白默默地把纸巾递给她。

莫小晚一边擦一边不满地说："你这纯粹是打击报复！"

"就因为我喜欢你？"

"你什么时候喜欢上我的？"

"就刚刚你朝我泼咖啡的时候。"

莫小晚捡起地上的饮料罐朝他砸过去，骂道："滚蛋！"

这个骗子连撒谎都不会，刚刚，一个小时以前？他以为他替她翻了几个垃圾桶，她就要对他以身相许？她早已不是那种幼稚的小女生，会被这些小事感动。

"你这是拒绝我喽？"陈白盯着她。

"你白痴吗？"

"好好好！"陈白有些沮丧，"你就不能考虑一下？"

"要我再说一遍'滚蛋'？"莫小晚气急败坏，她真是要疯掉了，刚下飞机就跑来见这个骗子，结果所有的东西都丢了，还被他戏耍一番。

"我是认真的！"陈白认真严肃地望着她，"我并不是一个轻浮随便的人。我也没有想到会这么快告诉你，可我就是觉得你挺特别的。"

"钱包给我！"莫小晚没好气地说。

"什么？"

"你的钱包！"

陈白乖乖地把钱包掏出来，递上去。

莫小晚翻了一下，鄙夷地掏出一张纸币，然后把钱包丢还给他："就带这么点儿钱你还好意思出门！这是我借的，回头还给你。"

说完莫小晚就拦了一辆出租车，把陈白扔在了马路上。

莫小晚从后视镜看过去，出租车已经驶离了很远，但陈白还站在那里，一动不动。

这个家伙，不仅是个骗子，还是个戏子。莫小晚在心里暗骂了一句。

3

看着电脑屏幕显示的内容，顾铮越发狐疑，眉头蹙起来，没有察觉到握成拳头的手指关节因为用力而发出声响。

他在宾馆已经对着电脑熬了整个晚上了，他终于查到为什么MK公司那么强烈地想要收购Atlas Venture公司了。

MK在医药投资领域目前还是空白，他们想要借助这家医药公司来拓展新的项目——但为什么偏偏是这家？

Atlas Venture公司看上去资质平平，也没有在纳斯达克上市，并不是最好的选择。顾铮在查了这家公司很多的新闻后，终于找到了关键的一点。

这家公司一直在投资一项研究，有一种从植物中提炼的制品对糖尿病的治疗有效果，如果制成药物，在全球范围内都会获得巨大的利润。而这个研究的专利属于Atlas Venture，项目的负责人是麻省理工大学的一名生物学的教授。

麻省理工大学，生物学教授，Atlas Venture，MK公司……顾铮微微闭上眼睛，他仿佛看到了一张网，千头万绪，但又环环相扣。

苏瑾是麻省理工大学的学生，但她一个学金融的，跟生物学教授完全不搭边，她根本不会知道有这样一个研究项目在进行。

他的后背有些冷汗涔涔，顾铮突然睁开眼睛，一个大胆的念头在心里清晰起来。

推荐苏瑾到MK公司的人一定知道这个项目，他就是想要借助苏瑾知道MK公司的报价——可如果这样推断，那就只能证明苏瑾就是泄密者。

顾铮百思不得其解，推荐苏瑾到MK的是她的导师姜叶明。他会和苏瑾的案子有关系吗？

还有发邮件的时间，为什么恰好就是在苏瑾上班时？能知道她上班的时间、是否在座位上的人，就只有和她同办公室的另外三名助理。

顾铮把这三个人的资料都看了一遍，也不知道究竟谁最可疑。

他拿起旁边的咖啡杯，仰头的时候才发现杯子空了，他起身走进浴室掬起水来扑在自己脸上，想让冰凉的水使得自己更清醒点儿，再去咖啡机那里给自己续上一杯咖啡。

就在这时，门"咚咚"地被敲得山响。

顾铮刚刚把门拉开一条缝，一个人便急匆匆地挤了进来。

"我有发现。"来人正是林浩卿。

陈白给顾铮弄到了病情诊断书,顾铮传给了许霖,所以这段时间顾铮可以安心地留在波士顿。林浩卿和莫小晚也留了下来,于蓓蓓也不愿意走,所以他们四个人都在苏瑾家隔壁的酒店住了下来。

林浩卿穿着睡衣,趿着拖鞋,头发凌乱,眼睛微红,一看也是熬了通宵。

他看到顾铮开着的电脑,俯下身看了看屏幕上的内容,随口问道:"你也没睡?"

顾铮已经坐回到椅子里,此刻林浩卿俯身下来几乎是贴着他,这样亲近的距离让他有些不适应,粗鲁地推了推他:"你到底发现了什么?"

"姜叶明。"

"我也觉得他有问题,是他推荐苏瑾到MK公司的。"顾铮刚推开林浩卿,他又挤过来看屏幕上的内容。

"你在查Atlas Venture公司?"

"这家公司很有潜力,应该是金融投资公司的优质潜力股,如果包装上市,会大赚。"顾铮受苏瑾的影响,对金融方面也比较关注。

"姜叶明为什么会在意这个并购案,他就是一个大学教授。"林浩卿卖着关子。

顾铮明知道林浩卿想要他追问,就是故意不问,抱着手臂淡定地看着林浩卿。

林浩卿有些尴尬地停顿一下,摸了摸鼻子继续说下去:"姜叶明可不是一般的大学教授,他在德丰杰公司有股份。有着学者和商人的双重身份,在华尔街也是个有分量的角色。"

林浩卿看到顾铮桌上的咖啡,在顾铮来不及阻止前,已经端过来喝了一大口。他再塞回顾铮的手里,顾铮嫌弃地放回了桌上。

"这就对上了。"顾铮豁然开朗,"姜叶明早知道Atlas Venture公司在投资他们学校生物学教授的研究,并且这个研究有突破,所以德丰杰想并购这家公司,但无奈MK公司是很强大的竞争对手,因此他才会让苏瑾去MK公司做实习生。只是这样……"

顾铮欲言又止。

林浩卿把他的话说了出来:"只是这样更加能证明苏瑾就是泄密者,她为了帮助姜叶明的公司并购下Atlas Venture。"

顾铮眼神黯了黯:"又回到了原点,还是得找到真正的泄密者。"

"谁在苏瑾电脑里放病毒,谁就是那个真正的泄密者。"林浩卿笃定地说。

"现在把有可能的人都先列出来。"顾铮拿出笔和本子,林浩卿拖过一把椅子和他坐到一起,这一次他们肩并肩,头挨头,顾铮没有再推开他。

"同办公室的另外三个助理,都是知道最后报价的人。"顾铮开始罗列,当他列出瑞奇的名字时,脑子里闪了一下。

"瑞奇!"林浩卿也同样喊了出来。

他们像发现新大陆一样兴奋不已。

"我们只想着和苏瑾同办公室的三名助理,没有想到瑞奇是苏瑾的上司,他同样知道苏瑾什么时候上班,什么时候在办公桌前。他也同样知道最后的报价。"

"对!"林浩卿附和道,"他的嫌疑才是最大。"

"可他是MK公司的高层……"顾铮迟疑一下,"泄密对他来说会有什么好处?这个项目是他负责,失败的话他的责任最大。"

"我得去MK公司一趟。"顾铮把笔一放。

"你想去查瑞奇的电脑?"林浩卿瞪大眼睛,"这怎么可能?"

顾铮思忖一下:"我需要你们帮忙。"

"你们的胆子也忒大了!"陈白抱着公文包,松了松颈项的领带,想要突出重围。

此刻的他正被顾铮、林浩卿、莫小晚和于蓓蓓围在中间,他们"虎视眈眈"地盯着他。

"你如果不答应,我就去律师协会举报你出假证明,做伪证!"顾铮嘴角勾出一丝若有若无的冷笑,继续威胁道,"除了被吊销执照,你很可能面临——"

顾铮故意拖长声音。

"我这是替你开的证明!"陈白恼羞成怒,"如果这件事被你们航空公司知道,你还能待吗?"

"我根本不在乎!"顾铮张狂地笑,"你很在乎你的执照吧?"

陈白咬咬唇:"要是这次被发现了,我同样会被吊销执照!"

"不就是让你拖住瑞奇,这点儿小事还推三阻四,你是个爷们儿吗?"于蓓蓓用手指戳戳他的胸口,"难道你做律师不是为了伸张正义?"

陈白嗤笑一声:"小姐,请问你从哪个星球来?"他做律师从来不是为了伸张正义,这个世界自然有它的规则,那就是适者生存。

他早已被这个世界打磨得世故圆滑,势利精明,现在若是有人来跟他谈理想谈责任,他会觉得幼稚可笑。

"进去！"莫小晚不由分说地推着他，"由不得你！"

"你难道不想改变现状吗？"林浩卿盯着他，"每一次都输，不想哪怕赢一次吗？如果你赢了这场官司，也许会是你职业的转折点。"

"根本……"陈白脱口想说，根本赢不了，但又吞了后面的话。

"放心，我不会连累大家。"顾铮镇定自若，"一切有我。"

陈白沉默了一下，看着顾铮的不顾一切，他的心里微微一动，也许这个官司会因为他的"不顾一切"而有所改变呢？

"那我尽力而为！"陈白终于松口，他又补充一句，"也许你们到最后什么也查不到。"

当他知道顾铮他们的计划时，连声地拒绝。他们怎么能有这么大胆的想法，想要进入戒备森严的MK公司去调取瑞奇电脑里的资料。苏瑾已经陷入泄密案里，如果顾铮他们被发现，后果更是不堪设想。

顾铮的安排是，陈白以当事人律师的身份把瑞奇约到会议室，与此同时，林浩卿和于蓓蓓进入瑞奇助理的办公室，以合作为由支开两个人，最后莫小晚出场，以情感纠纷为由吵闹吸引第三名助理去找瑞奇，好让顾铮顺利地进入瑞奇的办公室。

他们详细讨论了计划的每一步，确定没有任何破绽这才进行。

当然，这一切都是瞒着苏瑾的，如果让她知道他们去为她涉险，她一定不会答应。

"好刺激！"于蓓蓓简直要兴奋得跳起来，"像是美国大片！"

莫小晚白她一眼："喂，就你！别演砸了，要是露馅你会害死顾铮的！"莫小晚见于蓓蓓第一面就不喜欢她，这是一个天真到愚蠢的女孩，以为死缠烂打就能追到喜欢的人，真是可笑。

"当然不会！"于蓓蓓甜美地笑，"保证完成任务。"

事实上，就算他们计划得再周密，操作时还是状况不断，他们差点儿连瑞奇的办公室都进不了，前台就把他们挡在了外面。

"要先预约，瑞奇先生的工作安排已经到下周一……"前台工作人员礼貌客气地对陈白说。

陈白有些无奈地看了看身后坐在大厅里的另外几个人，准备撤退。

顾铮飞速地给他发了条短信：让他们给瑞奇接内线，就说姜叶明先生找他。

陈白虽然狐疑，但还是按照顾铮的短信说的做了，内线接通瑞奇的电话后，陈白被告知可以到七号会议室稍等，瑞奇先生会过去。

陈白暗暗地对他们比了一个胜利的手势。

瑞奇离开座位后，林浩卿和于蓓蓓就上场了，他们拿出事先准备的名片资料，以商业合作为由要求见瑞奇。瑞奇的两个助理接待了他们。

现在进入瑞奇办公室，还需要引开最后一个助理。

莫小晚出场了，这一次她把自己打扮得极为花哨夸张，大墨镜，紫色口红，斑马条纹的露脐短衣和热裤，细高跟的鞋子，强大的气场引得旁人频频侧目。

顾铮看着她一边大声嚷嚷，一边自顾自地杀向瑞奇办公室，心里暗笑，真应该给莫小晚颁一个奥斯卡小金人，那腔调那步伐真是十分入戏。

"瑞奇呢？把瑞奇给我叫出来！"莫小晚嚣张地喊着，"他不能说不爱就不爱，那我肚子里的宝宝怎么办？他今天必须给我一个说法！"

虽然莫小晚成功引得MK公司一片骚乱，但也引来了保安。顾铮心里暗叫一声，不好。莫小晚还没有走到瑞奇的办公室，就已经被保安拦住了。

顾铮暗暗着急，瑞奇办公室里的第三名助理不出来，他怎么能够进入他办公室呢？而此时瑞奇已经知道有人来"找他"，从会议室里走了出来，跟在他身后的陈白急得汗都下来了。

"瑞奇先生，我们还没有谈完……"陈白声音有些慌乱。

莫小晚看到瑞奇，心里也急了，她演不下去了，索性眼睛一闭，整个人躺地上装昏厥。

瑞奇只得招呼他的第三名助理赶紧把莫小晚扶到医务室。

场面一度失控混乱，MK公司何时经历过被一个女人这样大闹，很快连董事会都知道了，瑞奇被喊过去问话。

顾铮就在混乱之中成功进入了瑞奇的办公室，偌大的办公室里静悄悄的，吵闹声被隔绝在门外，顾铮沉了沉心，快步走到办公桌前，但瑞奇的电脑设置了密码，他尝试了多次都没有办法打开，只好退出了瑞奇的办公室。

所有人都很沮丧。

"我就知道你们最终会一无所获。"坐在咖啡馆里，陈白把领带整个扯下来。刚才的一幕让他胆战心惊却也热血沸腾，他们唤醒了他内心深处的正义和热情。

他发现自己真的很想要赢一场官司，可是现在他们费了这么大劲却什么也没有查到，真是让人气馁。

"干脆直接绑架瑞奇，让他说清楚不就行了！"于蓓蓓异想天开地说。

莫小晚瞪她一眼，鄙夷地说："你真是美国大片看多了，这是犯罪，你不知道吗？真不明白怎么有你这样的人，脑子里难道都是豆腐渣？"

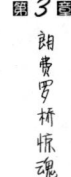

第3章 朗费罗桥惊魂夜

"你怎么说话的？要不是看你是苏瑾的朋友，我才不要跟你讲话！"于蓓蓓咬着唇，满脸涨红。

"别吵了！"林浩卿也很失望，他不知还有怎样的办法能帮助苏瑾。

证明姜叶明和这个并购案有关，只能让苏瑾的动机更明确。

突破口还是要放在瑞奇这边，因为他是苏瑾的直属上司，是他提拔苏瑾从一个打杂小妹进入核心的工作组，他对苏瑾的所有信息都了若指掌，若说这一切都毫无关系，那也太巧合了。

可是，如今瑞奇这边毫无进展，眼看着案子就要开庭……

"那就绑架他！"一直沉默的顾铮淡淡地开口说。

另外四个人不约而同地看向他。

"我得先走了。"陈白想要撇清自己，他觉得这太疯狂了，之前答应顾铮让他进入瑞奇的办公室就已经够疯狂了，再跟着他们玩下去，他的整个职业生涯都会被毁掉了。

莫小晚拽着他的领带将他扯过来，几乎是命令地说："不许走。"陈白只得讪讪地坐了回去。

"说说你的计划。"林浩卿问。

"现在瑞奇是最大的嫌疑人。而他和姜叶明之间一定有某种约定，所以只要他们能对质，也许就能证明他们之间有勾结。"顾铮思忖一下，"他们应该不会直接见面，所以我们来安排。"

"把他们绑到一块儿？"于蓓蓓仰着头，无比崇拜地望着顾铮，"我赞成。"

莫小晚敲一下她的头，戏谑道："就算顾铮让你去杀人，你也会的吧？"

"如果有必要的话。"于蓓蓓眨巴着眼睛，认真地回答。

莫小晚摇摇头："我真是服了你了！"

"莫小晚，你去约瑞奇。"顾铮简明扼要地说，"林浩卿，你来约姜叶明。"

"我？"莫小晚用手指指自己。

"你今天大闹一场，瑞奇应该很想知道你的目的。"

"这不行，太危险！万一那个瑞奇是个坏人……"陈白跳出来，"我来约他。"

"你约他，他未必肯出来。"顾铮顿了顿，"莫小晚，相信我，不会让你有事。"

"为了苏瑾我才不怕！"莫小晚瞟了陈白一眼，"为她找了那么不靠谱的律师，我也该弥补。"

顾铮站起身来，走到安静的地方给苏瑾打电话，叮嘱她要记得吃饭。挂了电话他就站在落地玻璃窗前，深深地望着窗外的景色。离开庭的日子越来越近了，可他心里一点儿底都没有，没有查找到更有利的证据，他的心急得就像一座火山，随时都有可能喷发。

夜已经深了,窗外的波士顿依然灯光璀璨,映得黑色的天空蒙着一种诡异的红色。

顾铮从电脑前抬起头来,他揉揉自己酸胀的太阳穴,感到一种前所未有的疲惫。他已经几天几夜没有好好休息了,他把对苏瑾不利的证据全部列出来,然后想要一条一条地推翻,可是每一条都那么难。

他进入了黑客网站,想要学黑客技术,这样他就能进入瑞奇的电脑,也许能查到他和姜叶明之间有来往的证据。可是MK公司的电脑防御系统太强大了,他用了很多种方式都攻击不了,就算他种了病毒,但一分钟内就被检测到并清除。

正在思考的时候,有人从客房的门缝里塞进一张纸条。

他从椅子上跃起来,敏捷地打开房间门,朝外面走廊看去,外面已经空无一人。

他迅速地打开纸条,里面只有一句话:**速到朗费罗桥。**

顾铮思忖一下,看来今天他们大闹MK公司的事已经引起了某些人的恐慌——无缘无故来找瑞奇大闹的中国女子,不是为了苏瑾是为了谁?

顾铮不想打草惊蛇,他决定一个人去赴约,就算那是龙潭虎穴,他也要闯一闯。

一踏进夜色里,顾铮才惊觉波士顿夏日的夜晚这样凉,各种阴影就像是破土而出的疯狂的黑色荆棘,要吞噬掉整个波士顿——他有种不好的预感,可已经顾不上去多想。

已经有上百年历史的朗费罗桥静静地伏在查尔斯河上,这座桥因为诗人朗费罗为查尔斯河上的这座桥作过诗而得名。

顾铮到的时候看了看时间,已经是凌晨两点——这个时间,谁会约他来呢?

此时的查尔斯河在夜色里显得影影绰绰,就好像一只蛰伏着的凶猛动物,发出沉沉的喘息声。桥面上只有偶尔行驶过的车辆,明亮的车灯一晃而过,显得仓皇不已。顾铮警惕地看向四周,并无他人。

一辆出租车停了下来,顾铮看过去,心里一顿,下意识地拔腿就向出租车跑去。从上面下来的人除了苏瑾还会有谁?她没有坐轮椅,而是艰难地拄着拐杖。

"没事吧?"看到顾铮,苏瑾下意识紧紧攥着他的手,上下打量着问。

顾铮摇头,急切地问:"你怎么会来?"

"有人给我打电话。"苏瑾接到奇怪的电话,对方只是告诉她,让她去朗费罗桥,顾铮会在那里等她。她心里一顿,情急之中竟然忘记打电话给顾铮,出门坐上出租车就赶了过来。

"苏瑾。"顾铮突然压低声音,"我们遇到点儿麻烦,但你别害怕,有我在。"

苏瑾一抬头看见前面有四个男人朝他们逼近,借着灯光,她只能大概看清他们的轮廓,为首的是个高大健壮的黑人,另外三个人是白人,他们手里拿着棒球棍,渐渐靠近。

"是要钱吗?"顾铮用英语说,"给你们。"他掏出钱包扔了过去。

"有人让我们给你们点儿教训,安静点儿!"黑人把手指比到唇边,做了个嘘声的动作。

"你们是谁派来的?"顾铮看向周围,这里僻静清幽,时间又太晚,根本就不会有人出现。他不担心自己,只是害怕苏瑾受到伤害。他能够猜到,他们从MK公司一出来就被人盯上了,看来MK公司内部跟德丰杰公司的人员确实有来往。

黑人男子示意了一下,另外三个人包抄过来。

"苏瑾。"顾铮把苏瑾揽到怀里,暖声道,"别怕。"他知道他们走不掉的,苏瑾的脚有伤,而他现在也不能一个人对付四个人,这样会置苏瑾于危险中,能做的就是用整个身体护住她。

当他们蜂拥而上时,顾铮死死地把苏瑾揽在身下,任凭他们拳打脚踢,岿然不动。

"顾铮……"苏瑾眼泪横飞,着急地想要推开他,可他如磐石一样牢固。

她总是给他带来伤痛,她就像他生命里一个不祥的人物,一旦出现,就会害他受伤。

顾铮没有感觉到疼,他脑子里只有一个念头,那就是一定不能让苏瑾受伤。她疼了,他会心疼得不了;她受伤了,他会自责得不得了……

时间在一分一秒地过去。

苏瑾已经哭得发不出声音来了,她感觉到温润的液体滴到她的脸上——那是顾铮的血。

少年时的顾铮也曾这样不管不顾,他就是一个彻头彻尾的大傻瓜,一点儿不懂得保护自己。

顾铮,顾铮,顾铮。

她一遍一遍地喊着,承受着万箭穿心般的痛。

直到有车辆停下来,来人大声地喊叫,那几个行凶的男人才匆忙离开。

顾铮的眼睛肿得睁不开,血水模糊了视线,但他的唇边露出了笑容——他终于撑了过来。

　　他的身体晃了晃,终于精疲力竭地倒了下去。

　　苏瑾就在面前,她的脸在他瞳孔里放大,这么美,这么静。仿若在上学放学的路上,他不止一次地骑着单车从她身边经过,她清冷的背影,连发梢都有着月亮的光泽。

　　真的好怀念那时的他们,青春清新得像晨雾里的露珠,让人沉醉。

　　他想要说,苏瑾,现在轮到你给我创可贴了。

　　可是他一个字也没有说出来,就陷入了昏沉之中。

　　他能记得的就是苏瑾在一遍遍地喊:"顾铮,顾铮!"

　　她的声音真好听,如果这是梦,他不愿意醒来。

5

顾铮打开旧书店的门,看到站在面前的苏瑾,她面色苍白,眼神悲怆,嘴唇在微微地颤抖,好一会儿才拼凑出一句话:"我弟弟死了。"

说完这句话她就像一枚叶子,轻飘飘地倒了下去。

顾铮的心骤然一紧,一把扶住她,急切地唤着她的名字。

猛然间睁开眼,顾铮感觉到浑身疼,就像有无数根细针在蜇刺一样,他的眉头不由得皱了起来。

"顾铮,你醒了?"苏瑾俯下身,微笑着看着他,眼泪从她眼眶里涌了出来。

一时的失神后,神志渐渐清醒。他接到陌生人的字条,让他去朗费罗桥,没想到在那里遇到苏瑾,他们被四个人攻击……

"你总算醒了?"于蓓蓓见顾铮醒了,挤开苏瑾,扑倒在他胸前,疼得顾铮"嘶嘶"抽凉气。

"没事吧?"顾铮关切地看向苏瑾。

于蓓蓓顺着他的目光看过去,然后抽抽搭搭地哭起来:"是你有事好不好?怎么把自己伤得这么重?你念的可是军校,对付几个坏人还不绰绰有余?"

"得了!"莫小晚看着顾铮和苏瑾相互凝视的目光,有些恼怒于蓓蓓的"不识相",干脆一把拽住她的手臂,"去找医生来,看还要不要做检查。"

"我不去。"于蓓蓓挣扎,"按个呼叫铃医生不就来了?"

"那就去给顾铮买点儿吃的上来。"林浩卿沉默一下,有些黯然道,"让他们单独待一会儿。"他第一次见到顾铮,也是在医院,那次苏瑾住院,顾铮赶到北京,那时候他就从苏瑾的目光里知道,如果对手是顾铮的话,他根本赢不了。一直到现在,他们在遥远的异乡,他们的身边都有出现别的"可能",但这两个人根本都不会去看向那些"可能"的人,他们的眼里,心里,始终都只有彼此。

于蓓蓓还想要反驳,但她已经被莫小晚和林浩卿连拖带拽地拉出了病房。

门关上后,整个病房瞬间安静了下来。

只有顾铮和苏瑾,他们面对面,静静地凝望着彼此。

"如果我真的坐牢呢?"苏瑾轻声地问。

她的眼睛犹如深不见底的幽潭,有些哀伤,又比任何时候都坚定。

"我说过了不会!"

"那你还会喜欢我吗？"

"当然。"顾铮脱口而出。

苏瑾淡淡地笑了。她俯下身，把脸埋在他的掌心里，他的手掌宽厚温润，让她的心感觉到彻底的放松。就好像走了很远很远的路，她风尘仆仆，满心疲惫，抬眼看去却还是一望无际的荒野，绝望的时候出现一片森林，在青黛的树冠和灰蓝的天际之间，云雾在慢慢地升腾，天色也开始亮了起来——整个世界豁然开朗。

她走到了彼岸。

顾铮抬起另一只手，轻轻地摩挲着她的头发。这是他们最亲密无间的时刻，他们什么都不用说，就已经读懂了对方。

就算这个世界有可以替代的感情，但总有一个人无可替代。

他们从青春一路走来，时光把喜欢蜕变成了深爱。

6

"为什么拉我出来？"于蓓蓓不满地质问林浩卿，"他们俩……"

"你不觉得你是在白费工夫吗？"莫小晚直截了当地问。

于蓓蓓沮丧地仰躺在长椅上，幽幽地说："有没有听过这样一句话，放弃一个很爱你的人不会痛苦，但放弃一个你很爱的人，那才是痛苦。"

"可是不放弃又能怎样？"林浩卿苦笑着反问她。怎么来形容他的心情呢？就是那种他很想要打谁一顿却找不到人，只想抽自己的郁闷心情。他知道就算他不放弃，他也没有任何机会。一直赖在苏瑾的身边，只会增添她的负担。

"有些事是这样的，你要相信会出现奇迹，相信就有，不相信就没有。"于蓓蓓嘟囔着。

"强词夺理！"莫小晚白她一眼，想要狠狠打击她一番，再看看林浩卿，又有些于心不忍，默默地把心里的话给压了下去。

"就让他们好好地在一起吧。"林浩卿淡淡开口，"你也说顾铮念的是军校，如果只有他一个人对付那几个人不难，他只是怕苏瑾受到伤害，所以才会挡在她面前。当时的情景他是连命都不要了，你觉得你还不放弃有用吗？"

"又不是结婚，也许还会分手。"于蓓蓓用手背揩了揩眼角的泪，"我瞧着苏瑾也挺普通的。"

莫小晚递了纸巾给她，语重心长道："就算你的条件再好，总会有人不喜欢你。"

于蓓蓓接过纸巾，把鼻涕擤得山响："反正我不放弃。"

莫小晚从来没有见过比她还一根筋的女孩，长得甜美，性格又爽朗，但倔强起来非常人能比。这让她想起了自己，少女时代的她不也是这样吗？在知道唐柠有女友时恨不得与全世界为敌，她甚至做了伤害唐柠的事，这些年一直在后悔。但她原谅自己了，那时的她，幼稚盲目，感觉到疼了，只会举起刺胡乱地扎向别人，如果是现在的她，一定会理智地祝福唐柠，即使心碎也会从容优雅地离开。

不是爱得不够，而是已经懂得，放手成全也是一种爱。

第 4 章
盛大的浪漫

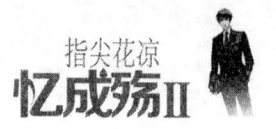

"你以为你放一段录音就能证明这些人是我找的吗?"面前的姜叶明气定神闲地看着顾铮,但他不由得微微握紧的手却泄露了他此时的慌乱。

顾铮的伤势并不严重,只是些皮外伤,那些人的目的是警告他,并不想把事情闹大。顾铮猜测最有可能做这件事的人,就是MK公司里真正的泄密者。他决定冒险一试,单刀直入地去会会苏瑾的这位神秘导师——姜叶明。

姜叶明的身份不仅仅是个学者,更是美国工程院院士,有两家公司在纳斯达克上市。他个子不高,戴着一副银边的眼镜,腰杆笔直,眼神敏锐,看上去只有四十多岁,比实际年龄要年轻许多,有着学者的儒雅和商人的精明。

顾铮直截了当地给姜叶明放了一段录音,里面是袭击顾铮的人和他的对话。

录音中的人说是姜叶明派他们来的,要给顾铮他们一点儿教训,然后让他们滚回中国。

这段录音自然是假的,不过是顾铮做编导,他和林浩卿再加上陈白对着"剧本"配音而已。为了让声音更凶悍些,林浩卿还反复练了很多次。

"警察很快就能找到他们。"顾铮站起来,绕开柚木的办公桌,站到姜叶明的面前,俯下身冷笑,"就算这不是直接证据,但美国工程院院士陷入中国留学生泄密案里,也够新闻媒体炒作一番了。"

"苏瑾是我非常看重的学生。"姜叶明停顿一下,"发生这样的事,我很痛心。"

顾铮在心里暗骂一句:这个老狐狸!他推荐苏瑾到MK公司上班就已经居心叵测,这样的人他真的很想像于蓓蓓说的那样,把他们绑起来再拷问一番。

"德丰杰公司你是大股东。"顾铮盯着他,"如果大股东有负面新闻,你说股价会不会跌?"

"我警告你,造谣可是要负法律责任的!"姜叶明神色复杂地说。

"我不在乎!"顾铮故意说得张狂无比,"如果苏瑾有事,我也会让你麻烦缠身!"

"你这是恐吓!"

"那你最好记清楚!"顾铮冷笑。

"出去!"姜叶明愤懑地按呼叫器,"让保安进来!"

顾铮把手机握在手里:"这样的录音我会发给媒体听听,也许他们会感兴趣。有时候事实真相不重要，重要的是——噱头！"

说完这句话，顾铮转身离开了姜叶明的办公室。

姜叶明在第一时间打出了电话："是你干的吗？跟你说过了不要把事情闹大，他们不会查到什么，只是在兴风作浪。你慌什么？还有你找的都是些什么人，怎么会告诉他们我的名字！我告诉你，你赶紧去查一下录音的事，他们如果对媒体胡乱说些什么，你我都会很麻烦！"

姜叶明气急败坏地挂了电话。他不知道他刚刚说的话才被完完整整地录下来。

在离姜叶明办公室不远的地方，陈白和林浩卿坐在一辆商务车后排，欣喜地击掌庆祝。

"陈律师，你又违反律师职业操守了！"林浩卿揶揄地笑道。

"我能说我是被顾铮那个家伙威胁的吗？"陈白也大笑起来，"跟着他，整个人都会被带偏的！他胆子太大了，居然会想到用窃听器这一招。"

"顾铮为了苏瑾是不管不顾了。"林浩卿有些黯然。他自叹不如，他可以为苏瑾付出很多，但一定不会像顾铮这样，倾其所有。他不去想自己的得失，不在乎自己的未来前途，甚至连性命也顾不上去想，那种豁出去的深情连他都要动容了。

他认为很多事都是有底线的，但原来深爱一个人的时候，就对自己没有底线了。

林浩卿得承认，他输得心服口服，一点儿也不觉得丢脸。

两个人正说着，顾铮拉开车门，急切地问："怎么样？"

林浩卿和陈白很有默契地摆出一副失望的表情，摇摇头："他没有和任何人联系。"

顾铮表情一滞，再看看两个人忍俊不禁的表情，就知道上当了，惊喜地抢过他们手里的录音，重新听了一遍。姜叶明的声音清晰地从里面传了出来。

陈白在欣喜之余，思忖一下，迟疑地说："不过这些证据只能证明姜叶明也参与其中，不能证明苏瑾对此毫不知情。还有，如果把这个证据交到法官那里，证据的来源也会受到质疑，而顾铮，你也可能会扯上官司，这个……"

顾铮打断他："姜叶明是不会允许自己和泄密案有关的。"

"是的。"林浩卿赞同，"只是一家公司的并购，他没必要把自己陷入负面报道里，他不仅仅是一个教授，还是一个商人，他懂得权衡利弊。"

"那我们接下来该怎么做？"陈白望向顾铮。他已经在不知不觉中对顾铮完全信服，虽然顾铮年纪比他小，但顾铮天生有那种领导气质，让他下意识地跟随。

"现在是要找出真正的泄密者的时候了。"顾铮简单利落地说，"只有这样，才能

让MK公司完全放弃控告苏瑾。"

"你是要拿这个录音给瑞奇听?"林浩卿问,"我们只有姜叶明的声音,瑞奇可以全盘否定。"

"是有这个可能性,所以我们还是得让他们对质。"顾铮想了一下说,"跟着姜叶明,看他会在哪里出现,然后给瑞奇打电话。"

"如果他不去呢?"陈白追问。

"那就把他绑去!"顾铮白他一眼。

"你又越界了!"陈白懊恼地拍拍自己的头,"我怎么接了这么一个案子,跟这样一群人疯?"

林浩卿笑着圈住他的颈项:"知道这个家伙了吧,为了苏瑾杀人越货他都敢!"

陈白点点头:"在这一点上我很认同你。"

林浩卿的手机响了起来,他看了一眼上面的名字,有些为难。来电的人是冯岚,虽然答应了做她一个月的男朋友,但好几天了她都没有打电话过来,他以为这件事不了了之,现在接到电话才感觉到慌乱和荒诞。

为了避开顾铮和陈白,他下车去接电话。冯岚让他去她工作的甜品店接她下班,他咬咬牙答应了。心里消极地想,不过是接送一下,就当是朋友吧。

林浩卿在见到冯岚后,坦白地把他们的进展告诉了她,冯岚给了他另外一个重要的信息,那就是姜叶明是美国著名的富豪俱乐部Club Auto Sport San Jose(圣何塞跑车俱乐部)的会员,有一次冯岚就到那里给姜叶明送过资料。

林浩卿把这个消息告诉了顾铮。顾铮揣测,如果姜叶明是这个俱乐部的会员,那瑞奇和他很有可能会在那里见面,因为他查过瑞奇的资料,瑞奇是一个跑车发烧友,名下有五辆跑车,他也一定会是这个俱乐部的会员。

顾铮让莫小晚给瑞奇打电话,以跑车俱乐部工作人员的名义邀请他明天晚上参加一个聚会,并且列举了一些参加聚会的人员。果然,瑞奇很感兴趣,立刻就答应了。

而姜叶明,自然也不会错过这次聚会。

"这下好了。"陈白笑,"不用绑架他们了。"

莫小晚看也不看他一眼,只对顾铮说:"那我们要怎样才能进入这个俱乐部?这可都是美国顶级富豪才能加入的俱乐部,入会费昂贵。"

陈白讪讪地看着莫小晚,自从她出现,她就没有拿正眼看过他一眼。他不管说什么,她都当听不见。

"当然不会去交钱。"顾铮想了一下,"我来试试能不能进去。"

顾铮进入这家俱乐部比想象中更容易一些，他只要装作是姜叶明的助理，来给他送一份文件，再出示一下陈白给他准备的证件，俱乐部的工作人员就轻易地放他进去了。

俱乐部内部隆重奢华，足足有三层楼高的吊顶，水晶灯照得通明，皮质沙发，大理石桌面，花纹大气的地毯，还有各种跟汽车有关的收藏和展览，有些卡座甚至设在上个世纪初的老爷跑车上，既特别又昂贵。顾铮一眼看到，瑞奇坐在其中一个卡座上，正和身边的人轻声交谈。

顾铮大踏步走过去，当他接触到瑞奇的目光时，瑞奇错愕不已。

显然，他已经知道顾铮的身份。

顾铮并没有靠近，瑞奇简单地和身边人交代一下就起身离开座位，这样的地方，他自然懂得分寸。

"你想做什么？"瑞奇压低声音问。

"我们已经找到你陷害苏瑾的证据。"顾铮直视他，"姜叶明给了你多少钱让你出卖MK公司？这些钱够你买跑车吗？"

"你胡说！"瑞奇紧张地看向四周。

"最近你好像新买了一辆兰博基尼？"

"这能证明什么？"

"姜叶明已经都告诉我们了。"顾铮浅笑道，"你对他来说，只是一次秘密协议的合作伙伴，如果MK调查你，他只会把一切都撇得干净。"

此时姜叶明从另一头的包房出来，他看到顾铮和瑞奇站在一起，面色一顿。

顾铮热情地与他打招呼："姜教授，最近股市震荡，我想听听你对当前经济的分析。"

姜叶明神色复杂地走过来。

"这是MK公司的瑞奇。"顾铮说，"他刚刚告诉我，你们德丰杰公司为了Atlas Venture的并购，贿赂了他们公司的高层。"

"他胡说！"瑞奇急于澄清，"我什么都没有告诉他！"

看着顾铮得意的笑容，瑞奇才意识到自己上当了。这已经变相地承认，他和姜叶明之间是有某种协议。

姜叶明狠狠地盯着顾铮，那目光就像毒蛇吐出来的芯子，恨不得咬他一口。

"你到底想怎样？"姜叶明愤懑地低问。

"给你听一段录音。"顾铮把在姜叶明办公室录下的那段放给他们听。

看到他们的脸色越来越凝重，顾铮知道他们胆怯了。

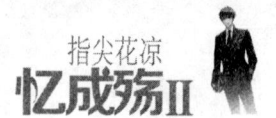

"我不想惹麻烦，所以只要你们摆平这件事，我会当作什么也没有发生。"顾铮顿了顿，"MK公司和德丰杰公司的恩恩怨怨我毫无兴趣。"

"你以为他们会信你？"瑞奇恼怒地反问。

"无所谓。"顾铮淡定地笑了，"但我们中国有句古话，疑人不用。当MK公司开始怀疑你的时候，这家公司就已经没有你的位置了。"

瑞奇面色铁青，几乎咬牙切齿地低吼："你以为我离开MK公司就没有地方可去？"

"你有。"顾铮的平静和沉稳更加映衬出他们的慌乱。他已经不再是那个少年顾铮了，他的内心和意志都变得强大起来——是什么时候他开始成长的呢？是当他有想要保护的人时，他就会变得义无反顾。

"如果你是正常离开MK公司，我相信华尔街很多公司会请你去！但你是带着负面新闻……参与泄密？受贿？你觉得华尔街还有谁会用你？"顾铮笑了。

"姜叶明！"瑞奇已经乱了分寸，"你说过你会安排好的，现在你来处理这件事！如果我失去在MK公司这个位置，我也会告诉大家……"

"瑞奇！"姜叶明怕他口不择言，出声打断他，"放心，我会处理！"

顾铮把手机拿出来："抱歉，我又录音了。"

"你！"姜叶明和瑞奇气急败坏，但他们一个字也不敢多说了。

他们眼睁睁看着顾铮离开，脸上全是颓败与恼怒。这两个老谋深算的人终于尝到了失败的滋味。顾铮已经猜到了事情的全部，姜叶明安排苏瑾到MK公司只是为了保住瑞奇不被人怀疑，而瑞奇提拔苏瑾当他的私人助理，让她参加高度机密的会议，全是他们布的局。等到德丰杰收购成功，泄密事件曝光，瑞奇利用苏瑾电脑发送的邮件就成了罪证。

资本市场的残酷，尔虞我诈，早已让他们杀红了眼，一个无依无靠的留学生，他们根本不会在意她的前途未来，只把她当作冲锋陷阵的小卒，但没有想到，横空出现的顾铮，看透了这背后的诡计。

他们竟然输给了这样年轻的男子，这让姜叶明和瑞奇万万没有想到。

2

"Sophie，恭喜你，恢复得不错！"Sally一边给苏瑾的脚做康复按摩，一边笑着说，"这个石膏要不要留着做纪念，我在上面签名了！"

"不用了。"苏瑾也笑了。她已经戴了四个星期石膏了，生活上非常不方便，现在能取下来顿时轻松不少。

"外面等着的是你男朋友吗？"刚才扶苏瑾进来的是顾铮，Sally好奇地瞄了几眼。

苏瑾点点头。

"他的职业是什么？"大概全世界的中年大妈都一样，有一颗八卦的心。Sally看到顾铮还没有恢复的脸，有些担忧："他的工作很危险吗？"

苏瑾乐了："他是飞行员，脸上的伤是为了救我。"

"你是个好姑娘！"Sally轻吻她的脸颊。

苏瑾从包里拿出一个笔记本："Sally，为了感谢你，我准备了一份游记，你和你未婚夫去中国的时候也许会用到它，当然也可以随时打电话给我。"

Sally再一次重重地抱了抱苏瑾。

苏瑾走出诊疗室的时候，顾铮的目光已经徐徐地看了过来，就像一把火炬，照亮了苏瑾的内心。刚才Sally问她顾铮的身份时，她那么自然而骄傲地承认了。

他们认识有多久了？算一算，已经有八年了，这八年里，发生了好多的事，而他们的模样也不再是年少时的青涩，唯一不变的，是他们还在一起。

她的心第一次充溢了满满的幸福感。

这真好。

"医生怎么说？"顾铮迎上来。

苏瑾活动下脚踝，有些娇羞地说："我现在很想好好洗个澡。"是从什么时候起，她在他面前不再是那个孤傲冷漠的性子，语气绵软得连自己也认不出来。

顾铮也笑了，在苏瑾的惊呼声里一把抱起她："虽然拆了石膏，但医生说了你还是要少走路！"

"快放我下来！"苏瑾的脸涨得通红，周围都是善意的笑容。

顾铮一边大步朝前，一边好心情地大喊："现在该轮到我说，不可以！"

他们一同闯入夏日的阳光里，光芒万丈，他们的眉眼都在笑。

指尖花凉
忆成殇 II

原来最幸福的事不过是这样,当我深深凝望着你的时候,也被你深深凝望着。

林浩卿靠在车前,看着从台阶上下来的两个人,心里酸涩不已:"都说了不用,你非要来!"

于蓓蓓自然也看到了这一幕,她反常地没有下车阻止,而只是趴在车窗上,手托着腮,像是在自言自语:"认识他这么久了,从来没有见过他笑得这么灿烂。"

林浩卿看了她一眼:"还不打算放弃?"

"不。"于蓓蓓吐出一个字,然后怅然地躺到后座,不想再去看那两个人。

来波士顿一年了,苏瑾从未觉得这里的景致其实不错,当然,她也没有更多的时间来享受这异国的风景,繁重的学业,课余时兼职工作,最大的空闲就是她去旧书店里淘一些二手书。她喜欢旧书店,那种从纸张里散发出来的味道总是让她想起槐树街的旧书店来。

也许,在门推开的瞬间,她会撞见一个少年的双眸。

顾铮自然地牵着苏瑾的手,他们十指相扣,肩膀紧靠肩膀——和满大街平凡普通的情侣一样,他们满心的欢喜,满眼的甜蜜。

"如果我真的坐牢了呢?"苏瑾再一次问了同样的问题。

"都说了不会!"顾铮望向她,"我不会让你有事。"

苏瑾的案子在开庭前三天,以MK公司突然宣布撤诉而告终。他们的新闻发言人在给媒体的通稿里说,这只是MK公司调查的一个失误,苏瑾并没有逾越一个员工的职责。与此同时,德丰杰公司宣布放弃Atlas Venture公司的并购。

顾铮他们自然知道这其中的理由,姜叶明和瑞奇都不想惹麻烦,他们私下里处理了这件事。不管他们用怎样的方式和MK公司斡旋,至少苏瑾已经离开了旋涡。

顾铮没有让林浩卿他们对苏瑾说太多,他不希望她有负疚感。他做这一切不是为了让她感激,也不是想要令她感动,他只是希望她安好,这是他的初衷。

3

冯岚推开门的时候,房间里已经是一片热闹,气球、拉花、绸带……各种五花八门的装饰把整个房间点缀得不伦不类。

莫小晚从厨房里端出蛋糕,于蓓蓓鼓着嘴巴吹气球,林浩卿在墙上贴标语,陈白趴在地上扯花瓣。他们要给苏瑾开一个庆祝会,为了保密,还让顾铮把苏瑾带了出去。

"快来!"林浩卿看到冯岚,笑着说,"你可以帮忙准备一些水果沙拉。"

"你们这是干什么?"冯岚的眉头皱起来,有些凌厉地问。

话音刚落,其他人都不由得停下来,别转面孔看向她。

"我们要给苏瑾庆祝,她不用打官司了。"于蓓蓓没心没肺地说,"你也加入进来?"

"这里也是我家!"冯岚面色不悦,"为什么不经过我允许就搞成这样?"

林浩卿从梯子上下来,挡在冯岚面前,低声说:"别担心,晚点儿我们会收拾好。不要发脾气。"

他又看向其他人:"苏瑾的案子能撤,多亏冯岚给了重要的信息。"

"我不用她感谢!"冯岚冷冷地回答,"这是有条件的。"

其他人面面相觑。

林浩卿脸上一热,他和冯岚的约定并没有告诉旁人,他有些掩饰地说:"要不,你先回房间?"

冯岚无声地望着他,看着他躲闪的目光,心里充满了前所未有的悲伤。

她垂了垂眼,别转面孔,慢慢走回房间。

门"砰"的一声合上后,于蓓蓓被吓得哆嗦一下,不由得问:"她怎么了?"

"女人的嫉妒心!"莫小晚毫不留情地回答。

林浩卿在房间里站了一会儿,讪讪地笑:"我去看看她,要是影响气氛多不好。"

他知道冯岚在生他的气,她给他发了信息他没有回。她并不是那种纠缠不放的性格,他没有回信息,她也没有追着再发,只是刚才的脸色完全是摆给他看的。

"对不起,我才看到信息。"林浩卿小心地撒了个谎。这还是他第一次进入冯岚的房间,和苏瑾的房间一样,简单整洁,最多的是书本。她背对着他站在窗前,背影有些落寞。

"还有十四天。"冯岚没有回头。

"什么？"

"约定的一个月。"

"苏瑾的案子……"

"我不想听到她的名字。"冯岚的声音越发冷淡。

"苏瑾她……"

"够了！"冯岚迅速打断他，"我不想听她的事！我讨厌她！非常讨厌！你们都围在她身边，凭什么也要我围在她身边？她是女王吗？她都已经有男朋友了，你还傻傻地在这里为她庆祝，没有自尊心吗？"

"我是……"

林浩卿的话刚一开头，又被冯岚打断："你不觉得你自己很可笑吗？她根本不在意你！而你凭什么这么对我？之前答应见我只是想要我给你更多的信息，现在不需要了，所以连短信也懒得回了！你这个浑蛋！"

林浩卿摸了摸鼻翼："我……"

"知道她的脚为什么受伤吗？"冯岚再次打断他，"是因为我！我从一开始就没打算帮她！我就想看着她被驱逐出境，坐牢！"

"冯岚！"林浩卿看着她情绪越来越激动，不由得想起她发飙打人的样子，下意识向后退一步。

冯岚敏感地注意到了，她悲愤地看着他，眼里涌上泪来："其实一开始姜叶明让我去MK我就知道他的目的，他说可以给我钱！我拒绝了！所以他才找了苏瑾！"

"你怎么可以这样？"林浩卿低吼道，"你们即便不是朋友，也是同胞！"

门突然被撞开，莫小晚、于蓓蓓和陈白挤了进来。

陈白摸摸后脑勺，讪讪地笑："这里隔音效果不太好。"

"冯岚！"莫小晚咬牙切齿地说，"你这个疯子！为什么要害苏瑾？"

"是她傻！"冯岚深吸一口气，瞪着莫小晚，"她活该！"

莫小晚气极，顺手拿起一本书朝她砸了过去。

冯岚没有躲开，书砸在她身上，点燃了她心里的怒火，她红着眼朝莫小晚扑过去，陈白眼疾手快地挡在前面，脸上被冯岚抓出一道血印子。

莫小晚利落地推开陈白，一把扯住冯岚的头发，而冯岚一脚踢过来，两个人扭打在一起。陈白和林浩卿赶紧从身后拖住她们。

于蓓蓓没有见过这样的场面，急得团团转，不知如何是好。

林浩卿从后腰抱住冯岚，冯岚干脆低头咬了他一口，疼得他一甩手，松开了冯岚。

陈白拿身体挡在莫小晚面前劝慰道:"有话好好说,别打了!"

此刻,冯岚的头发披散下来,凌乱狼狈,她深深地吸口气,像个恶魔一样地笑道:"莫小晚,你知道是谁把泄密事件透露出去的?是我!是我发了匿名邮件寄给MK高层!"

"你这个疯子!"莫小晚瞪着双眼跳起来要跟她拼命,无奈陈白拦腰抱着她。

"啪"的一声,所有人都停了下来,冯岚摸摸自己的脸,难以置信地盯着林浩卿。

"你打我?"她死命地瞪着他。

疼,胸腔的位置像被人撕开了一道大口子,整个人就从这道开口向无边无际的黑暗坠落了下去。

"你就是个疯子!"林浩卿咬着牙,一字一顿地说。

趁着陈白愣神之间,莫小晚上前又给冯岚一记耳光,凌厉地喊:"这是替苏瑾打的!"

"滚!"冯岚脸色苍白,一双眼睛却亮得吓人,她颤声地喊,"你们都滚出去!这是我家!"

"你最好马上搬走!"于蓓蓓挺身而出,"我会找到房东,不管多少钱我都会买下这里!"

冯岚用指尖擦掉眼角的泪,表情变得扭曲癫狂,虽然面上在笑,但眼泪不断地涌出来,她盯着于蓓蓓:"这样帮苏瑾,你是不是蠢?她是你的情敌!"

"不为爱情犯点儿傻,就不配拥有爱!"于蓓蓓面色镇定。

"你是犯傻吗?你这是犯贱!"冯岚冷哼一声,最后怨恨地看了眼林浩卿,深吸一口气,转身走出了房间。

她记得小时候她玩的游戏,在夏日的午后,用放大镜烤地上的蚂蚁,蚂蚁开始很陶醉,可瞬间就被焚烧殆尽。她的心,早已变得冷漠决绝,父母离异,把她丢给年迈的奶奶,孤独寂寞陪伴了她整个青春,她不愿意付出,只是因为害怕像蚂蚁那样,在感受到温暖后万劫不复。

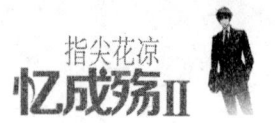

此刻的顾铮和苏瑾在查尔斯河边漫步,绿色的青苔爬满了石级的缝隙处。有些星星点点的蓝色野花穿插其间。

苏瑾认得,在家乡的田野里也会有这种花,五瓣的花,细长的茎,叫婆婆纳,她惊喜地俯下身,轻嗅花香。

她穿着的一件长及膝盖的棉裙被风吹起来,裙角像羽毛一般轻柔地飘扬,抬头向顾铮笑的时候,像刚刚从清晨田野里采花归来的姑娘。

顾铮不由得看呆了。

今天和顾铮出来,莫小晚给她抹了一层淡淡的唇彩,让她整个人都散发出温柔的光彩,莫小晚趴在她的耳边坚定地说:"苏瑾,要幸福。"

现在的她,就好像躺在秋日的麦田里,静静仰望着蓝天白云,感受着现世安好。

一直缠绕在她心上的案子终于告一段落,被驱逐出境和监禁的阴影终于消散,苏瑾感觉像做了一场梦,是顾铮和朋友们将她从噩梦中叫醒,让她感到,原来她一点儿都不孤单,还有很多人关心着她。

顾铮看向苏瑾,她盈盈一笑,双眸如宝石般流光溢彩。顾铮感觉心像浸在蜜糖里,甜丝丝的。

"这个给你。"顾铮从荷包里拿出一罐木糖醇。

苏瑾笑着接了过来。

"现在总算乖一些了。"顾铮摸摸她的头,"当年不管给你什么,统统都还给我。"

"当年……"苏瑾喃喃地重复道,"时间过得好快。"

认识的时候,还是青涩的少男少女,现在已经是大人的模样。

"我妈那时候就觉得你有出息,没想到这么有出息!"顾铮笑了,抬眼看到查尔斯河边的音乐会,拉起苏瑾,"走,我们也加入。"

第一次看到查尔斯河边的露天音乐会,他就在幻想能和苏瑾加入其中。

流浪的艺人们抱着吉他,拉着手风琴,敲击着腰鼓,弹奏着轻快的巴哈小夜曲,行人们围成一个圈,勾着手臂跳起了舞,跳一阵就换一个舞伴,一个舞伴一个舞伴地换过去,最终会回到最开始的舞伴。

苏瑾有些羞涩,躲闪在顾铮的身后:"不行,我不会。"

顾铮不由分说地把她拖进人群，爽朗地大笑："反正我也不会。"

苏瑾一开始有些怯怯的，手脚都不知道该往哪儿放，慢慢地跟上节拍，看着旁人，很快就掌握了要领，跳得自然流畅。

这是她生命里的第一支舞，她从未像现在这样，感觉幸福离自己这么近，这样放肆地大笑，尽情地起舞，什么也不用想，只是注视着那个温暖的所在。

时光像一只青鸟，飞呀飞，她看到了年少卑微的自己，从往事里走来，带着泪水与辛酸，然后终于长大了。

一直觉得顾铮好看，但没有想到成年后的顾铮会这样俊朗，只穿着式样简单的灰色T恤、牛仔裤和白球鞋，整个轮廓落拓清爽，当他侧身与她跳舞时，逆光让他的脸笼着金色的光边，温暖极了。

一曲完毕，音乐换成了《西雅图夜未眠》的主题曲《当我坠入爱河》。婉转的轻声吟唱，像是一个女子在低声倾诉——

When I give my heart（当我付出真心），

It will be completely or I never give my heart（那将会是不遗余力，或者我一点儿也不付出），

And the moment I can feel that you feel that way too（当某一时刻，你我心灵相通），

Is when I fall in love with you（这就是当我爱上你的时候）.

旁边的情侣从欢快的圆舞换成了慢舞，顾铮绅士地做了一个请的手势，苏瑾笑着把手搭在了他的肩膀上。

那个顽劣的少年，那个会嚷嚷，会发脾气，会在雨天里踢球，会拦着她质问的少年，他也长大了。

"在想什么？"顾铮握着她的手，其实他也从未跳过舞，已经很小心了，但还是频频踩到苏瑾的脚，她忍俊不禁，尽量把步子放得更小。

"肖阿姨还会称呼你为'宝贝儿'吗？"苏瑾偏着头，调侃地问。

"喂，这个时候你竟然在想这个？"顾铮在她头上敲了敲。

"我真的想知道。"她一直羡慕他有那样宽厚温润的父母。

"有时候还会。"顾铮撇撇嘴，"我都这么大了。"

"在父母眼里，孩子永远都是孩子。"苏瑾眼里有些黯然，她没有了父亲，也没有了母亲，她现在——只有顾铮了。

捕捉到苏瑾的失落，顾铮把她往胸口揽了揽："我们永远都不会分开。"

"永远吗？"苏瑾傻傻地问。

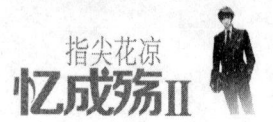

"当然。"顾铮举起手来,"我发誓。"

苏瑾笑了,顾铮永远都这样,不管是年少时的他,还是现在的他,骨子里都有着天真的孩子气,而她虽然一直目标明确,可在感情上,却一点儿把握都没有。

她是一个极度缺乏安全感的人,所以她不敢给他承诺,不敢去说永远——她怕她做不到。

很久以后,她想起她和顾铮在查尔斯河边跳的这支舞,听到的音乐,她会想,其实她一直都没有变,顾铮爱她,永远都比她多。

5

顾铮和苏瑾回到家时,"砰砰"的两声,手持礼花在他们头上炸开来,彩色的纸片像雪花一样蹁跹地落下来。

"怎么搞得像结婚?"于蓓蓓不满地嘟囔,"就说礼花不要放了,看到这一幕我的心都碎了!"

莫小晚白她一眼:"要我给你订去机场的出租车吗?"

"不——要——"于蓓蓓大声回答。

冯岚走后,他们四个人决定忘记刚才的争吵,要给苏瑾一个快乐的庆祝会。

"来切蛋糕!"莫小晚亲自下厨烤的蛋糕,蛋糕切得不平整,奶油糊成一团,但苏瑾还是感动不已。

顾铮把苏瑾拉到蛋糕前:"看在她用心良苦的分儿上,我们就勉为其难地吃几口。"

莫小晚笑了一声,说道:"现在你就可劲儿嘚瑟吧!"

"香槟在这里!"林浩卿举起香槟,用力地摇晃,塞子被打开后,白色的泡沫像烟花一样汹涌而出。他对着顾铮喷过去,顾铮毫不示弱地拿起另一瓶也朝他喷过去,觉得好玩的于蓓蓓也举起香槟摇晃着喷向他们,清凉的金色液体洒落在他们的头上,脸上,身上……

每个人都笑得那么真诚欢喜。

当莫小晚把香槟对着陈白喷过去的时候,他突然间抓住她的手,一把将她拥入怀中,蝴蝶般的吻轻轻地落在了莫小晚的额头上。

空气顿时被冻结,所有人都停下来。

莫小晚第一个反应就是猛地推开了陈白。

顾铮朝陈白的下巴挥过去一拳,陈白被掀翻在地。顾铮揪着他的衣领,气咻咻地质问:"你在干什么?"

"我喜欢她。"陈白垂了垂眼,"只是情不自禁。"

"浑蛋!"顾铮朝他再挥挥拳头,"别以为你是律师我就不敢打你!"

莫小晚有些被吓到地皱皱眉,说:"你走吧。"

"小晚。"陈白恋恋不舍。

"等一下。"于蓓蓓小心翼翼地看了莫小晚一眼,"我觉得他是真心的。"

"她让你走。"顾铮推了推陈白,"以后你再敢这样,小心你的肋骨!"

陈白望着莫小晚,有些沮丧:"对不起。"

莫小晚没有回答,扭过头看向一边。

陈白自嘲地笑了笑:"对不起大家,影响你们的心情了……不过,认识你们,真的很开心!"虽然苏瑾的案子并没有开庭,但他觉得自己已经赢了这场官司,因为他找回了最初要当一个律师的热情。

陈白在开门走出去的时候,转身再看了莫小晚一眼,莫小晚依旧看向一边,无动于衷。他真的不是一个轻浮的登徒浪子,只是灯光下的莫小晚就像一尾斑斓的鱼,让他心旌荡漾——他动心了,很认真很认真地动心了。

"又走了一个。"于蓓蓓喃喃自语,"唉,今天的庆祝会!"

"又?"苏瑾注意到她的措词,诧异地问。

"冯岚吧。"顾铮对她并不待见,"她心思太复杂了。"

"她……"于蓓蓓想说今天的事。

林浩卿赶紧转移话题:"于蓓蓓,你不是说要请我们吃大餐吗?"

于蓓蓓"啊啊啊"地惊跳起来:"在锅里呢!"

于蓓蓓扑向厨房,然后是一连串的尖叫,接着是锅碗瓢盆落地的"乒乒乓乓"的声音。她哪里下过厨房,不过是把一堆海鲜食材统统扔进锅里水煮,还美其名曰,海鲜就是要吃原汁原味。只是她粗心地忘记关火,食材已经变黑发糊了。

顾铮无奈地拍拍额头:"真想谁来收了她!"

林浩卿同情地拍拍他的肩膀:"了解。"

"不如我们来煮火锅吧?"顾铮觉得这应该是最简单的一道菜,所有的蔬菜往锅里一扔,熟了蘸上香油葱蒜泥就可以吃了。

"旁边的超市应该还有菜卖。"林浩卿附和道。

"老天,这火锅你们打算是半夜吃吗?"莫小晚摸摸自己的肚子,做饥饿状。

"一起帮忙,应该很快。"苏瑾也说。

于蓓蓓从厨房探出头来:"要不,我负责洗碗?"

"一边去!"莫小晚瞪她一眼,"我可不想苏瑾家的碗尸骨无存。"

一群人都是行动派,去超市买回食材,洗的洗,切的切。苏瑾家的厨房原本就狭小,两个人进去就满满当当了,如今更是转个身都难,但大家忙得喜不自禁,气氛融洽温馨。

"哐当!"当于蓓蓓再一次把盆掉在地上时,莫小晚忍无可忍地把她往外面推:

"你就别捣乱了,去外面玩去!"

于蓓蓓撇撇嘴,虽然表情在抗议,但还是乖乖地回到客厅。

顾铮在切土豆,肩膀耸起来,屏气凝神地摁住土豆,一刀下去,土豆圆滚滚地翻了个身,从他的刀下溜走了。看着他认真努力的样子,苏瑾不由得笑了:"还是我来吧。"

"这种危险的事还是交给我。"顾铮郑重其事。

莫小晚"咻"了一声,丢给他一个大白眼:"能不能别这么肉麻?"

顾铮偏着头,好心情地说:"不觉得你们两个大灯泡在这里很碍眼?"

"就不能低调点儿?"林浩卿把青菜择好递给苏瑾,"我会心碎!"

顾铮爽朗地大笑起来:"用万能胶粘上不就得了。"

"我还没放弃呢!"于蓓蓓探头进来,"真的很饿,能快点儿吗?"

莫小晚把一把青菜叶子递到她嘴边逗她:"快吃吧。"

"生的!"于蓓蓓大叫,她跳起来去挠莫小晚的痒,莫小晚一边跑一边拿菜叶子丢她。两个人在厨房闹成一团,顾铮气得把她们都赶了出去。

林浩卿看看苏瑾,再看看顾铮,自觉地摆摆手:"算了,厨房交给你们吧,我,out(出去)。"

顾铮喜形于色说道:"顺便把门带上。"

"顾铮!"苏瑾的脸不由得红了。

"干吗?"顾铮赖在她身边,偏头去看,苏瑾的脸更红了。

"为什么关门?"

"现在总算安静了。"

"可……"

"苏瑾。"

他握住她洗菜的手,任凭清凉的水从他们合在一起的手上流淌下去。

房间里静静的,只能听到彼此心跳的声音,顾铮喃喃地念着她的名字,这样的亲昵,让他有些恍惚的不真实感。可她明明就在他的身边,他甚至能闻到她发丝里清甜的气息。他侧过身,一点儿一点儿地俯下去,心里紧张得要命,感觉心脏都快要炸开了。

苏瑾静静地闭上眼睛。她感觉到他带着微微的颤抖。原来初吻的感觉是这样的,像在夏日里吃一块西瓜,沁心地透凉。又像是抬头直视夏日里明晃晃的阳光,有片刻的眩晕。

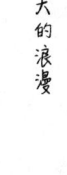

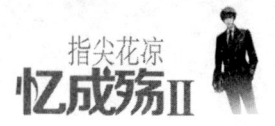

于蓓蓓一大早就来敲顾铮的房门,劈头就是一句:"我要回国了!"

顾铮惊喜:"终于想明白了?"

于蓓蓓把手里拎着的几个行李箱丢给顾铮,急匆匆地说:"新闻上说我爸的公司出了点儿问题,我先回去看看,反正你一回来就能见到我。"

于蓓蓓为了能天天见到顾铮,没有去她父亲的公司工作,而是执意进了顾铮所在的航空公司,不同的是他是飞行员,而她是安检人员。每次她拿个仪器把顾铮从头到脚扫描一遍时,总是做得无比认真,她甚至会要求他把鞋子脱下来给她检查。

"我也去机场,送你吧!"林浩卿气定神闲地出现在门口。

"莫小晚呢?"顾铮不由得问,"她也走吧?"

"你就巴不得我们都走!"莫小晚打开房间的门,扫他一眼,"把时间空间都留给你们!"

得知莫小晚也要离开时,顾铮简直要仰天喊"万岁"了!

苏瑾的案子结束后,他原本还有几天时间可以停留在波士顿,但每天都是五人行,他们两个人之间永远多了几个大灯泡,瓦数还是超级亮的那种。

他想和苏瑾走在一起,于蓓蓓就一把拖住苏瑾的手;他想拉着苏瑾偷偷溜走,林浩卿已经挡在前面;他拿手机给苏瑾发信息,莫小晚就一把把手机抢走……他觉得他们简直就是故意的。

林浩卿拍拍顾铮的肩膀:"我只能帮你到这里了。"

莫小晚戏谑地笑,低声说:"回头于蓓蓓会杀了林浩卿的。"

顾铮欢喜地坏笑:"那最好不过。"

林浩卿压低声音:"你欠我人情!"这几日他看着顾铮上蹿下跳急得想跟苏瑾单独相处,故意捣乱胡闹,其实每每看在眼里,心里也会酸楚嫉妒,但不放弃又能怎样呢?爱情不是一场赛跑,一个人跑,一个人追,撑上了就算赢。他赢不了,因为苏瑾一直在等,她等的那个人是顾铮。

他没有试图去让蓓蓓明白,每个人都有自己对爱情的态度和姿势,或者,只有等到她自己筋疲力尽的时候,才会停下来。

林浩卿做了一个假的新闻网页给于蓓蓓看,内容就是她父亲的公司出现了危机,于蓓蓓果然上当,看到新闻就急不可耐地要回家。

他们在苏瑾和顾铮的故事里，只能是过客，他懂，所以他选择适时地退场。

当他们一行走到酒店大厅时，看到陈白立在那里。

"他又来了。"于蓓蓓的语气里多了兴奋，推了推莫小晚，"去跟他道别吧。"

莫小晚把大墨镜一戴，仰着头，旁若无人地从陈白的身边走了过去。

顾铮与陈白颔首："她要走了。"

陈白追上莫小晚，急急地说："我道歉，行不行？"

莫小晚自顾自地朝前走，一只大手突然伸过来，紧紧抓住她的胳膊，莫小晚挣扎不开，干脆高跟鞋用力往他脚上一踩，疼得陈白松了手。

其他几个看热闹的人不由得笑了。

"我们还能再见面吗？"陈白悻悻地问。

"不能。"

"那电话还是要接一下吧？"

"等你打通了再说！"

"可你总得把我从黑名单里拉出来啊？"

"下辈子。"

"别这样！"

莫小晚不再回答，她对他的态度就是漠视他，漠视他！

莫小晚上车，回头对于蓓蓓不耐烦地说："快点儿。"

于蓓蓓递给陈白一个同情的目光，转身上车。

陈白沮丧不已，顾铮于心不忍，宽慰道："给她一点儿时间。"

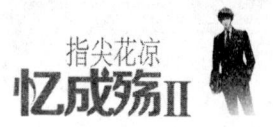

苏瑾透过窗口可以看到顾铮就坐在对面的大草坪上,他穿着一件红色的T恤,在青碧的草坪上,就像一朵随风摇曳的花。每每她回头,"花"就会大力挥手,再给她一个大大的微笑。

笑意从她的心里溢出来,耳边好像演奏着一首曲子,整个弦乐队都在用低声哼鸣,灌满了全世界。哪里,哪里都能听见。

"Sophie,能让你男朋友安静点儿吗?"一头棕发的中年男教授在台上笑着说,"老实说,他真的挺帅,至少比我帅,所以在座的女生都只盯着他看了。"

教室里哄堂大笑,苏瑾的脸不由得红了。今天她有课,顾铮非要陪她来上课,之前就算陷入泄密案里,她也坚持来学校上课,即使旁人对着她指指点点,她也坚强地直视前方。如今,风波已经悄然过去了,她知道这一切都因为她身边有顾铮,有这些朋友,即使他们什么也不说,她也知道他们为她所做的一切。

有时候看着于蓓蓓,她会心生羡慕,那么阳光明媚、心思单纯的女孩,她并不是一个任性的大小姐,她只是单纯地随着自己的心意。可是苏瑾不能,从小时候起,她就不能按照自己的心意生活,她有那么多无可奈何,所以只能选择拼命地逃离。

"我们现在来讲J-曲线效应。"教授开始换幻灯片,"这个理论的提出者是……"

苏瑾专心听讲,不再去看顾铮。旁边有个同学用手肘碰碰苏瑾,她狐疑地别转面孔,看到那朵"花"正在做各种鬼脸,引得周围一片窃笑声。

"你男朋友真可爱。"后面的女生在苏瑾背后低声说。

苏瑾不得不转过身对着顾铮比一个"嘘声"的动作,顾铮很无辜地耸耸肩膀,然后比了一个"三"。苏瑾知道他的意思——还有三分钟就下课了。

下课铃响了,苏瑾挤开纷纷向她打听顾铮的女同学,抱着书本刚走出教室,顾铮就抢过她手里的书本,跳到她前面朗声问:"下节课在哪里?"

"不去了。"

顾铮猛然收住脚步,不可思议地问:"你……你居然会逃课?"

苏瑾莞尔:"你太吵了。"

"我明明就没有讲话!"顾铮无辜地绕着她转来转去。

"你挤眉弄眼又摇头晃脑,所有人都在看你!"

"不都是为了吸引你注意吗?"顾铮故作娇嗔地说,"你都不看人家。"

苏瑾忍不住笑了。不管是以前的顾铮，还是现在的顾铮，他的孩子气都那么纯粹简单。

顾铮自然地牵起苏瑾的手："为了庆祝你第一次逃课，带你去个地方。"

"哪里？"

"到了就知道了。"

顾铮带苏瑾去的地方是公园街教堂。这座教堂已经有两百多年的历史，是波士顿著名的景点之一，从苏瑾住的街区可以远远地看见它的白色尖顶，只是苏瑾从未来过。

"这里有许愿池。"顾铮把苏瑾带到一个古旧的石槽旁。石槽里盛着清水，内壁已经爬满了绿萝，水面上漂浮着几朵不知名的小白花，在石槽上有一尊爱神丘比特的雕塑，他手里举着弓箭作势要射出。

水池的底部铺满了银晃晃的钱币，而在水槽的旁边是一圈三米高的石砌栏杆。

顾铮掏出一枚硬币朝丘比特身上扔去："据说能把硬币放到丘比特身上的人，他许的愿一定能实现。"

苏瑾看着那枚硬币只是碰到了丘比特，然后落入水槽，有些失望地说："什么时候这么迷信了？"

"从认识你的时候起！"顾铮拿出硬币继续抛出去，"高考的时候咱们还去归元寺许过愿呢！"

"你当时许的什么愿？"

"考到北京。"顾铮沉默一下，"菩萨大概太忙了，没空理我。"

"那时候我也希望你能到北京。"苏瑾真诚地望着他。

顾铮停下手上的动作，静静地凝视她："为什么不告诉我？"

"因为那时候我们太小了。"苏瑾出神地望着丘比特。我们还太小，负担不起承诺，承担不了责任，我们连自己的未来都无法掌握，又怎么去左右别人的呢？

"现在呢？"顾铮认真地问。

"现在。"苏瑾笑了，"希望能毕业！"

苏瑾的毕业论文将会由姜叶明做主导评估，如果他非要找一些问题出来，那她就很难通过。不过苏瑾不去想了，一年以后的事呢，现在她只要认真地做好每一件事就够了。

"学业的事丘比特不管……"顾铮抛出的硬币终于在丘比特的肩膀上稳稳停好，他哇啦哇啦地大叫起来，惊喜雀跃得像个孩子。

"你看你看！"顾铮帅气地用手指挑挑头发，"是不是很厉害？"

"以前念书的时候怎么没见你这么好胜？"

"快许愿吧！"顾铮双手合十，闭上眼睛，诚心地念叨着。

就算根本听不清他在念叨什么，苏瑾也能猜到。因为她和他的愿望是一样的，希望他们能够一直在一起。现在还有什么能分开他们？即使有，她也不会退缩惧怕了。她已经强大到能够主宰自己的人生，能够做出选择了。

"接下来我们去看电影吧！"顾铮满心欢喜地推推苏瑾，"这个你去换上。"

苏瑾接过顾铮递过来的纸袋，里面是一件和顾铮同款的红色T恤。

苏瑾嫌弃地丢还给他："颜色太艳了。"

"很适合你！"顾铮做哀求的表情，"试试吧？"

苏瑾换好T恤出来的时候，顾铮把她转了个圈，啧啧地说："真好看！"

苏瑾面露羞涩，还没有回答，就听到顾铮继续说："我说的是衣服！话说我的眼光真独特。"

苏瑾娇嗔地瞪他一眼："臭美！"

"臭美也是一种美！"顾铮跳到苏瑾面前，用双手托腮做可爱状，"我美吗？"他在她的面前，从来不介意扮猫学狗地逗她笑，他的目光总是紧紧地追随着她，一颦一笑都让他欢喜。从十六岁遇见她时，他就以一种天崩地裂的姿态，愿与全世界为敌的姿态来喜欢着她。

到电影院的路上要经过普利广场，广场上多是巴洛克式建筑，颜色丰富，造型自由，漫步在宽阔的广场上，鸽子也在悠闲地散着步，你紧追几步，它们才会呼啸着朝天空中飞去——那天空的颜色，像蓝水晶一样清澈。

即使身处喧嚣之中，他们也觉得就像是走在静谧的海边，有阳光、沙滩和白云。

没有什么比这更加浪漫的了，即使只是牵着手散步。

苏瑾停下来，她被前面演默剧的艺人吸引住了，他在演绎一棵树，金黄色的头发上戴着几片树叶，然后身体一抖，身上又冒出几片绿叶来。

苏瑾饶有兴致地看着，突然间，从她身边经过的人都停了下来，他们在顾铮和苏瑾的身边绕成一圈，跳起了轻快的踢踏舞，苏瑾目瞪口呆时，顾铮竟然加入了他们，他把手抄在背后，重心从一只脚换到另一只脚，然后落到脚掌前端，踏出愉悦的声响。

他们最后的动作是围绕在"那棵树"的身边，变出各种颜色的花朵，站在最前端的顾铮手里变出一朵玫瑰花来，另外的那些人迅速地融进了人流。

苏瑾的眼里涌出泪来，再也不会有谁这样善待她了。

"拿着呀！"顾铮把花递给她，"这可是我第一次送花给你，所以一定要让你记忆深刻。"

苏瑾接过来："什么时候会跳踢踏舞的？"

"昨天练到半夜！"顾铮胸有成竹地笑了笑，"不错吧！"

"这些人你怎么找到的？"

"陈白。"顾铮笑嘻嘻地说，"其实他除了当律师差劲，其他还好。"

"他也跟你一起胡闹！"

"他现在可是有求于我！"

"小晚？"

"莫小晚也该谈一场恋爱了！"顾铮停顿一下，"不过，陈白那家伙还得多考验！"

苏瑾转过身，看到陈白就站在不远的地方，向他们颔首示意，然后转身走进了人群里。她会记得今天的，记得顾铮为她跳的舞，送的花，记得顾铮用"快闪"这样的方式对她的表白……没有女孩不希望自己的爱情浪漫如童话，即使倔强如她，也在顾铮的柔情里，卸下了所有的伪装。

她第一次打开顾铮送给她的"木糖醇"盒子的时候，才发现里面装的全是水果糖，清凉的色彩，透心甜。她知道顾铮为什么要送她水果糖，她曾经因为低血糖晕倒过，所以这成为他的一块心病，总是在她抽屉里放各种甜食，那时候她无一例外地全还给了他。

顾铮的浪漫还没有结束。

当苏瑾和他坐在电影院里准备看电影的时候，偌大的屏幕上先放出了她的照片：穿着校服的她，孤零零走在街口的她，坐在旧书店看书的她，对着窗外凝神的她，专注写作业的她，摆地摊的她，拿到录取通知书的她，第一次去北京的她……时间从她的十五岁、十六岁……一直到现在的她……

她从来没有认真端详过自己，从来没有注意过时光在她身上留下的痕迹，从来没想过在顾铮镜头里的自己是怎样的模样……顾铮的这份心思，细腻隆重，她对着这些照片，一个字也说不出来。一时间，只是泪如雨下，只是紧紧地、紧紧地攥住他的手。

Zhijian Hualiang Yi Cheng Shang II

第 5 章
飞来的礼物

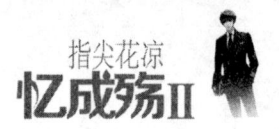

午后开始下起暴雨,沉甸甸的乌云罩在城市的上空,天变得很暗。小石子大小的雨滴敲击着地面,发出"沙沙"的声响,雷声大震。

因为恶劣天气,顾铮驾驶的航班延误了三个小时才顺利地停在浦东国际机场。

抵达地面后,他把速度减低,滑行向16号停机口,他熟稔地对副驾驶许霖发出指示,让他执行自己另一侧的操作,等飞机渐渐停稳。他始终镇定自若,动作流畅连贯。

许霖把耳麦取下,搓搓有些酸胀的眼睛,长长地松口气:"这鬼天气颠簸得我都要吐了!"

顾铮在第一时间把手机打开,他不想错过苏瑾的任何消息。这一次他们飞的是迪拜,在迪拜停留十六个小时,他选择在酒店休息,然后在苏瑾上课前视频通话了一小会儿。

从纽约集训结束后回国,顾铮没有时间再返回波士顿,他和苏瑾已经三个多月没有见面了。

夏天逝去,秋天来临。

思念的感觉宛若风卷云涌,静谧而澎湃。

他们只能通过电话或者微信视频安抚思念的情绪。她学业忙碌,他飞行任务繁重,他们中间还有十三个小时的时差,鲜少能够碰面,有时候苏瑾看到他刚飞行结束,一脸困顿疲惫,心疼不已地说:"顾铮,你先休息一会儿,晚点儿再说。"但顾铮总说:"不用,我可有精神了。"

苏瑾知道,他总是在配合着她的时间,从来不忍心她熬夜等他。

所有的细枝末节,他都在为她着想,所有电话,他都会在她方便的时候打来。

顾铮和机组人员拖着行李箱过安检的时候,看到于蓓蓓穿着深蓝色安保制服站在安检门口冲着他笑。他下意识地往后闪了闪,想要换一个通道,许霖用手肘推了推他,坏笑道:"去,那是你专属的通道。"

"把手机手表都放这里,站上去,手臂打直。"于蓓蓓指指传输带,把检测仪器朝他手臂上一挥,周围已经传来窃笑一片,但于蓓蓓的表情却特别严肃。

机器"嘀嘀"地响了两声,于蓓蓓漠然地望着他:"请你把皮带解下来!"

顾铮咬牙切齿地压低声音:"于蓓蓓,别闹了。"

"请配合我们的工作。"于蓓蓓无辜地盯着他,脸上露出公式化的笑容。

顾铮无可奈何,只得把皮带解下来放到传输带上,再让她检查一遍。

"好啦，你没问题！"于蓓蓓眯着眼睛甜笑，冲他身后扬声喊，"下一位。"

许霖已经过了安检，在旁边揶揄地说："被人缠着也是你魅力的一种体现。"

"少来！"顾铮捅捅他的腰，"我希望有人赶紧收了她！"

许霖一边笑一边看身后，面色突然风云变化，他的异常让顾铮也不由得回头去看。

许霖的行李拖箱在通过传输带检查后，被扣留下来，重新检查。

许霖脸色越发苍白，沙哑着声音低声问："顾铮，怎么办？"

顾铮一看他的表情就知道出事了。顾铮早已警告过他，不要再做代购的事，被机场海关查获，他不仅会被停飞，还有可能受到开除的处分。之前航空公司已经查获很多起空勤人员带大量奢侈品入境的事件，所以最近都管理得特别严格。

安检人员走向他们："这个箱子……"

"是我的。"顾铮抢在许霖的前面，淡淡地回答。

于蓓蓓急得喊出声来："顾铮，明明……"

顾铮用眼神制止她说下去，他知道这不是逞英雄的时候，只是这份工作对许霖来说，比他重要太多。许霖家境不好，从大山里出来的孩子能进入航空公司对于他们家来说意义重大，每次许霖的父母来，总是会给顾铮带山里的新鲜货，这份善意让顾铮铭记。

他知道许霖一直在做代购。许霖的收入高，但开销也大，他需要钱，有时候他让顾铮帮他带一点儿在允许范围内的奢侈品，他也会同意。只是没想到许霖的胆子越来越大，现在终于出事了。

许霖神情复杂，感激地看着顾铮，不知道该说什么。这一刻他退缩了，他知道后果是什么，但他没有勇气去承担这种后果。当顾铮站出来的时候，他让自己懦弱了下去。

顾铮从海关办公室出来时，于蓓蓓和许霖迎了上来。

"他们怎么说？"于蓓蓓责备地说，"明明就不是你！"

"我饿了，先找地方吃饭。"顾铮给他们一个宽慰的笑容，径直朝前走。他一边走一边掏出手机来，上面已经有苏瑾的几条信息，问他是否安全抵达。他给她回了信息，算算这个时间她应该在上课，没想到苏瑾很快就回了信息过来。他望着屏幕暖暖地笑了，那么爱学习的苏瑾也会在上课的时候开着手机了。

他没有跟苏瑾讲刚刚发生的事，即使真的被停飞或者开除，他想苏瑾也会理解他的。不仅仅因为许霖是他的朋友，还因为他是机长，他没有严厉地去阻拦过许霖，他其实是有责任的。

他们三个人到机场旁边的拉面馆，一人点了一份拉面。顾铮是饿急了，胃部都感觉

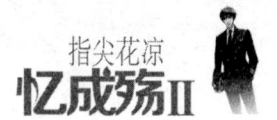

有些沉，等面上来就大快朵颐。

"顾铮——"许霖面色困顿，"要不我还是去承认吧！"

"你到底带了多少东西？"顾铮沉着脸，"我告诉你，你只有这一次机会，下次再犯没有人帮你！只有走人！"

"再也不敢了！"许霖惭愧地望着他，"最近手头紧，所以这次带的货多了点儿……"许霖跟顾铮交代了一下，他光是手表就带了十多块，另外还有包包和香水等。

顾铮越听脸色越沉，把手里的筷子往桌上一拍："你小子是疯了！"

于蓓蓓气咻咻地看着许霖："刚才顾铮被拦下来的时候为什么不承认？现在才说要承认，你就是个胆小鬼！"

许霖埋着头，双手揪住头发，声音带着哭腔："要是被开除，我就完了！"

"那顾铮呢？"于蓓蓓咄咄逼人，"每次有什么事都找顾铮帮你擦屁股！"

"别说了！"顾铮顿了顿，"这件事我来承担，你们别管了。"

于蓓蓓想到什么，突然间又开心起来："被开除算了！大不了我养你！"

"别美了！"许霖白她一眼，又望向顾铮，不安地问，"苏瑾不会嫌弃你吧？"

"肯定会嫌弃呀！"于蓓蓓清清脆脆地抢答，"她可是将来的华尔街金融新贵，而你却是失业人员！到时候我也辞职，咱们一起开个小店？"

"就你那点儿出息！"气氛活跃些，许霖的语气也舒展开来，"顾铮这技术，猎头早等着了！"

顾铮听着他们插科打诨，心里在想，苏瑾会介意吗？原本他计划下个月飞波士顿，看来一定会被停飞了，即使这样他也会去，停飞正好，把他的计划提前了。

2

波士顿的十月气温已经很低，又是飓风肆虐的季节，整个校园铺满了厚重的银杏树叶，身在其中，黄叶纷飞，别有一番萧瑟之美。

姜叶明就在一派秋日的阳光里看到了苏瑾。她穿着深灰色风衣，红色的围巾松松搭在肩上，衬得一双眼睛越发乌黑灵秀，老实说，苏瑾是他见过的最有潜质最优秀的学生，他最欣赏的是她那股沉稳劲，年纪这样小，却胸有丘壑，令他赞许不已。

之前他没想过要介绍她去MK公司，但被冯岚拒绝后，苏瑾是最合适的人选，正是因为她的处之泰然才不会引起别人的怀疑。如果事情没有被调查，他和瑞奇也不会牺牲苏瑾，相反他会重点培养苏瑾，让她在MK公司提升她的实力。其实从第一次见到她时，他就对她有一种莫名的好感，就好像看到年少时的自己，沉默而倔强地努力着。

泄密案后，他没有跟苏瑾谈过。每次课后，他想要跟她攀谈，她总是别转头，将书本抱在胸前，脚步匆匆地离开，明显表现出拒人千里之外的意味，他只得望而却步。

"姜教授，我的论文《主权危机下的国际金融规则》初稿已经完成了，您能给我几个意见吗？"冯岚走近姜叶明。

顾铮说得对，冯岚的城府在于她懂得利弊，即使姜叶明曾经想利用她，但她依然把他当作导师来尊敬，她可以当作什么都没有发生。姜叶明自然明白为什么，她们的毕业和就业都会受到他的影响，所以对于苏瑾的清冷他更加佩服。

姜叶明给冯岚提了几点意见，试探地问道："能帮忙告诉Sophie，我想请她吃个便饭吗？"

冯岚诧异地抬头，停顿片刻，犹豫着问："需要我转告？"

姜叶明笑了："我以为你们很熟。"

冯岚怔了怔："那我试试。"

冯岚并没有搬走，离开的人是苏瑾，当然，于蓓蓓说要买下那栋房子也被林浩卿给否决了。这么大的动静只会增加苏瑾的负担，有些人不去理会就可以了。苏瑾做家教认识的华裔老太太正好有个房子出租，房租不贵，苏瑾就搬了过去。

苏瑾接到冯岚的电话时，正准备去做兼职，她在一家语言学校做老师，教中文。冯岚在电话里说遇到点儿麻烦，希望她能去丽思卡尔顿酒店来找她。

她的语气有些恳求："苏瑾，就这一次。"

苏瑾并没有问缘由就应下了，跟兼职学校请假后她特意去银行多取了一些钱，她以

为冯岚会用得上。在酒店门口见到冯岚的时候,才知道冯岚是希望她来跟姜叶明见面。

"我想他只是道歉。"冯岚自嘲地笑了笑,"其实我希望他也邀请了我……你知道的,有时候他只要一个电话我们就能少奋斗很多年。"

苏瑾难以置信地望着她:"我以为你不是这种人。"

"每个人都希望能站在巨人的肩膀上,苏瑾,这是你的运气。"冯岚指了指酒店里面,"看看里面,不觉得很美吗?"这是波士顿最著名的五星级酒店,从外面望去,到处都弥漫着一种华丽奢靡的气息,处处都像写着"我很贵"。

苏瑾却不以为然地回答:"我不需要。"

在她转身离开的瞬间,冯岚一把拽住她的手臂,她的声音放低下来:"帮我一次,既然已经走到这里来了,不妨进去听听他说什么。"她又急忙补充一句,"那个,我相信他不会乱来。"

苏瑾沉默一下。

冯岚双手合十,眼神诚恳:"求你了!"

"好吧。"苏瑾松口答应。她已经知道姜叶明为什么会让她去MK公司实习,她对他不由得生出警惕之心,只是因为他现在还是她的导师,所以她对他只能避而远之。每次课后都匆匆而去,若有论文提交必定是发邮件过去。

丽思卡尔顿酒店主楼的大堂十分开阔,天花板也高,光线微暗。一踏进去,地毯又厚又软,墙壁上是色彩丰富的油画。侍者自然地接过她手里的外套,这样被人服侍,苏瑾颇有些不自在。

她报上姜叶明的名字,有人殷勤地带她去包房。她知道自己的着装跟这里实在不搭,有些旧的深蓝色针织毛衣和淡蓝色休闲裤,不过,沿途经过的工作人员都对她微笑颔首。一见到姜叶明,他就举着一瓶琥珀色的法国香槟冲她微笑着说:"来尝尝这个,这种香槟要陈酿三十二年才会有这样纯正的味道,兼具天鹅绒般的口感和与生俱来的霸气。"他的态度亲昵自然,仿佛是多年老友,找不到一丝差点儿毁了别人前途的内疚感。

包房的风格是古韵的中国风,雕花的屏风外,还有一个小小的花园露台,从那个角度可以看到波士顿盛大的夜景。

"姜老师,我还有兼职要做。"苏瑾淡然地望着他,"谢谢你的好意,我得告辞了。"

"苏瑾。"姜叶明眼里流露出失望,"很怕我吗?"

苏瑾摇头:"道不同不相为谋。"

姜叶明爽朗地笑起来:"你这样的性子……倒是很特别。"

"告辞。"

"就不怕我不让你毕业?"姜叶明笃定地望着她,"你知道的,我有这个权力。"

苏瑾的语气更淡了:"我只能尽力而为。"

姜叶明认真地说:"其实你很有才华!你需要的是机会,是空间,这一切我都可以给你……我很喜欢你,苏瑾。"他走向她,当他的手要落到她的发丝上时,她躲开了。

"不考虑一下?"姜叶明看着朴实无华的苏瑾,竟然有些紧张。他早已千帆过尽,阅人无数,权力和财富都牢牢掌控在手里,可是他竟然有一种拿面前的女孩无能为力的挫败感。

"你要什么,我都可以给你!整个世界都可以让你踩在脚下……"姜叶明的豪言壮语还没有说完,苏瑾已经大踏步走出了包房,只留下他一脸的挫败。

苏瑾从地铁站出来的时候,一辆黑色的宾利缓缓地跟着她,她站定转身,姜叶明再一次出现在她的面前。

他不甘心,他竟然舍不得放她走。

他什么时候变成了一个执拗的愣头青小子?他被自己的举动吓下了一跳。

"关于MK,我真的没有想过要把你牵涉其中。"事实上姜叶明以为在苏瑾受到指控后,会来求助于他,他会顺势替她解决麻烦,但没想到来找他的人是顾铮。

苏瑾有些无可奈何:"姜老师,那件事已经过去了。"

"给我个机会!"姜叶明情急之下一把拉住苏瑾的手臂。

在她还没有反应过来以前,已经有人一把抓住了姜叶明拉住苏瑾的那条手臂,几乎是咆哮地低吼:"放开她!"

顾铮没有动,手上却用了力气,姜叶明有些吃痛地皱皱眉,悻悻地松开了苏瑾。顾铮也随即松了手,当胸推了姜叶明一把,姜叶明没有动怒,挑了挑眉毛,像看发脾气的小孩子一样望着把苏瑾护在身后的顾铮。他年轻气盛的目光,有着风卷残云、片甲不留的气势。

"顾铮!"苏瑾难以置信地看着面前的顾铮,惊喜之情不言而喻。

"还想做什么?"顾铮沉着脸问姜叶明。

姜叶明嘴角勾出一丝若有若无的笑容,并没有回答顾铮,而是对着苏瑾说:"课堂上见。"

顾铮并没有打算放过姜叶明,他抢先一步挡在他面前,厉声说:"如果再敢骚扰苏瑾,我不会放过你!"

"是吗?"姜叶明反问,"怎么不放过我?"

顾铮冲他虚晃一拳:"别忘记你已经输过一次了。"

"那只能说明我也不愿意苏瑾受到伤害。"姜叶明沉吟道,"你能给她什么呢?而我可以给她想要的一切,不仅仅是物质上的,而且是一种精神上的成功,在华尔街,在美国,甚至在全世界,她可以掌握的资本是你想象不到的。"

顾铮轻蔑地笑了:"苏瑾没有那么大的野心,她有她自己的坚持。"

"苏瑾,我不会逼你。"姜叶明停顿一下,"你考虑一下。"

"不用了。"苏瑾直截了当地回答,然后紧紧扣住顾铮的手。

姜叶明凝视了他们一会儿,他不会承认自己输,苏瑾只是被虚幻的爱情冲昏了头,他有的是资本,他可以等。总有一天,她会明白,她和顾铮之间那脆弱又廉价的爱情什么都不是。

他有些落寞地转身上车,车子很快就消失在夜幕中。

3

"不是还有三十七天才来吗?"苏瑾扬起的面孔流光溢彩,非常自然地握住了顾铮的手。顾铮穿着高领的黑毛衣,中长灰色风衣,下身穿牛仔裤和运动鞋,斜背着一只绿色的大挎包,清俊帅气。

顾铮扣住苏瑾的手,像荡秋千似的,欢喜地摆动:"记得这么仔细,看来很想我呀!"

她不由得笑了,他总是这样,一得意就忘形。

这个时候,她才发现他故意荡高的手上系着一根蝴蝶结:"这是什么?"

"礼物!"看到她终于注意到,顾铮得意地坏笑,"其实我是来送快递的,喜欢这个礼物吗?"

苏瑾拉了拉那根蝴蝶结:"你就是礼物呀?能再幼稚一点儿吗?"他依然有着孩子般的纯正和淘气,毫无心机,自由自在,这让她羡慕,却又有些说不清的担忧。

顾铮捧着她的脸,声音醇厚低沉地问:"喜欢吗?"

苏瑾眯着眼睛笑着点了点头。

顾铮像个撒娇的孩子:"只要你喜欢就行,别的我都不在乎,你喜欢我吗?"他从未直接问过她这个问题,虽然明知道答案,却还是想亲耳听到。

"喜欢。"苏瑾有些娇羞地把头埋在他的胸口。

这城市,霓虹灯闪烁,所有的背景都被弱化掉了,他们像是站在倒过来的星空里,身处在一个童话般梦幻的世界。

顾铮坐在最后一排,看着讲台上拿着讲义讲课的苏瑾,把两手放到头上冲着她做了个可爱的桃心动作,惹得苏瑾背过身忍俊不禁,再转回来恢复严肃的表情。她每个星期会有三个晚上去语言学校教中文,学生各种肤色、年龄,但都对苏瑾很友好,她也喜欢这样的环境,很轻松。

一个叫史蒂芬的大学生来学中文,是因为他喜欢上一个中国女孩,他对苏瑾说,我很想给她用中文写一封情书,这是不是很酷?但中文应该是世界上最难学的语言了,语言习惯和所使用的语系完全是两个概念,更麻烦的是,还有一字多义、一词多义和多字一义……班里的学生学起来也是笑话百出。不过苏瑾英语很好,她总是能很恰当地用英文解释出中文的含义,很容易让学生理解。

史蒂芬看到顾铮也是中国人,讨好地坐到他旁边,神秘兮兮地拿出一张纸说道:

"帮我看看这个。"

顾铮接过来,看到第一句就乐了。史蒂芬写的是封情书,但他把"亲爱的姑娘"写成了"亲爱的姑妈",后面的句子也是漏洞百出。

"你学中文多久了?"顾铮笑着问。

"半年了。"史蒂芬老实坦白地回答,"我坚持每个星期都来上课。"

"也不错。"顾铮啧啧地笑,"相当于我们国内小学一年级水平。"

"我本来只打算学三个月的。"

"怎么坚持了这么久?"

"因为我改变主意了。"史蒂芬深情地看向讲台,"我本来是想写封情书给蕾,但遇到Sophie后,我改变主意了。"

顾铮一口气没喘上来,猛烈地开始咳嗽,引得苏瑾也看了过来。

顾铮人隐隐有些急躁:"你不知道我是谁吗?"

史蒂芬傻傻地看着他。

顾铮干脆站起来,自顾自地走到讲台上,抽走苏瑾手里的讲义,淡定地说:"剩下的时间由我来教大家讲中文。"

他完全不理会苏瑾的阻拦,一鼓作气地讲下去:"先来自我介绍一下,我是Sophie的男朋友……"

这句话让有些严肃的气氛一下子变得热烈起来。

"Sophie,你男朋友好帅。"

"你们是在中国认识的吗?"

……

一堂课结束,顾铮已经坐到讲台上,从《水浒传》讲到了《三国演义》。他和苏瑾的区别在于,苏瑾忠于语法,严谨专业,而顾铮则更多一些灵活和幽默的腔调,很明显,顾铮在讲学上更受欢迎。一堂课结束,已经有学生希望顾铮来做他的私教。

"顾铮,让你来不是来捣乱的!"苏瑾有些责备。

顾铮跳到她面前,弯腰看着她:"真没想到你这么受欢迎!"

"哪有——"

"哪有?"顾铮像告状的孩子,"林浩卿,姜叶明,还有这个把你称作'姑妈'的史蒂芬!"

苏瑾温言问他:"你还是顾铮吗?"

"顾铮在你心里是怎样的?"

"是自信能上天入地,是毫无顾忌、无所不能。"

顾铮无奈地摇摇头:"在你面前,我变得不像自己了。"会患得患失,会焦虑,会抓狂……这么深刻的喜欢,毫无退路。

苏瑾把他的手放在自己的心口:"你在这里,好好待着吧。"

顾铮暖暖地看着她,然后恶作剧地揉乱她的头发,哈哈大笑:"那你就把我关在里面一辈子吧!"

……

"你真的被停飞了?"顾铮把替许霖承担代购的事大概讲了一遍,苏瑾觉得他做事太冲动鲁莽,谁的前途不是前途,他怎么能这么"随意"。可转念一想,这不就是顾铮吗?他就是这样的真性情,如果权衡利弊,懂得取舍,他也就不是这样的他了。

"是的。"顾铮用手圈住苏瑾。在十月清冷的风里,一同散步回家,感觉不错。

"处分已经下来了?"

"还没有。"

顾铮挑起她一小缕头发弯起来用发梢轻扫她的鼻头,让苏瑾痒得直笑:"别闹!"

"你以后是华尔街金融新贵,我却是无业游民,嫌弃我吗?"

"嫌弃。"

顾铮"哇"地大叫一声:"太伤人了吧?"

"所以你应该跟航空公司解释,至少态度上要诚恳一些。"苏瑾偏着头,语气有些凌厉。

"结果还是一样。"

"怎么会一样?"苏瑾板起面孔,"并不是说你需要这样一份工作,但履历的不光彩会影响将来其他公司对你的评估。"

"知道了,苏老师!"

"以后能不要一意孤行吗?"苏瑾心里喟然长叹,他的天真映衬着她的卑微,她每一步都走得小心谨慎,而他的骨子里却有着江湖侠客般的随性,这是他们之间无法逾越的性格鸿沟。

"是。"他回答得干脆利落。但她知道,他根本就没有听进去。

除了陪苏瑾上课,做兼职,空闲的时候他们享受着甜蜜的恋爱时光。

他们会用整个下午的时间去公共图书馆,就坐在地板上,背靠着背,静静地阅读。

他们去波士顿公园散步,他拉着她荡秋千,滑滑梯,看演说家演讲,还借来一辆单车,载着她在潋滟的光影里横冲直撞。

他们去三一教堂听弥撒，哥特式的精美建筑里，阳光从四面涌进来，连呼吸都变得肃穆。

他们去卡普利广场上放风筝，看大鸢在风中翻滚，不消一会儿便飞到半空中。

他们还去美术博物馆参观，去昆西市场吃美食，去芬威球场看棒球赛，去新英格兰水族馆看水母和海豚表演……

如果突然下起一场雨，他会举起外套，让她躲在他的手臂下避雨；如果飓风太烈，他会把她裹进风衣里让她取暖；如果遇到积水的坑洼地，他会直接横抱起她，让她紧紧揽住他的颈项；如果走得太远，他会蹲下去捧起她的脚踝轻轻地按摩……

出去玩，或者窝在沙发上对着电脑看电影，买几尾金鱼回家，或者在月光下看夜景……

恋爱的时光，分分钟都透着甜蜜，清润心肺。

4

顾铮过安检的时候，于蓓蓓连正眼都没有看他，恹恹地用仪器在他身上扫描一遍，就冷淡地冲他身后喊："下一位。"

顾铮心里暗喜，看来于蓓蓓是不打算再理他了。其实她是个不错的姑娘，他早就希望她能"弃暗投明"，奔着自己的幸福去了。

许霖在机场接他，一开口便说："肖阿姨来了。"

顾铮怔了一下："我妈？"

"就在你飞机抵达的前两个小时，我刚把她送到你家，又来接你了。"

"她怎么说？"顾铮有些紧张。

"没说什么。"许霖瞄他一眼，"只是问了些苏瑾的情况。"

"苏瑾？"顾铮心里拿捏不准母亲的态度，之前她一直反对他和苏瑾来往，这一次他到波士顿和苏瑾在一起的事并没有告诉母亲。可他心里已经笃定，就算全世界来反对，这一次他都不会再错过她。

顾铮刚抬手准备敲门，母亲已经一把拉开房门："宝贝儿，看妈给你带什么好吃的了！"

许霖在一旁窃笑，顾铮一边抗议一边扶住母亲的肩："都说过一万次不要喊我'宝贝儿'了！"

"好好好！"母亲笑着，"许霖，你别走，一起吃饭！"

许霖刚想答应，正好蹭饭，但瞧着顾铮给他使眼色让他拒绝，他只得恋恋不舍地说："我一会儿还有事来着，下次再领教阿姨的厨艺。"

"真可惜，我做了好多吃的，蓓蓓下班也来。"

顾铮一顿，立刻拉住许霖："有什么事总要吃饭，留下来吧！"他原本想单独跟母亲聊聊，但一听于蓓蓓要来，赶忙拖住许霖当救兵。

"得令！"许霖笑着挤进房间。

他其实就住顾铮家隔壁，一间五十几平方米的精装房，是航空公司专门提供给飞行员的公寓。顾铮喜素净，家具家电一应的黑白色，除了必需品，并没有添置太多的杂物，衣物根据颜色深浅、季节不同整整齐齐地摆放在衣柜里，母亲当初还以为他一个人住房间会乱成个狗屋，突击检查几次，发现儿子的生活自理能力居然很不错，这才放下心来。

开放式的厨房，母亲正在切菜，顾铮就立在一边打下手，顺便拉家常。

"停飞多久了？"母亲终于开始盘问。

"没多久。"顾铮含糊其词。

"有一个月了。"坐在沙发上啃苹果玩手机的许霖抢先回答。

"这么久？"母亲皱皱眉。

顾铮递给许霖一个"闭嘴"的表情。

"怎么没回家？"

"还有些事儿要处理。"

"他去波士顿见苏瑾了。"许霖继续抢答。

母亲手里的动作一滞："这么大的事儿也不跟家里人说，要不是蓓蓓告诉我们，还被你瞒着！"

"没事，妈！"顾铮嬉皮笑脸，"就是停飞而已。"

"而已！"母亲面色一顿，"还以为你长大了，让我们省心了！可你怎么会去贪小利做违法乱纪的事？蓓蓓可说了，往小了说你这是代购，往大了说就是偷税漏税！"

许霖猛地咳嗽几声，有些尴尬："阿姨，要不我先回避下？"

"没事，也不是外人！"肖琴对着他笑了笑，"你们是哥们儿，他出这事你也得说说他，工作得严谨负责……"

"阿姨！"许霖吞咽了一下，"其实……"

"其实我知道错了！"顾铮抢先一步，赔笑道，"妈，我胃都饿疼了，快吃饭吧！"

一听到儿子说"胃疼"，母亲立刻紧张起来，也成功地转移了他们的话题，她开始麻利地切菜炒菜，还不忘让他赶紧去吃点儿从老家带来的点心。

于蓓蓓很快就来了，她一见到肖琴就亲热地靠过去，一口一个"阿姨"，逗得肖琴眉开眼笑。

一旁的许霖捅了捅顾铮的腰，悄声问："什么时候带苏瑾见家长？"顾铮沉默了一下，许霖并没有见过苏瑾，他不知道其实母亲一直反对他和苏瑾交往。

"如果顾铮被开除，我也辞职，跟他一起开个店。"于蓓蓓对肖琴说，"肖阿姨，您别生气，也别担心，我会好好看着他的。"

"喂！"许霖插嘴道，"于蓓蓓，关你什么事？人家顾铮现在有苏瑾了！"

"八字有一撇吗？"于蓓蓓白他一眼，"苏瑾也许就留国外，不回来了。那顾铮呢？他到国外去干吗？人生地不熟，离家又远，肖阿姨可就他一个儿子！"

"人家的事!"许霖不服,"真是闲吃萝卜淡操心!"

"他们成不了!"

"那也轮不到你!"

"我怎么了?"于蓓蓓气得当胸推了许霖一把。

"你如果真的对他好,就别整天缠着他!"许霖也火了,"整个航空公司都拿你当个笑话!"

于蓓蓓怒气冲冲地拿起抱枕朝他砸过去:"那你呢?"

"吃饭吃饭!"顾铮看着两个快打起来的人,赶紧打断于蓓蓓,"我快饿死了!"

另外两个人朝对方冷哼一声,面孔朝一边,气鼓鼓地吃起饭来。

肖琴望着儿子,心里默默地叹口气。从于蓓蓓那里知道儿子跟苏瑾在一起后,她的心就没有轻松过,她不是不喜欢苏瑾,相反她一直都很喜欢这个女孩,她出类拔萃,勤奋沉稳,就算现在儿子也同样优秀,他们能够并驾齐驱,但苏瑾的性格却让她担忧,她心思太重,背负的东西太多,和她在一起,儿子会很被动。她希望他能有一份更简单的感情,像于蓓蓓这样单纯阳光的女孩,才是最适合他的。

顾铮的手机响了起来,他听到属于苏瑾的专属音乐,放下碗筷就朝手机扑过去,那种眉眼间的急切和欢喜看得母亲有些动容,也有些不忍心。

本以为儿子只是年少的情窦初开,但这么多年了,他们分开在两座城市,又分离在两个国家,竟然还是走到了一起,可……能走多远呢?她不确定。她能确定的是儿子全身心地投入在这份感情里,她拦也拦不住。

第5章 飞来的礼物

5

顾铮站在机场的玻璃门前，看着面前一架架飞机腾空而起，脑海中出现熟悉的驾驶流程，地面滑行、进入跑道、加速到80海里时，将飞机前轮抬起……一直到进入航空公司，他都没有想过自己是不是真的喜欢飞行。初衷只是为了离苏瑾近一些，而现在被停飞以后，他才知道他已经喜欢上飞行的感觉了。

几万英尺的高度，天气多变，气流复杂，他要以绝对的专注力来应对一切可能发生的事。在天空中飞行的时候，他看到过最美的日出、最绚丽的彩虹、最梦幻的云朵，还有最清澈的蓝天……那时候他心中的满足感和成就感难以言说。

他深吸一口气，转身时看到许霖和于蓓蓓站在他身后。

他宽慰地冲他们笑笑，然后推开会议室的大门。

偌大的房间，前排的位置坐的都是航空公司的高层领导。

"对于这次事件你有什么想说的？"航务部的孟俊部长望着他问。顾铮进这家航空公司，是他亲自去找顾铮谈的，他看过他在军校时的汇报飞行，娴熟流畅的飞行技能甚至超过了飞行数年的老飞行员。他最欣赏顾铮的是他那种正直，他的目光坚毅落拓，是难得的人才。这一次顾铮因为代购被抓，以他对顾铮的了解，实在是很难相信。他了解过顾铮在迪拜的行踪后，知道他并没有前往商场购物，那他必定就是为了维护某个人了。

他佩服顾铮的担当，但不赞成他的鲁莽。

在和监管局商议后，他们决定先让顾铮停飞一个月，关于他的去留，他和监管局意见不同。监管局觉得他所携带的奢侈品数额和金额都已属于严重违规范畴，不能够姑息。他却想再给他一次机会。

经过商讨后，他们决定听一听顾铮怎么说。

顾铮颔首致敬，缓缓开口："我知道我的行为违反了公司的规章制度，我愿意承担后果。"

"顾铮。"孟俊开口，然后站起来，痛心疾首地看着他，"知道吗？你是我们航空公司最年轻的飞行员，公司把你作为骨干在培养，可你这次的行为真的让我们很失望。"

乘务长示意打断一下："在过去一年里，顾铮飞行了近1000个小时，他的空间能力和安全掌控能力是排在所有飞行员前列的。我们不应该因一次错误就否定了他的能力。既然已经停飞一个月，这样的处罚可以了。"

监管局局长不满地说:"飞行员不仅要求的是业务能力,还需要个人品德的无瑕性,他负责飞机上几百人的人身安全,如果他是一个贪图利益的人,我很难相信在危急时刻他能做出顾全大局的判断。"

……

对于顾铮的处罚,他们争论不休,在孟俊心里,是希望能够留下顾铮,但监管局和一些上层觉得如果只是停飞,这样轻的处罚,会给空勤人员不好的表率,还会有人继续犯同样的错误。就因为顾铮是业务骨干,才应该重罚,给空勤人员以警示。

"我保证。"顾铮环视他们,铿锵有力地说,"不会发生相同的事情,而且我保证在我的航班里,也不会允许空勤人员再发生这样的事。"

"那也不能就这样不了了之。"监管局局长冷厉地望着他。

"我愿意在空勤人员大会上做检讨。"顾铮恳切地说,"我感谢公司对我的信任,我也很抱歉我做出了不当的行为。在今天之前我从来都没有想过,我是否热爱这份职业,但现在我知道了,能够让每一趟飞行都平安顺利地抵达不仅仅是我的职责,还是我的使命。我会用生命保证,在处理任何危机时,都会把乘客的安全放在第一。我热爱这份职业,我也会忠于这份使命。"

工作一年了,顾铮第一次意识到工作对于他的意义,他不再是那个顽劣的少年,而是向成为一个真正的男人,迈出了成熟的步伐。

在经过孟俊的斡旋后,对于顾铮最后的处罚是降薪半年,并且在空勤人员大会上做通报批评,这样的处罚对于顾铮来说,已经是圆满的了。

这让许霖更是庆幸不已:"要是你真的被开除,那我就只能抱着你大腿痛哭了。"

于蓓蓓嗤了他一声:"如果是你,早被开除了!"

许霖心情好,不跟她斗嘴,欢天喜地地拉着顾铮去庆祝:"你救了兄弟一命,我又不能以身相许,就敬你三杯!"

在知道儿子最终的处分后,肖琴也松了一口气。她更担心的是儿子的感情,既希望儿子的恋爱能成功,又希望他和苏瑾能够分开。反复的矛盾中,肖琴安慰自己,那就顺其自然吧。

在离开机场的时候,她终于对儿子说:"苏瑾回来的时候,让她来家里吧。"

顾铮闻言愣了一下,心中一暖,狠狠地抱住了母亲。

Zhijian Hualiang Yi
Cheng Shang II

◎ 第 *6* 章 ◎
重归故土

1

苏瑾找到自己的座位坐好,看着手里的登机牌心情有些复杂。离开两年,终于要回去了。她仅用了一年半的时间就以优异的成绩修完了全部学分,虽然姜叶明在毕业论文上诸多刁难,但她还是交出了完美的答卷,这让姜叶明不得不心服口服地给她通过了。

在给她授予学位的时候,姜叶明伸出手来想要拥抱一下苏瑾,她不动声色地握住了他的指尖,淡淡地说了一声"谢谢"。

姜叶明让冯岚转给了苏瑾几封推荐信,都是大公司,但她退了回去。她不想再跟姜叶明有任何牵扯。姜叶明也不是一个纠缠的人,几次碰壁后也作罢,只是留在心里的是一份难以释怀的遗憾,毕竟他已经很多年没有这种怦然心动的感觉了。

空中小姐微笑地俯下身,递给苏瑾一个舒适的绒熊靠枕,低声地说:"机长让我送给你的。"

这一趟航班是顾铮为苏瑾预订的,机长正是他,他终于实现了自己的愿望,驾着飞机接苏瑾回国,在驾驶室的他心潮澎湃。

他开始做起飞前的准备,设置飞机停留刹车,检查飞行管理计算机的内容,输入代码,让计算机自动生成航线……坐在副驾驶的许霖打开航行灯光、皮托管开关、防冰开关等。

"以后你们剩下的就是朝朝暮暮了!"许霖在这一年里也见过苏瑾几次,每次都是他们飞波士顿,苏瑾在机场接他们。第一次见面,许霖心里是一个大大的"哦",原来让顾铮喜欢的并不是明艳动人的大美女,而只是穿着式样简单的白上衣、淡蓝色棉裙的清秀女孩。她浑身没有一点儿多余的饰物,头发松松扎成马尾,表情沉静如水。但是,阅美无数的许霖也得承认,苏瑾的清秀自有她的独特,特别是她的双眸,黑白分明,像一对锆石,闪烁着洞若观火的光芒。

苏瑾毕业后接受了华尔街一家风投公司的邀约,留在纽约工作。美国是全球的金融中心,华尔街也是每一个金融人士所向往的地方,苏瑾希望能够在这里一展自己的能力。对于留在美国还是回国发展,她并没有和顾铮商量,也许她已经习惯了给自己拿主意,又或者她从来没有想过她在哪里工作会影响她和顾铮的感情。

当顾铮知道的时候,也只是怔了怔,然后给她一个大大的拥抱,很用力地说:"加油!"

苏瑾问:"你会反对吗?"

"我为什么要反对？你只管做你自己想做的事，我会一直支持你。"

"那你呢？想做什么？"

"我想给你一个温暖的家，当你累的时候能够回来好好吃一顿，再美美地睡一觉。"

苏瑾的鼻翼有些酸楚，她知道，她在顾铮面前才是任性的那个，她的任性仰仗的全都是他的爱。她骨子里多自私呀，一直都只是想到自己，却没有为他有所改变。

顾铮像是猜到了她心里的想法，捏捏她的脸，暖声说："不要有负担，做这一切我很快乐。"

他真的很快乐，一个男人能够给心爱的女人最好的爱，便是给她一个踏实的港湾。

他愿意停留在这里，让苏瑾去翱翔。

塔台管制人员给顾铮信息，允许他们的飞机进入跑道，顾铮按程序发口令"80海里"，许霖回答"推力调定"，确定飞机处于操纵之中。飞机离开地面腾空而起，顾铮配合许霖将襟翼收回，许霖则接通自动驾驶仪，让飞机处于自动驾驶状态。

即使他们同乘一架飞机，顾铮也不能轻易离开驾驶室。

"要我说，苏瑾回国就将她留下来，总这样聚少离多也不是个事。"许霖现在也收敛很多，没有再做代购的事，甚至受了顾铮的影响，认认真真地交往了女友。

"我不会勉强她。"苏瑾这次回国是他们KPCB公司为即将进入中国市场打前站，她以亚太区总裁助理的身份回国，时间长短还不确定。而他们公司在国内的总部设在了他们的家乡，这让顾铮有些失望，但他在哪里飞都行，就跟公司提出了换一个航站。因为担心苏瑾有负担，顾铮说这样他妈最高兴了，能够时刻掌握他的动向。

"没想到你会喜欢女强人。"许霖笑了笑，"现在我明白为什么肖阿姨会反对了，和于蓓蓓那样的女孩在一起，你会轻松很多，她简单纯粹，而苏瑾……她看上去安静，其实骨子里强势。"

顾铮沉默一下："你不会懂。"

"我懂！"许霖反驳道，"不就是，认定她，就是她了。"

在旁人看来，他和苏瑾的性格真的很不搭，他外向好动，她安静沉稳；他任性冲动，她深思熟虑；他简单直爽，交友不断，她却始终和旁人保持着淡淡的距离。但顾铮从来没有觉得苏瑾这样的性格有什么不好，也没有觉得他们之间的差异会有什么问题。

在他看来，喜欢就是全部接受。

他是男人，理应由他来为这段感情做出让步，只要她开心，他什么都愿意。

第6章 重归故土

苏瑾没有想到在这趟航班上会遇到陈白。她和陈白也算熟悉了，顾铮来波士顿的时候，他们也会约着见面，陈白每次都追问莫小晚的近况。他给莫小晚打了很多电话，一听到他的声音小晚就挂断，他给她留言发邮件，从来没有收到过一句回答。

莫小晚拒绝人很决绝果断。

陈白不无委屈地说，她那点儿狠劲儿全用来对付他了。

苏瑾不明白为什么莫小晚这么讨厌陈白，她甚至不许她提陈白的名字，几次想要开口帮他开脱几句，都被她掐了话头。苏瑾有时会想，她还没有放下唐柠吗？但人海茫茫，她连唐柠在哪里都不知道，这种感情是不是像被大头针钉住的蝴蝶，没有办法飞走，也没有办法停下来，只能孤单无助地扇动着翅膀……

"我让顾铮给我订的票。"陈白坐在苏瑾旁边讪笑，"在国外还是混得不好，回国继续混。"

"不是最近赢了几次官司？"

"输的多，赢的少。"陈白自嘲，"风水还是没有轮流转。"

"那回国有什么打算？"

"开个律师事务所。"陈白停顿一下，"就开在莫小晚家附近。"

苏瑾认真地看他一眼："没想到你会这样执着。"

"近朱者赤，近墨者黑。"陈白爽朗地笑起来，"都是受了顾铮的影响。"

苏瑾低下头，沉默不语。

陈白有些动容："好好珍惜他。"

这时，空乘小姐再一次俯下身，笑着又递给苏瑾一大堆东西：眼罩、毛毯、手柄游戏机、几本书和一些水果糖。

"还有这个。"她拿出一枚印章盖在苏瑾的掌心里，上面是两个字：想你。

一旁的陈白失声笑出来："这么肉麻的事，他也想得到！"

苏瑾涨红了脸，而布帘外的几名空姐早已笑作一团。她们从来没有见机长做过这样的事，即使她们在心里对他的眼光有些不认同，什么嘛，也不是那么漂亮呀！但不可否认，她们都对苏瑾充满了羡慕之情。

2

两年未回,槐树街已经大变样,以前陈旧的老街被挖得坑坑洼洼,逼仄的道路成了单行线,灰白的墙壁上写着大大的"拆"字,八月的烈日里,尘土飞扬,机器轰鸣,景色肃杀不已。此情此景,击中了苏瑾心里的疼痛,让她的眼睛酸涩不已。

她回来后,先去母亲的坟前看望她,之前那么多怨怼,可母亲的离世,却是她一生最痛的一件事,难以释怀。幸好在母亲病重的时候顾铮接她回来,若不然母亲那么仓促地离去,她连最后守在她身边的机会都没有。

她之前跟叔叔通过电话,得知在槐树街路口会修一座地铁站,所以这里的房价飙升。叔叔说他们当初为了早点儿拿到拆迁款搬走得太快了,要是当"钉子户"会拿到更多赔偿。不过按照苏瑾对叔叔的了解,他胆小怕事,又怎么会跟开发商争执呢?

她这次回来并没有打算住在家里——不过那也算不上她的家了。阁楼没有了,米粉店没有了,那些喊着她"粉妹"的老邻居也搬走得七七八八,剩下的,只有成长里伤痛的记忆。

按照叔叔给的地址,苏瑾在隔壁街的擦鞋店找到了他。

几平方米的小铺子,有玻璃的橱柜,几张躺椅,看上去也像模像样。叔叔蹲在地上,正往一双皮鞋上抹油,他弓着背显得身材更加矮小瘦弱了,头发花白了大半。

感觉到有人进来,他回头想要招呼,满脸褶皱的笑容在见到苏瑾的时候意外地怔了怔。

"小瑾,什么时候回来的?"叔叔站起身,手在胸前的围兜上不自在地抹了抹,额头上有细密的汗滚落了下来。

苏瑾还没有回答,顺着叔叔的目光,看向了一旁的躺椅。

躺椅上躺着的人坐了起来,他脸色苍白,眼睛浮肿,精神萎靡不振。

"梁宏!"苏瑾一下就认出了这个同母异父的弟弟。

梁宏默默地看了苏瑾一眼,又倒下去,闭上眼睛继续打瞌睡。闷热的天里,蚊蝇在他身边打转,他不耐烦地抬手赶了赶,翻了个身,给苏瑾一个背影。

"怎么没有上学?"今天并不是周末,梁宏竟然在家,这让苏瑾的心里咯噔一下。

"快点儿喊姐姐!"叔叔没有正面回答苏瑾,倒是走过去拉扯儿子,"姐姐难得回来,你还不快起来陪姐姐讲讲话!"

苏瑾把手里的礼物递过去:"这是给梁宏的家教机。"梁宏已经上初中了,听说成

绩不好，叔叔也没有工夫管他，苏瑾就买了最新款的家教机，一直可以用到高中。

叔叔接过礼物有些尴尬，沉默一下，犹豫着说："他已经不去上学了。"

苏瑾大惊："怎么不去上学？"

梁宏无精打采地回答："不舒服。"

"他怎么了？"

叔叔面色晦暗，长长地叹口气："小时候那病，又发作了。"

苏瑾的心直往下沉，她自然知道弟弟得的什么病。那么长的一段时间，她每天都要守在药罐子前，三碗水熬成一碗地给弟弟煎药。母亲在世的时候也一直担心弟弟的身体，可害怕的事，还是发生了。

苏瑾有些责备："怎么不告诉我？"

"你在国外，那么远。"叔叔眼眶红了。

"那怎么不住院治疗？"

"医生说要静养。"叔叔迟疑一下，"我就让他在家里待着了。"

"那医生说怎么治疗？"

叔叔没有回答，掏出一张纸币给梁宏："去给姐姐买根冰棍。"

梁宏拿到钱，精神好了些，一溜烟跑了出去。苏瑾看着生疏的一切，有种沉重的压抑感。

"那个……"叔叔看了看她的脸色，小心翼翼地补充，"他一直在吃药，现在病情基本控制了。"

苏瑾向马路上望去，她看着梁宏举着两根冰棍走回来，突然间像看到怪物一样表情一滞，下意识地把手放到了身后。苏瑾一回头，就知道为什么了。

来的人是李凤华。那个她最不愿意见到的人。很多的噩梦里，她都能看到她狰狞恶毒的脸，看到她在米粉店大闹，把锅碗瓢盆往地上砸，看到她推搡着自己，捶打着自己，逼着自己跪下去。即使这么多年了，一想到李凤华，她的心也会生出厌恶来。

几年不见，李凤华更胖了一些，脸绷得油光发亮，头发烫成小卷，缠绕了一头。她穿着一件紧身的上衣，勒出梨子形臃肿的身材，显得很邋遢丑陋。

苏瑾的表情不由得僵硬起来。

李凤华见到苏瑾，倒没多少意外，阴阳怪气地说了一句："哟，衣锦还乡了？"

"她来看弟弟。"叔叔打着圆场，又把苏瑾带给他的礼物提了提，"看这上面的英文，都是从国外带回来的，真有出息！"

梁宏在店门口磨蹭着，不肯进来，李凤华冲过去揪住他的耳朵就骂："一天要糟蹋多少钱？你个死丫子，是不是偷拿店里钱……"

苏瑾一步上前，推开李凤华把梁宏护在身后，怒目相向："关你什么事？"

李凤华得意地笑了，她指指苏瑾："我现在是他妈，也是你妈！"

叔叔怯怯地看了苏瑾一眼，苏瑾就全都明白了——他在苏瑾的母亲去世后，又和前妻在一起了。

难怪梁宏没有去上学，难怪他也没有住院治疗，甚至他就只能在这闷热的店里待着，一切的一切都因为李凤华！苏瑾愤怒地看着叔叔，这个懦弱的男人他没有想过吗？李凤华一直怨恨是他们害了她的儿子，又怎么会善待梁宏呢？他怎么可以让梁宏沦落到这种地步？看着病恹恹的弟弟，她只有满心的痛楚和悲伤。

"我们家的事你少掺和！"李凤华眉毛一挑，毫不客气地下逐客令，"这里没有谁欢迎你，以后也别来认什么亲戚了，我们可高攀不起。"

"凤华！"叔叔着急地说，"她毕竟是梁宏的姐姐！"

"好！"李凤华冷笑，"要真是姐姐，就该出钱给你弟弟治病呀！别等死了再来哭！"

"李凤华！"叔叔气得浑身颤抖，扬高声音，怒视她。

"怎么？还想要打人？"李凤华开始撒泼，她往他面前一拱，"来呀，朝这儿打！你要是敢动我一下，我今天就跟你没完！"

在她的淫威下，叔叔的气势颓败了下去。他蹲下身拿起刷子在皮鞋上唰唰地擦，因为太用力，刷子好几次都跌下去，苏瑾看着有些不忍，转过身对梁宏温柔地说："过几天姐姐来接你。"

梁宏的眼睛一亮，但看了李凤华一眼，闪动的光芒就像是被风突然吹灭了。

"走走走！"李凤华拿起门口的地毯，使劲儿地抖落，嘴里骂骂咧咧，"什么东西，脏死了！"

苏瑾强压心中的怒火，她再也不是年少时那个任她欺侮的苏瑾，只是所受到的教养让她也开不了口跟她对骂，她咬着唇，安抚地整理下梁宏的黑乎乎的衣领——他手里的冰棍早已化掉了。

苏瑾走出这让她难堪的店面，快走到路口的时候，叔叔追了上来。

他满脸的汗水，嗫嚅了好久，才说了一句："刚开始她说会对我们好，我就把拆迁款给她了。"

苏瑾同情地望着这个越来越老的男人，她从来没有认真地审视过他，甚至没有当他是亲人，如果不是梁宏，她也不会再跟他有来往。

她能说什么呢？骂他胆小，骂他愚蠢？如今他已经把所有的钱给了那个飞扬跋扈的

女人，然后再次受制于她！

"我会给弟弟治病。"苏瑾淡淡地说。

"他是我儿子。"叔叔潸然泪下，"我能不心疼吗？要是你妈在……你妈在就好了！可我无能呀……小瑾，叔叔对不起你们！"

她说不出安慰的话来，她看着他老泪纵横，神情痛苦，心里黯然一片。

"你刚刚毕业，也没有能力照顾宏儿。"叔叔擤了擤鼻涕，"就让他跟着我吧，有我在，不会让他受大委屈。"

"他要治病，要上学！"苏瑾沉着脸，"我会想办法的……跟着你，他不会好过的！"

苏瑾回国后还没有找到住处，暂时住在莫小晚那里。

莫小晚毕业后就从家里搬出来，自己买了套公寓，三室两厅，那里也是她的画室。她父母一向开明，对于她嚷嚷着独立，他们也由了她。莫小晚需要安静的环境画画，所以苏瑾不方便带梁宏过去住，她要在这几天找好房子，然后接梁宏过来。庆幸的是她平日里兼职存了一部分钱，还能够应付。

"梁树民，你给我滚回来！"李凤华撵上来，怒气冲冲地嚷，"我看你吃了熊心豹子胆了！"

"小瑾，那我回去了。"叔叔怯怯地往身后看一眼，急匆匆地转身离开了。

苏瑾看着他慌乱的背影，看着李凤华在不远处双手叉腰骂咧咧，她更加下定决心要接梁宏和自己住在一起，就算再辛苦再难，她也一定要照顾好这唯一的弟弟。

仰起头时，明晃晃的太阳刺出了她很多的眼泪，原来，那些身体上的苦，真的不算什么，真正的痛苦，是留在心里的伤，就像在岩石上凿下的痕迹，时过境迁，依然无法抹去。

3

透过落地窗，陈白终于等到了莫小晚，她从一辆凯迪拉克上下来。送她的人下车绕到右侧，为她拉门的时候，还绅士地用手遮了遮车顶，他穿一身黑色的阿玛尼西装，贴身的剪裁加上翘肩的设计让他看上去有几分妖气，陈白在心里丢了一句"啊呸"。

再看看莫小晚，她穿着一件窄袖的中式上衣，白色的真丝透出珍珠般的光芒，柔顺的翻领在胸口处自然交叉，再在腰际的位置挽出一个蝴蝶结，下穿黑色阔腿裤，金色细高跟鞋。女人味十足又不乏干练简洁——陈白有些酸涩，这样特意打扮是因为她很重视约会的对象吧。

"请问你要买这件吗？"有个女声在陈白耳边响起，他回过神来，才发现自己竟然拿着一条裙子。

陈白尴尬地笑笑："那包起来吧。"为了不错过莫小晚，陈白找了正对他们小区大门的最佳观察位置——对面的女装店。他在这家店里待了足足两个小时，把所有的衣服都看了个遍，让老板娘都开始怀疑他是同行来探情况的。

陈白刷卡签字，然后提着纸袋子拔腿就朝对面奔了过去。

"你丢东西了！"陈白在莫小晚身后扬声喊。

莫小晚下意识回头，见是他，一言不发地继续往前走。

"小姐，你东西丢了！"陈白死乞白赖地跟在她身后，"看看嘛！"

陈白在她面前挥了挥手里的钱包，莫小晚惊讶地停了下来。这个钱包放在上次在波士顿被抢劫的包里，当时她和陈白翻了几条街的垃圾桶都没有任何发现。

莫小晚伸手去拿，陈白眼疾手快地躲开，嬉笑："怎么谢谢我？"

"那你就自己留着吧。"莫小晚摆出老死不相往来的架势。

陈白有些气馁地跟在她身后："小晚，刚才送你回家的人是谁？"

莫小晚没有回答。

"现在社会可复杂了，你看他穿的什么嘛！"

莫小晚依然目不转睛地朝前走。

"我可是律师，见过的骗子可多了……"陈白亦步亦趋，"要不我给你分析分析？"

莫小晚把门卡一刷，在陈白想要跟进来的时候，她按了一下门上"管理室"的呼叫器："保安，麻烦你们来看一下，这里有个形迹可疑……"

陈白一手关掉呼叫器，另一只手把莫小晚拦住："你怕爱上我吗？"

"让开！"莫小晚皱眉。

正当两个人僵持的时候，苏瑾从台阶上下来，即使隔着那么远的距离，她也能看到陈白投射在莫小晚身上炙热浓烈的目光。她没有想到，陈白追人会这样死缠烂打，不仅把办公室租在她家附近，还设计在各种场合与她巧遇。她们去餐厅的时候，他正好在；她们去超市的时候，他也推着购物车出现；她们在公园里晨跑，他也跌跌撞撞地跑在左右……

"去哪里？"莫小晚与她打招呼。

"刚才中介说有一处房子，我去看看。"苏瑾见过梁宏后，回来就去房产中介那里登记了信息，只要房子合适就算房租稍贵一点儿她也能够接受。一想到李凤华对梁宏的态度，她的心就惶惶不安。

"都说了就住这里。"莫小晚挽住她的手臂，"你刚刚工作哪有那么多闲钱，何况还要给梁宏治病，不都需要钱吗？"

陈白忍不住插嘴："要搬走？"

苏瑾点点头。

"那顾铮知道吗？"陈白顿了顿，"这种事……"

"别告诉他。"苏瑾急急地说，"他最近忙。"顾铮申请调回家乡后，最近在给一批飞行员上操作课，每天都会忙到很晚才下班。她的工作也很忙碌，虽然职位是总裁助理，但毕竟是个新人，打杂跑腿等琐碎的事都会轮到她，加班是常态，每天熬到很晚才回家，她和顾铮也不能常常见面。

"不如我替你找房子吧。"陈白自嘲地笑笑，"反正我的律师事务所也没有生意，闲着也是闲着。"

"不用。"苏瑾连忙拒绝。

"就这样说定了。"陈白把手里的钱包塞还给莫小晚，"就只找回这个，里面的钱没有了。"

怕莫小晚再拒绝，他转身就走，慌乱的背影在台阶上踉跄了一下，莫小晚"扑哧"一声笑出来，又掩饰地撇撇嘴："丢都丢了，捡回来我也不用了。"

4

陈白一转身就噼里啪啦地把刚才听到的话转述给了顾铮。

陈白笑得很欢畅:"兄弟,我就帮你到这里了。"

顾铮有些隐约的失望,苏瑾没有跟他提梁宏的事,也没有提要从莫小晚那里搬走的事……即使是现在,她在他面前依然有所保留,她的工作,她的生活,她的麻烦……她是不信任他,还是因为她从来没有想过要从内心里接纳他呢?

在他看来,爱不就是分担和分享吗?

有时候,他真的很想走进苏瑾的心里,去看看他在里面到底站在怎样的位置。

那天晚上,当顾铮和苏瑾通电话的时候,她也什么都没有说。他亦没有问,只是在挂断电话的时候发了好一会儿呆。

窗台上的素馨开花了,黄色的小花,一簇簇开在枝繁叶茂里,没想到,他在高中时养的这株花竟然会长得如此好,就连母亲都诧异了。

一只纤细的手在他面前晃了一下,他惊喜地回头,看到来人,瞬间就萎靡了下去。

"至于吗?"于蓓蓓看到他瞬间变化的表情很受伤,"就不能高兴点儿?"

"怎么进来的?"顾铮皱眉。

"敲门你没听见。"于蓓蓓凑到他面前笑,顾铮被吓住一样往后躲闪。

"妈!"顾铮朝楼下大叫,"这深更半夜的不关好门,您不怕进贼吗?"

于蓓蓓才不管他的冷嘲热讽,提着裙子偏着头问:"很仙吧?"

她梳着两条麻花辫,穿着一条很长的水蓝色裙子,每走一步都得小心地提着裙摆。

顾铮含糊其词,干脆朝楼下走去:"妈,妈!"

母亲从楼下探出头来,她脸上敷着一张白色面膜,只露出眼睛和嘴巴,有点儿瘆人:"蓓蓓给我送了新面膜,你陪她聊会儿天。"

"有什么好聊的?"顾铮嘀咕一声,"这大半夜的,都跑出来吓人。"

"你在找房子?"于蓓蓓看到顾铮开着的电脑页面,怀疑地问,"肖阿姨会同意吗?"

"天晚路上不安全,赶紧回去。"顾铮把于蓓蓓往外面推。于蓓蓓作为安检人员不能随意换岗,她知道顾铮调回来后,去求她老爸,然后动用了关系竟然屁颠屁颠地跟着顾铮又回来了。

"要下雨了,送我呗!"于蓓蓓撒娇地晃荡着他的手臂,"我没带伞。"

顾铮看看外面的天，果然风起云涌，闪电夹着雷鸣，看来会有一场暴雨。他心里顿了一下，刚才跟苏瑾通电话的时候，她还在公司加班，他有些担心。

他想也没想就朝楼下走，于蓓蓓跟了上来："别急，我先跟叔叔阿姨打个招呼呀！"

顾铮指指玄关上的伞："你拿这个。"他一边说，一边拿起另一把伞疾步走出去。

"喂——你不送我？"于蓓蓓气得直跺脚，跟着顾铮追上去。

"你自己回家，我要去接小瑾！"顾铮在风中回答她。

还在路上，雨已经唰唰地袭来，即使雨刮器不断地刮着，他的视线也有些模糊。他尽量把车开得稳当一些，以免激起的水花溅到路人身上。强力的车灯将路面照得一片雪亮，他看到如瀑布一样倾泻的雨水。

这城市的排水系统很不好，一下大雨很多地方就会有积水，总是被人戏称，又来江城看海。

前面路段被临时拦了起来，警车和救护车都闪着灯，变窄的路面车辆缓缓通行，顾铮知道是出车祸了。

这样的雨夜，让人有些心惊。

到苏瑾公司的时候，他并没有给她打电话，只是站在大厅外面，静静地等她。路灯很暗，再远处就是黑黢黢的一片，风像从四面八方涌进心底，在这夏夜也让人感觉到刺骨地冷。

手机铃声突兀地响起来，顾铮看着上面于蓓蓓的名字，有些迟疑。

接通的时候他听到了于蓓蓓惊天动地的哭喊声："顾铮，快来救我！我的车被淹了……"

顾铮的大脑蒙了一下，然后镇定下来："你在哪里？现在怎样？"

"在积玉桥，车子在下沉，我打不开车门。"于蓓蓓的声音哆嗦得厉害。

"我马上来。"顾铮挂上电话的时候，才发现手颤抖得厉害。于蓓蓓走的这条路并不是回家的路，她应该是跟着他过来的，所以她离他并不远。

顾铮把车开到最大马力，闯了好几个红灯，只用了十分钟就到了积玉桥。他一眼就看到于蓓蓓的车停在路口，谢天谢地，车子只是陷在一个水洼里，四个轮子都淹没了。他提到嗓子处的心在这一刻放了下来。直到这时，他才察觉自己怕得要命——报纸上已经刊登过很多起这样的事故了，他承担不起任何于蓓蓓为他受伤的可能性，因为他除了歉意和感动，什么也不能报答她。

他蹚着水走到于蓓蓓的车前，拍打她的窗户，哗哗的雨声把他们的声音都盖住了。

他拉不开车门，知道她的引擎熄火了，她被困在了车里。顾铮转身回车里找来工具，然后敲碎玻璃，让于蓓蓓从车里出来。

她抱着他拼命地哭。

他用了很大力气才把她连拖带拽地带到了自己的车里，他开了暖气，让他们都暖和一些。有好一会儿她就只是吓傻般地哭。他拍着她的头轻声地安慰："好了，好了，没事了。"

他后怕不已。如果于蓓蓓真的有事，他不会原谅自己。

"你怎么来这里了？"顾铮轻柔地问。

"外面风大，我怕你冷。"于蓓蓓惊魂未定，"我只是想给你送一件衣服。"

顾铮心里一热，揉揉她的发："傻瓜！"

于蓓蓓突然扑进他怀里，紧紧地拽住他胸前的衣襟："刚才我以为我会死，我怕我再也见不到你了，顾铮，我好怕，好怕。"

第一次，顾铮没有推开她，他轻轻地拍着她，像哄孩子一样呓语："不怕不怕了，乖。"他没有一颗铁石的心，他在此时被于蓓蓓深深地感动了。一直以来，他总觉得她就是一个没有长大的孩子，追着他就是好玩，也许追一追她就觉得不好玩，放弃了。他甚至把最好的哥们儿范加林介绍给她认识，希望她能转移目标，可她就是缠着他不放。他一直烦她，对她从没什么好脸色，语气也糟糕，可是他现在才知道，她认真得让他惭愧，但感动不等于感情，他的心已经容不下别人了，他要怎样做，她才能明白？

最傻的人，是不是明知没有机会，还要一意孤行呢？

他叫了拖车，再把于蓓蓓送回家，此时已经凌晨一点了。这一场暴风雨已经慢慢接近尾声，整座城市恢复到深夜的静谧之中。

顾铮试着给苏瑾发了条短信，问她到家了没有。

苏瑾回过来信息，说要忙整晚。他知道，苏瑾的公司今日要上市第一只风投基金，他们在做最后的准备。为了在国内的这第一只基金，苏瑾忙得瘦了一圈，有时候怕她忘记吃饭，顾铮会在网上给她点外卖。有时候他想说，干脆我养你。可他知道苏瑾又怎么会同意？

顾铮在二十四小时便利店随便买了件T恤换下湿衣，然后在车里迷迷糊糊地睡了一会儿，天蒙蒙亮的时候去麦记买了早餐。

苏瑾从公司出来的时候，看到顾铮倚在车前，满脸笑意，心里一暖，歉疚地迎了上去："今天还不能休息，回去换个衣服还要回来开会。"

"正好送你回去。"顾铮自然地接过她手里的提包，再把早餐递给她。

苏瑾真是饿坏了，这是公司在国内的第一次试水，也是他们分公司独立完成的第一个项目，上下都是高度重视，光产品设计都做了很多个预案，苏瑾为此付出了很多心血，一直到上市，她的心都没有完全放下来。

顾铮的车刚驶出去一段距离，一回头，苏瑾已经睡着了，温煦的晨光从窗外透进来，让她白皙的皮肤更显得细致润泽，她两只手微微地握成空拳，睡颜甜美纯真如婴孩，让他的心感觉到踏实和满足。

5

顾铮在离苏瑾公司不远的地方找了一套套二的房子，七十几平方米，小小的露台下面是个斜坡，马路的两边种满了法国泡桐，这个季节正枝繁叶茂，视野里满是郁郁葱葱，很清爽。

这个房子是范加林推荐给他的，大学毕业后范加林跟几个朋友开了一家养生馆，原本是理工科的他完全放弃了本行，当起了老板。

创业的第一桶金是他在大学时挣下的，因为家境普通，他整个大学四年都在兼职工作，现在顾铮看到他，已经不是念书时那个沉默寡言的男生，他和人讲话又快又多，就像切菜，切的还是片儿，"嗒嗒嗒嗒嗒"，一片儿一片儿迅速倒下，中间还有飞起来的，让顾铮大跌眼镜。

凌子浩在本市最好的医院做妇产科大夫，听说挂他的号要提前一个星期预约，很难抢，那么没个正形的他竟然做着最严谨的工作，还做得这样出彩。

生活在继续，每个人都在各自的舞台上扮演着自己的角色，他们忙碌，积极，时光已经将他们雕塑成了不同的样子，然而他们却拥有着共同的青春记忆。

顾铮回来后，他们也会一起约着去踢球，就在以前的那个球场，挥汗如雨地奔跑时，依稀能够感受到当年的那份豪迈和激情。

当苏瑾看到顾铮为她找好的房子时，并没有拒绝。

这应该是她住过的最好的"家"了，每个房间都朝南，屋子里亮堂极了。米白色的家具，浅色的装潢，窗帘是浅绿的纱幔，风一吹，会随风摇曳。苏瑾的房间在床头的位置还摆了几个毛绒玩具，这应该是整个屋子最童稚的地方了。

苏瑾在记忆里从未拥有过这样的玩具，现在抱着它们，内心柔软极了。另外一个房间是为梁宏准备的，很男孩风格，小书桌上还有顾铮从家里拿来的飞机模型。

顾铮把钥匙交到她手里，促狭地眨巴了一下眼睛道："我留了一把哦。"

苏瑾把头埋到他怀里，轻声地说："谢谢。"

"那就请我吃晚饭吧！"顾铮心满意足地说，"要你亲手做的哦！"此情此景，让顾铮有一种异常温馨的感觉，两个人共同的家，一起做饭，一起看电视，一起散步……顾铮想到这些，打心眼儿里笑了出来。

苏瑾低头匆匆看看手表，歉疚地说："一会儿要跟罗总参加个晚宴。"

顾铮有些吃醋："你们罗总年纪多大？"

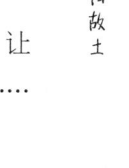

苏瑾"扑哧"笑了出来："不大，三十来岁。"

"有我帅吗？"

"……没有。"

"那还差不多。"

"好啦！"苏瑾推推他，"回头给你做好吃的。"

"那我跟范加林他们吃饭去了。"

"好。"

"晚上去接你？"

"好。"

"要不我去接梁宏？"顾铮停顿一下，"凌子浩给他约了专家门诊，明天我正好有空。"

苏瑾沉默一下，她见识过李凤华的刁钻。她知道顾铮提出他去接梁宏，也是避免她去面对那种尴尬的境地，只是，顾铮从未和那种难缠泼辣的人接触过，她有些担心。

"我接了他就走，不会跟她废话。"顾铮不以为然，"再说我会怕她？"他对李凤华的印象是那一年她到米粉店大闹，那是他见过的最令人厌恶的人了，在知道她竟然和苏瑾的叔叔重新在一起后，顾铮下意识地就想要苏瑾回避。

苏瑾点点头："我给叔叔打个电话，你就在擦鞋店接他吧。"苏瑾也想早点儿把梁宏接来，他的病得赶紧治疗，还有学校的事，她也要给他就近联系一所学校。

顾铮到的时候，梁宏已经等在那里了，虽然已经十三岁，但他看上去比同龄孩子弱小，单薄的身形，穿着有些旧了的运动衣，脚上是一双脏兮兮的球鞋。看着顾铮的时候，目光怯怯的，双手绞在一起，即使父亲催了几遍让他喊人，他的脸涨得通红却始终没有说一个字。

今天李凤华也在，她冷着一张脸拿着苍蝇拍四下里打得啪啪作响，见到顾铮也是视若无睹。

小小的店面，顿时变得更加拥挤而闷热，顾铮跟梁树民打了招呼，把现在苏瑾的地址留给了他，他在接地址的时候还小心翼翼地瞄了李凤华一眼，那种谨言慎行的卑微态度让顾铮很是鄙夷。

一个男人，连自己的孩子都保护不了，他真的太窝囊了。

"唉，这孩子！"梁树民不知道该说什么。李凤华巴不得把梁宏送走，而他对儿子的照顾也是力不从心，每天都要在店里忙碌，一到关门的时候李凤华就来了，她会把当天的营业额统统拿走。虽然他偷偷攒了一些钱，但对给孩子治病来说，仍是杯水车薪。

他在心里恨李凤华,却因为懦弱的性格只能忍气吞声。现在苏瑾愿意给梁宏治病,这是他心里唯一的希望了。

"可别当是好玩,几天就给送回来了。"李凤华阴阳怪气地出声,"还有,他在外面有个什么三长两短,也是你们自己的事。"

梁树民嘴巴动了一下,还是把反驳的话给咽了回去。

"跟着姐姐要听话。"他摸了摸儿子瘦黄的脸,鼻翼有些酸楚,"想回来的时候就回来。"

李凤华大力地咳嗽一声,不耐烦地说:"快走吧!"

顾铮狠狠瞪了她一眼,他打心眼里反感这个人,如果她是个男人,他早就揍她一顿。但他忍了忍,不想跟她起正面冲突,以后避着这个人就行了。

顾铮提着梁宏的行李,小小的一包,轻飘飘的。他沉默地跟在顾铮身后,眼睛一直盯着地上,走得磨磨蹭蹭。好几次,他都回头去看父亲,眼睛里蓄满了泪。

顾铮停下来,他走到梁宏身边,弯下腰拍拍他的头:"想玩电玩吗?一会儿哥哥带你去。"

"真的?"梁宏双眼放光。

顾铮认真地点头:"不仅带你玩电玩,还要带你吃大餐。"

"那我要吃狗不理包子。"

顾铮笑了:"这可真是大餐!"

想了一下,梁宏又问:"那我明天能回来吗?"

"你想回来吗?"

"不太想,但爸爸在。"

"那我会常带你回来看看你爸爸,好不好?"

梁宏难过地吸吸鼻翼:"其实我不想跟她住。"

"谁?"

"姐姐。"

"为什么?"

"她是女生……"梁宏顿一下,"而且,我跟她又不熟。"

"很快就熟了。"

"可我更不想跟她住。"

顾铮知道她是谁。

"有时候想吃块肉,她会打我筷子。"梁宏不无委屈,"她把水果都锁起来,打我

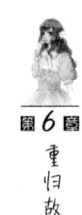

的时候好疼。"

顾铮难过地抱了抱他:"以后她都不敢欺负你了,哥哥会保护你。"

那个晚上,顾铮带着梁宏去吃了牛排,再带他到电玩城玩了个遍。梁宏却依然跟他有些生疏,吃饭的时候很小心,玩耍的时候很拘谨,如果有人抢在他的前面,他也只是怯怯地站在一边。顾铮越发心疼他了,这个孩子,让他想起了当年的苏瑾。

"他现在尿蛋白已经非常高,血红色素也超标,目前唯一能控制的方法就是透析。"凌子浩介绍的医生是他们医院肾病科的权威,她把梁宏的检查报告认真地看了一遍,很是惋惜,"这种情况如果控制好了,不会发展这么迅速,他还这么小,做透析对他伤害很大。"

"不能用药物控制吗?"顾铮难过地问,"他还要上学。"

"他的病情属于偏重,药物很难控制。"医生解释,"现在他一个星期至少要透析一次,先看情况,是否能够缓解,否则会引起肾功能坏死等并发症。"

"这么严重……"顾铮喃喃地说。

"应该早点儿送孩子来治疗。"

顾铮出门看到静静坐在长椅上的梁宏,他双脚悬空轻轻地晃动,两手搭在膝盖上,那种小心和胆怯逼得顾铮要落下泪来。他还是个孩子,但他完全没有少年的那种阳光明朗,他晦涩阴郁,少言寡语——李凤华到底做了什么,把这个孩子伤成了这样。

顾铮坐到他身边,用肩膀碰碰他:"能答应哥哥一件事吗?如果做好了,哥哥会带你打电玩、看电影、去游乐园,还有吃大餐!"

梁宏偏着头看他。

"每个星期我们都会来医院一趟,会有点儿辛苦,能坚持吗?"

"不来……我会像妈妈那样,死吗?"

顾铮一时语塞:"只要你听医生的话,很快就会好起来。"

"没有关系,死就死了。"梁宏的唇边露出一丝笑容,"那我可以见到妈妈了。"

"不行!"顾铮扶住他的肩膀认真地说,"妈妈希望你能长大,所以一定要坚持!"

梁宏没有再回答。顾铮也不打算追问,他的心如此悲观,谢天谢地,苏瑾在那样的环境里有了一个坚毅的性格,她没有沉溺下去。如果,他在想,如果苏瑾没有坚持,此刻的她会在哪里呢?

今天苏瑾原本要陪他们来医院,但临时有工作,只能歉疚地把梁宏交给顾铮。

"现在去哪里玩?"顾铮用愉悦的声音说,"哪里都可以哦!"

"那……"梁宏小声地问，"我能去看看妈妈吗？"

"当然。"顾铮响亮地回答。

顾铮知道苏瑾母亲的墓地，之前苏瑾没有回来时，他都会去替她扫墓。他这才知道，自从李凤华来家里后，梁宏就再也没来看过母亲。她不许，她甚至连他母亲的照片都不让摆放出来，他这次到姐姐家，偷偷带了一张。

顾铮以为梁宏会哭，但他只是坐在母亲的石碑前，前额轻轻抵过去，就好像靠在母亲的怀里。良久，他都没有说话。顾铮的心，被深深地刺疼了。

他暗暗地发誓，这个不幸的孩子，他要把他当成亲弟弟来照顾。

苏瑾下班回来的时候，房间里只亮了一盏昏黄的台灯，顾铮靠在沙发上睡着了。她轻手轻脚地走过去，拿了个抱枕想要放到他颈下，只是刚一动，一双大手已经握住了她的手，然后顺势一拉，让她伏在了他的怀里。

她听着他胸口强健有力的心跳，悄声地问："这么晚了，怎么不先回去？"

"如果回去了，怎么能够抱抱你？"顾铮像个赖皮的孩子用下颌摩挲着她的发丝，"我告诉过你，我最大的愿望就是你在外面累了，回来可以好好吃个饭，睡个觉。我给你熬了粥，试试我的手艺？"

"越来越能干了！"苏瑾叹道。

"小意思。"顾铮得意扬扬。他在手机上下载了做菜的APP（手机应用软件），有空在家里学着做菜给母亲吃，虽然不是煳了就是焦了，但母亲还是很给面子地吃上两口。

给苏瑾盛了粥，他坐在她旁边把今天医生说的诊疗方案跟苏瑾讲了一遍："我已经联系好了这附近的学校，只是他基础有些差，重念一遍初一也许会跟得上进度。"

苏瑾垂了垂眼，她没有想到弟弟的病情会这样严重，他才十三岁而已，就要去经历透析的痛楚，太残忍了。

"会好起来的。"顾铮握了握她的手，"说不定几次透析下来指标就恢复了。"

"他是我唯一的亲人了。"苏瑾朝梁宏的房间看一眼，心里愧疚。昨天她下班回家的时候，梁宏已经睡着了，今天回来，他依然已经睡了。她告诉自己，明天一定要早早地回来，要给弟弟做一顿晚餐，要陪他看一会儿电视……

苏瑾有那么多设想，但现实是她的工作一日比一日忙碌，基金发行后，认购、审核、评估……各种会议，各种洽谈，各路老总，各种客户……她忙得像陀螺一样团团转。每天回来都已经筋疲力尽。顾铮最近的飞行任务不太多，所以照顾梁宏的事全压在了他身上，接送他去医院做治疗，送他去新的学校，陪他做功课，带他玩耍。

苏瑾回来的时候，总是看到等待她的顾铮。

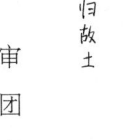

6

苏瑾在办公室里接电话，分机又响了，同事示意是找她的电话——一上午，她甚至连一口水都没有喝。她的桌子上堆了一叠资料，都是别人送来的经营计划摘要，她需要对初审的项目建议书进行研究，对意向者的企业技术、市场潜力和规模进行仔细的评估。等到评审后，她会把资料整理出来申报给孟总，由他定夺最后的项目。项目成立后，她还要跟团队进行条款清单的洽谈，更进一步了解风险大小，在选取适当的折现率后，计算出风险企业的净现值。

KPCB公司想要尽快打开中国市场，所以在项目的建立投入上很迫切，这就给了员工们更多的压力，也有更大的空间。苏瑾在这样一个环境里，游刃有余，很快树立了自己的威信，以前把她当职场新人来使唤的同事也都对她心悦诚服。孟总更把苏瑾当成得力助手，毕竟他们都是从美国总公司直派过来的。

"孟总让你去会议室。"同事小许敲敲她的门，小声提醒，"他脸色不太好。"

苏瑾放下手里的工作去孟总的办公室，他把一份文件放到她面前："这个合同有问题，在还没有签约之前我们要重新去谈一次，你准备一下下午就走。"

"去重庆？"

"不用回家收拾行李了。"孟总简单利落，"到那边重新买，司机一会儿送你去机场。"

"可是……"苏瑾迟疑一下，"我弟弟一个人在家。"

"你父母呢？"孟总奇怪地看她一眼。

苏瑾没有正面回答："我在照顾弟弟。"

"我不管你怎么解决，但现在你要去机场。"孟总不由分说地拿起分机，开始交代另外的工作，苏瑾沉默一下，慢慢地退出了他的办公室。

孟总看着她的背影，从心底里欣赏。虽然是年轻的女孩，做的却是男人的工作，她有着聪慧的头脑，冷静的性格，不管是分析项目的独到，还是洽谈合同的笃定，或者是见客户的不疾不徐，都让他为之佩服。这么年轻，这么从容，前途可观，有时候看她一低头的温柔，会让他感觉到她清水出芙蓉般的温柔，很有魅力。但他对她没有非分之念，因为她的专业态度，让他对她只有尊重。

苏瑾从孟总办公室出来时，内线说于蓓蓓在大厅等她，她怔了一下。

她匆忙走进电梯时，给顾铮打了个电话，说她临时要出差，让他照顾一下梁宏。挂

上电话的时候她才想起来忘记问顾铮是否忙碌了。

于蓓蓓正伏在栏杆处四下打量着她的公司,她穿着娃娃衫、七分裤,戴着两只细长的白金流苏的耳环,衬得下巴尖俏可爱,和苏瑾的深蓝色职业套裙比,显得稚气活泼。

"你做你的女强人,为什么要让顾铮为你牺牲?"于蓓蓓咄咄逼人地看着她,"他去年一年的飞行时间是1000小时,现在不仅不飞国外航线,国内航线也申请减少飞行时间。本来公司决定让他去伦敦参加一次重要的航空秀,驾驶他最爱的F22机型,但他也拒绝了!"

苏瑾无言以对,她不知道这些。

顾铮只是告诉她,最近他的飞行任务不多。

"他现在在忙些什么?"于蓓蓓愤懑地盯着她,"带孩子!带孩子!带孩子!何况还不是你们的孩子!"

于蓓蓓意识到自己的语病,赶紧"呸呸呸":"你们的事还早着呢!"

"他也有自己的生活,自己的事业,自己的梦想!"于蓓蓓继续说,"可他现在围着你团团转,你想过他需要什么吗?"

苏瑾垂了垂眼,一句话也说不出来。

"你太自私了!"于蓓蓓跳起来,责备道,"我鄙视你、鄙视你、鄙视你!"

苏瑾知道她说得对。她真的太自私了,她好不容易离开槐树街,好不容易走到今天这一步。她在骨子里是一个没有安全感的人,所以她不能退缩,只能向前。她累吗?有时候也会觉得累,可是成功的喜悦感让她心里稍稍安稳一些,就好像她抓住了自己的命运。

可这对顾铮多不公平。

她原本想要好好照顾弟弟,但现在完全没有时间和精力,一直到现在,她和梁宏之间也没有那种亲昵的姐弟之情,他倒是和顾铮更熟稔些。

苏瑾的心里第一次闪过"辞职"的念头。

从重庆出差回来后,苏瑾把辞职报告交给了孟总。

他原本以为是要签署的文件,看了一眼,错愕地抬起头来:"是有更好的机会?"

苏瑾摇摇头:"我要照顾弟弟。"

"所以呢?"

"我想换一份时间相对自由些的工作。"

孟总胸有成竹地笑了:"这份报告不批。"

"对不起——"

孟总打断她，身体靠到椅背上，审视地望着她："你不是一个甘于平庸的人，心里住着一只鹰。有一天你会展翅高飞，而且飞得很远。不要让这些事牵绊你，要成功就得有所牺牲和付出，甚至身边的人也会为你让步。"

苏瑾沉吟："我弟弟生病了。"

"如果是这样，你更需要这份工作，没有好的经济后盾，又怎么能给他最好的治疗？"孟总一语中的，"你在这里已经有了一定的基础，放弃太可惜。"

苏瑾沉默下来。她知道他说得对，她喜欢这份有挑战性的工作，她也在享受这份工作带给她的快乐，每一次，当她站在三十六层的玻璃窗前俯视这座城市的时候，会感到内心的充盈。她再也不是那个住在阁楼间无声哭泣的女孩，再也不是槐树街米粉店的"粉妹"。

苏瑾推开病房的门，看到梁宏静静地躺在病床上睡着了。他的左手腕上有个瘘管（连接体表和病体的管道），有一根管子和透析机连接，血液从他的身体里被抽出来，经过透析机的清洗再从另一头回到他身体内。每个星期梁宏要来做一次透析，每一次是五个小时。透析会带来很多不良反应，恶心，呕吐，心情烦躁，还会有一些并发症要特别注意。对于才十三岁的梁宏来说，这一天是痛苦不堪的日子，每每都要劝说很久，他才肯去医院。

顾铮伏在床沿上小憩，他的眉头浅浅地皱着，手还紧紧握着梁宏的手。苏瑾的胸腔里翻腾起哽咽，她用力地将其压进身体的内部。

"姐姐。"梁宏醒转过来，看到苏瑾，有些意外。

顾铮随即醒过来，看看时间："今天这么早下班？"

苏瑾点点头，安抚地摸摸梁宏的头："难受吗？"

"刚才又吐了。"梁宏有些不好意思，"吐到哥哥身上了。"

"你可得替我洗衣服！"顾铮爽朗地笑，"今天中午吃的咖喱鸡被你浪费了！"

"晚上我要吃汉堡！"和顾铮相处的这段日子，梁宏不由得对他亲近了些，胆子也大起来，会提要求了，他自然知道哥哥会答应。

"今天晚上你姐请！"顾铮朝苏瑾努努嘴，"很久没有三个人一起吃饭了，让你破费下！"

"那就吃汉堡。"苏瑾笑着说。

"好耶！"梁宏开心起来。因为生病的缘故，他的脸上总有种虚弱之感，即使是笑的时候，脸色也苍白无力。不过他的心情比刚来时好了很多，每天都会跟父亲通个电话，一个星期会回去看父亲一次。当然，他们都尽量避开李凤华，常常就在附近的公园见一会儿后又匆匆离开。

顾铮自然地拿起桌子上的橘子剥了一瓣,再把橘子瓣上的粗筋都挑掉,才喂给梁宏。梁宏大口含住,一边吃一边和顾铮聊天,他们聊的竟然是最近大热的韩星。苏瑾知道顾铮一向对明星不感冒,想必为了和梁宏有共同语言,才找来资料信息。

"等下次他来中国开演唱会,请你去看呀!"顾铮再喂一口。

梁宏嘴里嚼着,含混不清:"他的歌你会唱了吗?我要听!"

顾铮做出"真拿你没办法"的表情,然后拿出手机,播放出音乐,用蹩脚的韩语一句一句地唱,他完全没有在调子上,一首歌唱得磕磕巴巴,凌乱不堪。

而苏瑾隐忍良久的泪水汹涌而出。她掩饰地走出房间,感觉到无边的悲伤——顾铮为她做了这么多,而她能给他的是什么?她的心被深深地刺痛了,她为自己的凉薄感到心寒。这么自私的她,任性地把顾铮留在身边,只是打点她生活里的琐事。

和顾铮在一起后,她第一次有了想要离开他的念头。不是他不好,是好得让她没有办法去接受。

她蹲在安全通道的楼梯口,捂住自己的嘴,压抑痛楚的眼泪。她很想要好好地爱,可是她没有那么多时间来经营,她只能看着顾铮在他们两个人的爱情里精疲力竭。

可是一想到离开他,却也是万箭穿心般地疼起来。

她矛盾,愧疚,难过得不能自已……她看着自己把顾铮的生活拽入琐碎里,看着他放弃事业,牺牲很多的时间,看着他为了迎合她的生活所付出的努力,她的心都碎掉了。

顾铮见她一直没有回来,出来寻找,却看到她眼中一圈令人心疼的红。

"别担心。"顾铮把她揽入怀里,"会好起来的,他是个勇敢坚强的孩子。"

"你好吗?"

"只要你们都好好的,我自然也好!"顾铮暖暖地笑了,"现在我就想把你们照顾好。"

"不累吗?"

"为什么会累?"

"你的工作……"

"挺好的呀。"

"可是——"

"别可是了。"顾铮从未跟苏瑾讲过他为她做了些什么,在他看来,所有的付出都是他心甘情愿,他爱她,就要让她去实现她的梦想。

那个晚上,他们一起吃过晚饭,一起带着梁宏回家。梁宏一直走在顾铮的身边,时

第 6 章 重归故土

不时抬头望向他，眼中满满的都是信任。

"今天你早点儿回去。"苏瑾看着一脸疲惫的顾铮，心疼地说，"以后我会请人来照顾他。"

"那怎么行？"顾铮睁大眼睛，"别人哪有自己人那么耐心和仔细，他这个病需要精心的护理，还有透析后的反应，也得随时观察。"

"可你的工作也不能允许天天跟他在一起。"苏瑾看了一眼梁宏，他默默低下了头。

"你先去那边玩会儿。"顾铮对梁宏指指旁边的夹娃娃机。等他走开后，顾铮回头看苏瑾，"我没有关系，工作的事会处理好，现在他是最需要人照顾的时候。"

"他是我的弟弟。"苏瑾的语气生硬些。

"他也是我的弟弟！"顾铮不明就里地望着她，"你今天怎么回事？一直怪怪的。"

"为什么没有告诉我你放弃伦敦的航空秀？"苏瑾冷着脸，"为什么不告诉我你减少飞行时间？为什么也没有告诉我你连国际航班也不飞了？这样的你，还是飞行员吗？"

"谁告诉你的？"顾铮一问出口，就明白了，低声骂道，"这个于蓓蓓！"

"其实她……"苏瑾艰涩地说，"真的很好。"

"这个世界好人很多。"

"她爱你。"

"那林浩卿呢？"

"为什么每次都要扯上他？"

"是你先提的别人。"顾铮没好气地说，"你总是想要把我往外面推，苏瑾，我真的搞不懂，我在你心里到底重要吗？"

"我不希望拖累你。"苏瑾困顿地望着他，"顾铮，不如……我们分开吧……"

顾铮紧绷的太阳穴带着钝钝的痛跳动着，他伸出手，苦恼地揉了一下："别傻了，你以为放手就可以成全我的幸福？可你不知道和你在一起才是我最大的幸福！"

"我是认真的。"苏瑾目光黯然，"我让你太辛苦了。"

"你为什么总这样自以为是？"顾铮怒了，"总把你的想法强加给别人！你觉得分开是为我好，可你想过我的意愿吗？"

"听我说！"苏瑾试图让他冷静下来，"我们还是朋友！"

顾铮苦笑一下："我能用怎样的心情跟你做朋友？"

"我们已经长大了！"苏瑾望着他，"可以理性地看待问题。"

"理性？"顾铮像吃了枪药一样，喊道，"你就是太冷静了，冷静得简直是冷血！"

"随便你怎么说。"苏瑾看向一边，她的眼里蓄上泪来。当她说出"分开"两个字的时候，心就像被撕开一样疼。他应该是那个鲜衣怒马、杀伐果敢的顾铮，而不是成天围着琐碎的事打转的顾铮，他也可以驰骋沙场，却因为她，束缚了羽翼。就像当年她想要顾铮去北京，却又承担不起他的未来，现在她同样迟疑不决，她害怕有一天，顾铮会说，苏瑾，因为你，我的人生变得不同。

一个人去背负另外一个人的命运，这太沉重了……

可是顾铮，天知道你对我有多重要。

顾铮不想再跟她争辩，他走到梁宏的面前，低声地跟他解释了几句，然后头也不回地离开了。他生气，生自己的气，生苏瑾的气。她以为她很伟大吗？她以为她一个人就能说了算吗？她什么时候才能明白，感情不是一个人的事，是他们两个人的事。

顾铮开着车在街上胡乱地转悠，已经是秋季了，整个城市开始降温，那些枯叶在空中打着旋儿，厚厚的云朵就像幕幔遮蔽了天空。他觉得在苏瑾的心中有一片沙漠，他不管去倾注多少的水，都无法让她的心为他润泽起来。他呐喊，愤怒，声嘶力竭……可他所有的情绪在她眼里不过是"不理性"。他在她面前，永远都像一个闹脾气的孩子，很可笑，很幼稚。

去他的该死的理性。他在心里狠狠地骂了一声。

可是，当他意识到他把车竟然开到苏瑾家楼下的时候，他整个人都沮丧了。他鄙视自己的没皮没脸，鄙视自己的死缠烂打，他和于蓓蓓有什么区别？他们都以为自己是那个最勤快的农夫，只要勤快就能种出最好的庄稼来。

但感情真的不是你灌溉，你耕耘，就有收获。

他没得救了，也不想救了。

他干脆把椅子放低，抱着后脑勺仰躺下去，就那样，像个傻瓜一样深情地望着苏瑾的窗口。

第二天一早，当梁宏和苏瑾走上这条斜坡的时候，看到的是顾铮那辆落满了枯叶的车。

梁宏有些小激动，跑过去敲窗子："哥哥！"

顾铮惊醒，看到是梁宏，赶紧摇下车窗，睡眼惺忪地问："早上了吗？"

"你在车里睡的？"梁宏偏着头，"怎么不上来？"

顾铮有些不好意思，他并不想演苦情戏。本来只想待一会儿就回家，可是竟然睡着了。

"我来接你上学。"顾铮欲盖弥彰,"吃早饭了吗?"

"你忘记我到学校走路就需要五分钟?"梁宏把两个人打量一番,小人儿精地说,"我要迟到了,先走了!"

"我送你!"苏瑾在他身后喊。而他已经头也不回地朝前跑,还不忘伸出手来挥了挥。

他们之间陷入了沉默。

顾铮下车,站到苏瑾面前,她的背影看起来透着忧郁,他张了张嘴,刚想要服软地说一句,但苏瑾抢先说:"我上班要迟到了,再见。"

他的眼光胶着在她的背影上,看着她一步一步地走出他的视线,他仿佛听到自己的心碎掉的声音。她真的可以做到这样理智克制,真的可以做到这样不动声色。

他朝后一步,重重地踢在车轮上。

其实苏瑾一转身泪就落了下来,是她说的"分开",可她的心却在一遍一遍地抗议。昨天整晚她都没有办法入睡,辗转反侧之中头痛欲裂,早晨看看镜子里的自己,面色晦暗,眼睛浮肿,憔悴得不行。她想起那么多的事来,想起顾铮在波士顿用快闪送她的玫瑰;想起电影屏幕上他为她设计的照片;想起他在手腕上缠绕蝴蝶结把自己当礼物快递过来;想起她回国时,他那枚"想你"的印章……她想起他们一起看书,一起放风筝,一起散步……还有,他为她做的面条,熬的粥,学做的菜……这么多的过往,甜蜜而幸福,现在想来,依然让她温暖不已。

她要怎么做才能两全呢?

一直到转角的地方,她的肩膀才松懈了下来,眼泪一滴一滴地往下流。

内心的感情终于占了上风,她突然之间转过身,不顾一切地朝回跑。她看到顾铮还站在那里,心里一阵狂喜,她飞快地跑过去,从身后紧紧地抱住他,因为用力,顾铮被她撞得一歪,好像从梦中惊醒过来,惊喜地问:"你怎么又跑回来了?"

她没有回答,只是双手缠绕着他,把脸贴在他的后背,泪如雨下。

他握住她的手,把她拉过来,揽入自己的怀里。

一切都在不言中,他们的人生在相遇的那一刻就已经注定要纠缠下去,这是宿命。

风在轻轻地吹,落叶纷飞里,就像在下一场雪,让他们想起一句话,一直走,一直走,是不是就能走到白头了呢?

7

"现在拍卖的是第6号作品,是青年画家莫小晚的作品《我》。"拍卖师让助手把莫小晚的画作向四周展示一番,又继续说,"这个作品的起拍价五万元,每次加价幅度为五千元。"

莫小晚坐在台下,微微有些紧张地把双手交握放在膝盖上。这是一个慈善晚会,所筹得的资金会用于一个营养早餐的公益活动。之前所拍卖的作品筹得的善款都不错,她怕自己的作品无人问津,这样会有些丢脸。

"五万五!"一个声音响起来。

莫小晚朝身后看去,那个人分明就是陈白。她心里有些恼,他来凑什么热闹?参与竞拍的人都是非富即贵,他一个小律师,来显摆什么?她去过他的律师事务所,为了还他"落"在她钱包里的一块手表。她觉得他简直就是故意的,来还她钱包,又在她钱包里放一块表……正巧还有他律师事务所的地址,想想反正也不远,她就纡尊降贵去看看。他的律师事务所特别寒酸,一个旧的写字楼,一套百平方米的写字间,上面还有偌大的招牌"陈白律师事务所"。里面被分成几个格子间,招揽了几个不知名的小律师,然后就大张旗鼓地开业了。就陈白那个浮夸的性格,她能想到他的名片上一定把在美国做律师的经历夸大了几倍,谁会知道他在美国是一个只会输的律师呢?

还没有等陈白把一杯水倒满,她放下他的表就走了。

她就要用漠视他的态度让他知难而退。

这家伙的律师事务所,开不了几天就会关门大吉的吧?

没想到这样的场合,陈白也会来凑热闹,她心里暗暗着急,希望赶紧有人出价超过他,也希望他不要跟对方死磕下去。

"六万。"已经有人举牌子示意。

"七万!"马上就有人超过。

"七万五!"陈白的出价,就是五千一加价。

莫小晚回头瞪他一眼,可陈白看也不看她,抱着手臂一副胸有成竹的模样。

"八万。"有人再出价。

……

几轮下来,陈白已经跟人死磕到了十二万。要不是在这样的场合,莫小晚恨不得冲

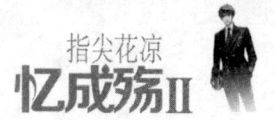

上去一脚把陈白踢出去。

"五十万。"有人举牌,一语惊人。

拍卖师惊喜地喊出声来:"现在出现了本次竞拍会最高的价格,还有人超过五十万吗?有人再加价吗?那五十万第一次,五十万第二次……"

这一次陈白没有再出价。

"五十万第三次!"一锤定音。

掌声响了起来,莫小晚朝出价者微笑颔首,以示谢意。

陈白从鼻孔里冷哼一声,就这画,值五十万?明显就是无事献殷勤,非奸即盗。他认得那个出价者,就是上次送莫小晚回来的那个"阿玛尼"。今天他穿一件黑色阿玛尼燕尾服,打底的衬衫还有淡淡的云纹——他再一次"啊呸"一声,一个男人,用得着把自己搞得这么精致?

竞拍结束后,罗绍辉从身边经过的侍者盘里举起两杯香槟走向莫小晚。

莫小晚微笑着看向他,接过他手里的杯子:"我替那些孩子谢谢你。"

"这幅作品我很喜欢。"他碰了碰她的杯子,仰头一口饮尽,"画里的女子很美,不骄不纵,不媚不俗,眼神透着的……"

"是眼屎吧!"他的话还没有说完,陈白已经一把抢走莫小晚手里的酒杯,插嘴道,"真的,我第一眼看到的时候就觉得是。"

莫小晚冷厉地瞪他一眼。

"你真会开玩笑。"罗绍辉好脾气地说,"你们是朋友吗?"

"是——"

"不是——"

两个声音同时响起,他们相互瞪一眼。

罗绍辉笑了:"你们的关系看上去挺好。"

"当然。"

"怎么会?"

他们又是不约而同地回答,然后再互瞪一眼。

这时工作人员过来请罗绍辉去办理竞拍作品的手续,他先离开了。莫小晚用目光送他,陈白吃醋地说:"只穿阿玛尼的男人一定是偏执狂。"

"那你呢?"莫小晚激他,"一直输还要做律师,是不是对那些代理人很不负责?"

"我……我……我……"陈白气得说不出话来。

"你……你……你……一边去！"莫小晚瞪他一眼，"这次的晚宴是要有邀请函的，怎么阿猫阿狗都能混进来呢？"

"莫小晚！"陈白要七窍出血了，他堂堂一个律师，可在口才上每次都被压制。他心里那个恨呀，又不能拿她怎么着。可是他也真的很喜欢莫小晚的这幅《我》。自画像中的女子有着松散慵懒的头发，平淡如水的表情，圆领的衬衫里，有一串柔亮温润的珍珠——美得很梦幻，就像所有人心里的梦中情人。在知道她要参加这个慈善晚宴时，他费尽心思找关系混进来，就是为了买下这幅画。可——财力实在有限，他只能拱手让人。

虽然罗绍辉出五十万，陈白只出十来万买这幅画，但在莫小晚的心里，却对陈白生出了感动。罗绍辉有钱，五十万做慈善对他来说只是小事一桩，而陈白，这十来万应该是他全部的身家了吧。她没有想到他竟然这样蠢——可这样的蠢却让她有些动容。

莫小晚看着他沮丧离开的背影，有些不忍，可她什么也没有做，只是等着罗绍辉再一次走向她。罗绍辉是个画家经纪，他和莫小晚的几次接触也是谈代理她作品的事宜，他很看好她的画，想要推介到大富豪中间去，他说会有些运作和包装，而他也善于做这一切。他在很多城市都有自己的画廊，麾下有很多的画家为他工作。

只是莫小晚还在犹豫。

她不希望自己的作品变成商业画，也不希望去炒作或者包装，她的初衷只是简简单单地作画，做自己喜欢的事。但一个画家，总还是希望自己画作的价值能最大化——这就是矛盾所在。

Zhijian Hualiang Yi Cheng Shang II

第 7 章
生死一线

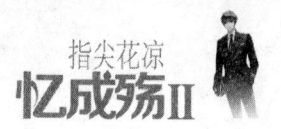

外面下雪了,从二十八楼的窗口可以看到大片飞舞的雪花,落在庭院里常青的植物上,就像是开出一簇一簇白色的花朵。

房间里有线条流畅的橱柜和壁炉,有地中海风格的装修,家电家具一应俱全。苏瑾在水汽氤氲的玻璃窗上用手指写了一个"家"字。她住过那么多地方,小阁楼,波士顿的出租屋……现在她终于有了一套属于自己的房子,一百平方米的套三房,阳光充足,环境舒适,每每进出保安都会向她点头示意。

这套房子是公司发给她的年终奖。在过去的一年里她已经不再是助理,她有了自己的团队,带领二十几位员工独立做华中地区的项目。孟总说得没错,她的心里住着一只鹰,她能在这片天空自由地翱翔。这些成功是她用每天的兢兢业业换来的,没有休假,不停地加班,对所有事都要求做到最好。她也知道,其实同事们觉得她很难相处,因为当她要承担更大的责任时,态度就不由得苛刻强势起来。

她每一步都走得很辛苦,当她站得更高的时候,还要去应付公司里的尔虞我诈,同事之间的钩心斗角,一回到家,累得一句话也不想说了,只想沉沉地睡过去。

门铃响起来的时候,苏瑾才从回忆里惊醒过来。她在想母亲,还有已经印象模糊的父亲,他们都没有看到她成功的一天。若是泉下有知,他们应该会欣慰吧,这个孤女已经能够应付人生里发生的种种了。

梁宏从房间里出来,抢先一步去开门,他以为是顾铮哥哥来了,面上的笑容在看到来者时一下就僵住了,然后下意识地往后退了一步。

苏瑾往门口看去,没想到竟然是李凤华。她没有换鞋一脚踏进来,后面跟着的梁树民讪讪地走了进来。

李凤华脸上挤出笑容:"怎么搬家也不跟你爸说一声?毕竟他也养了你十多年。你现在混出头了,总还是要孝敬孝敬他吧?"

叔叔脸涨得通红,讪讪地看着苏瑾:"你阿姨说来看看你新家。"

苏瑾没有吭声,梁宏悄然回到房间,李凤华跟了进去,左看右看,啧啧出声:"这房子得一百多万呀,你才工作多久呀?有的人就算工作一辈子也买不起这样的房子。看来你还真是有出息。"她又冲着梁树民嚷,"也不枉你辛苦养育她这么多年,这下好了,你可以跟着享享清福了。"

苏瑾倒了一杯水,递给尴尬不已的叔叔:"坐吧。"

叔叔这才坐到沙发的一角,手里握着杯子拘谨地搭在膝盖上,垂了垂眼:"可惜你妈走得早,她这辈子也没有过上好日子。"

"是地暖吧,装这个得好几万?"李凤华探出头来,走到餐厅,从餐桌的水果盘里拿了一只苹果,"咔嚓"一声咬下去,又走到书房,"床都不用买,睡地板就挺暖和,老梁,你赶紧回去收拾收拾,我们这就搬过来。"

梁树民错愕地抬起头:"这怎么行?"

"怎么不行?"李凤华皮笑肉不笑,"你可是她养父!你养了她,她就该孝敬你!咱们那房子又旧又破,还没有暖气,住自己闺女家不是天经地义的?是吧,苏瑾?"

"不行!"梁树民没想到她打的是这个主意,原本被拖来已经觉得不自在。

"你难道打算让她照顾你儿子一辈子?"李凤华绕到电视前,摸了摸边框,"梁宏现在又生病,苏瑾工作忙肯定照顾不过来,我们搬过来也是减轻她的负担,帮忙买菜做饭打扫一下,这不挺好的?"

苏瑾冷冰冰地看着这一出拙劣而滑稽的戏码,扯了扯嘴角。

"擦鞋店离这里太远,不方便。"梁树民继续反对。

李凤华瞪他一眼,气势汹汹地吼:"你就是个劳碌命!你姑娘一天挣的够你擦一年的皮鞋了!还擦什么鞋?关门!"

"这是我家。"苏瑾冷冷出口,"如果没什么事,你们就回去吧。"

李凤华眉毛一挑,一屁股坐到茶几上,开始撒泼耍横:"知道你有赡养义务吗?你要是不管他——我们就去法院告你!到时候可别怪家丑外扬!"

梁树民起身去拉李凤华,哀求道:"赶紧回去吧,别在这丢脸了!现在梁宏全是苏瑾在照顾,我已经很愧疚了……"

李凤华一巴掌打开他的手,眼睛瞪得滚圆:"那是她弟弟,她不该管吗?她现在住这么好的房子,却让你在马路上擦皮鞋,她还是人吗?"

苏瑾打开钱包,从里面抽出一叠钱来,塞给叔叔:"叔叔……"

苏瑾的话还没有说完,钱已经被李凤华一把抢了过去。她舔舔手指开始一张一张地数,数完后心满意足地装进自己的钱包里,这才站起身说:"老梁,回家!"

梁树民羞愧难当,张张嘴想要说抱歉的话,可到底一个字说不出来,眼圈红了起来。他朝卧室里看了一眼,儿子也没有出来。他的心难过得像被针扎,却无能为力地跟在李凤华的身后。他知道,如果他稍微违逆这个女人,她就会无休止地找他吵闹,他的心累极了。

待他们走后,梁宏这才出来,眼里已经涌动着泪花,哽咽一声:"姐姐,我不要和

她住!"

　　苏瑾走到他身边，轻轻拍拍他的肩膀："放心吧，这是我们俩的家，不会让她来的。"

　　"可——"

　　"有姐姐在呢。"虽然苏瑾不断地安慰着他，可她太了解李凤华的性子了，她并不是真的想要和他们住在一起，她不过是借着这个由头来找她要钱。对于那种龌龊的小人，她不想去纠缠，能用钱打发就算了。只是，她恐怕以后会常常来闹。

2

苏瑾正在开会，秘书敲门进来，有些紧张地望着她："苏总，前台有人找。"

苏瑾皱皱眉，有些不悦："没有看到正在开会吗？"

"是……"秘书欲言又止，脸微微红了，"您去看看吧。"

苏瑾有些不祥的预感，难道是李凤华？在她第一次成功地从苏瑾这里拿到钱之后，几乎每个星期都会出现，不是在她家门口堵她，就是频繁地给她打电话。每一次都是千篇一律地说他们没有钱快揭不开锅，只能搬过来跟他们一起住，要不就是把梁宏接回家住。梁宏跟她已经生活一年多了，他们之间好不容易建立起亲密的姐弟感情。他的身体也在慢慢恢复，阴郁的性格也开朗了很多。虽然照顾他更多的，还是顾铮，甚至有时候还会麻烦肖琴阿姨，她有时会把梁宏接到家里给他做好吃的，梁宏也很喜欢去那里。

苏瑾在顾铮的坚持下，去过他家几次。她和肖琴阿姨原本也算熟悉，只是再次见面，身份变得不同，会有些微妙的小尴尬。不过肖琴阿姨原本就很好相处，温和爽朗，是她所羡慕、向往的那种母亲。

苏瑾和顾铮也像大多数恋人那样，每个星期会见面。只是因为苏瑾太忙碌，他们见面的地方常常就是她家，他给她做好吃的，然后窝在沙发上看一部电影。

苏瑾有时候会问顾铮："不无聊吗？"

顾铮把头埋在她颈窝处，温言回答："一个人的时候才无聊。"

苏瑾笑了。即使她再忙，迟到爽约，他都包容了她。他怎么可以这么好脾气，这么没有原则性？他永远都站在那里，像他承诺的那样，做她的港湾。

如果生活里没有意外，幸福就是一条直线，可——李凤华出现了。

今天来苏瑾公司的人，不是她，而是法院的人，他们来送传票。

在上一次苏瑾说再也不会给李凤华一毛钱后，她以梁树民的身份去法院起诉苏瑾遗弃罪。

苏瑾不用回头，就知道有多少双眼睛在她身后看热闹。

"这个民事纠纷在我们关南区法院开庭，在开庭前我们会就民事纠纷做调解。你看你有什么想法，我们协调一下。"法院的工作人员说。

"什么时候开庭？"苏瑾淡淡地问。

"下个月23号。"

"我会让我的代理律师到。"

"按照程序，是要先调解——"

"不必了。"苏瑾不想再跟李凤华纠缠下去，她身心疲惫。就让法院来判吧，需要每个月支付多少赡养费她愿意付，只要不再看到这个人。

等他们走后，她站到窗前，望着淡灰色的天，心里充满了无力感。从年少时，这个人就是她的梦魇，到现在还在纠缠不休……若是她每个月给了赡养费，她还会来找她吗？还会不会用梁宏来胁迫她就范？她终于明白为什么母亲那时候那么怕她了，她像一个魔鬼，狰狞可怖。

苏瑾下班后，去陈白的律师事务所找他，这个官司她希望他能代理。

陈白听完以后，愤怒地嚷出声："岂有此理，怎么会有这样的人？她凭什么找你要钱？凭什么要来和你们一起住？"

苏瑾心里苦笑一下，凭什么？这个人根本就不凭什么，她就是想做什么就做什么。

"放心，我会打赢这个官司的！"陈白信誓旦旦，"他们现在身体健康，有收入，还有拆迁款，他们不拿钱出来给儿子治病这才是遗弃罪！"

"顾铮怎么说？"陈白又问。

苏瑾怔了一下，她还没有告诉顾铮。她已经习惯了在发生事故的时候自己来处理，时光把她从那个淡漠疏离的少女变成了一个理智独立的女子，即使是深爱的顾铮，她也保持着一段距离。

陈白迟疑一下："作为你们的朋友，有些话我很早就想说了。虽然顾铮什么都没有说，但我们都知道，他需要你和他一样不假思索完全地投入，可是你，理智，冷静，有着太强的自我保护欲，在他面前，你还保留着你自己的领地，这对他来说，不公平。"

苏瑾沉默了，她知道他说得对，不管是骄傲还是脆弱，她都把自己保护得那么严严实实，其实这真的很悲哀。

"你怎么在这儿？"莫小晚突然闯进来，看到苏瑾吓了一跳。

苏瑾把李凤华的事简单说了一遍，莫小晚恨不得去找她拼命："对付这种人，就得拿出狠劲！"

陈白去拉她："喂，这是法治社会，再说还有我这个大名鼎鼎的律师。"

"你真打算找这家伙？"莫小晚不以为然。

"怎么了？"陈白随即反驳，"上次苏瑾的官司不也赢了？"

莫小晚冷哼一声："那个好像没有开庭，再说也是顾铮帮忙解决的。"

"这不就真的要替苏瑾打一场了？"

莫小晚想起什么似的从背包里取出一部手机丢还给陈白："别再放乱七八糟的东西

了,下次我一定不会还给你,直接扔掉!"

陈白又去找过莫小晚几次,每一次都还她一样东西,都是她上次在波士顿丢失的。她不知道他用了什么办法找回来的,但他竟然能在一年多的时间里,一样一样地慢慢还给她,还她的时候顺便还要"遗失"自己的东西在里面,害得她又得拿来还给他。

"走啦!"莫小晚挽住苏瑾的手,往门口拉,"很多天没有见了,一起吃饭。"

"你们去哪儿?"陈白着急地跟在身后,"苏瑾,一会儿我跟顾铮一块儿来!"

莫小晚回头瞪他一眼:"你最好别出现,我会没胃口的。"

"哎——你把我当汤姆·克鲁斯不就行了!"

"别臭美了。"

……

两个人斗嘴到电梯口,这才算结束。

"真讨厌,阴魂不散。"莫小晚撇撇嘴。

苏瑾奇怪地看她一眼:"如果真的这么不想见到他,为什么不让快递来送?"

莫小晚被问住了。这个问题她自己都没有想过。如果不想见陈白,她完全可以不用理会他,托人送还他的东西或者直接快递,都是很简单的一件事,也许只是因为对他有所好奇吧,他真的把他这个律师事务所经营下来了?他们每一次见面都会斗架,谁也不让谁,可她的心情好像并没有因此受到影响,反而有丝丝甜蜜的感觉。

第7章 生死一线

于蓓蓓和好友陆芩在网球场打网球,一拍一拍地挥过去,不放弃任何一个救球点。

一局下来,陆芩讨饶地直摆手:"大小姐,你能放点儿水吗?这么拼!"她们一同走到休息区,拿毛巾擦汗,惬意地喝点儿饮料。陆芩和于蓓蓓是一同长大的朋友,自然也知道她对顾铮的那股执着劲,大学四年的狂轰滥炸顾铮没有"屈服",她以为这丫头会放弃,结果于蓓蓓竟然放着舒适安闲的生活不过,跑去航空公司做了安检人员。她有时出国经过机场,就会看到于蓓蓓穿着可笑的深蓝色安检制服,面上带着公式化的笑容,用仪器在乘客身上挥一遍——真是无聊又呆板的工作。没有创意,没有激情,也没有任何难点,而且一站就是一整天。于蓓蓓可是家境优渥的大小姐,她会去做这样的工作,让所有人大跌眼镜。

更没有想到的是,她并不只当是好玩,一做就是三年多。三年,人生最美好的时光,对于她来说,应该用来四处旅行,用来享受华服和美食,可她就站在那里,只为了能够常常见到心仪的男子。她真是陆芩见过的最傻的姑娘,无人能出其右。

于蓓蓓的座右铭竟然是:你有本事就一辈子都拒绝我!

陆芩在心里对她的愚蠢竟然生出了敬佩,一个女孩用最美好的时光和你耗着,那该是有多爱呀!以前她父母并不着急,以为她也就是任性地玩玩,但见这闺女像着了魔一样坚持了这么多年,开始急了!他们有意无意地安排各种青年才俊与于蓓蓓见面,也会让陆芩来劝劝蓓蓓,可她的眼里心里就只有顾铮。

这个死心眼,真是急坏了周围的一干人。

"蓓蓓!"航空公司的同事小倪看到休息区的于蓓蓓,抬手打了个招呼,他是跟顾铮一批的飞行员。

于蓓蓓笑了:"来跟我打一局,我少个对手呢!"

陆芩补充说:"她太可怕了!你去替我灭灭她的威风!"

小倪摆摆手:"快放了我,谁不知道她的实力可以和李娜一决胜负。"

于蓓蓓毫不谦虚地笑了:"跟高手对决才能提高你们的水平!就你们那三脚猫的功夫,几百年才能有所提升呀!"

小倪顿了顿,突然想起似的问:"顾铮最近很缺钱吗?"

"怎么了?"于蓓蓓惊讶地一顿。

"他在借钱,数额还不少。"小倪也很意外,"你不知道?"

"到底怎么回事？"于蓓蓓追着问。

"具体不清楚，你问问许霖？他和顾铮走得近。"小倪不想生事，笑着推脱，看着于蓓蓓脸色越来越沉，赶紧找借口开溜。

于蓓蓓立刻就给许霖打电话了，许霖告诉她，是因为苏瑾。苏瑾的养父告她遗弃罪，他想要帮苏瑾一次性解决这个麻烦，对方竟然开价要一百万。就算是那么狮子大张口，顾铮竟然也同意了。于蓓蓓沉默一会儿，淡淡地说："把你的卡号给我，我转一百万给你，你告诉顾铮是你给他的。"

许霖怔了一下："这可不行，他也知道我没这么多钱，自然会想到是你。"

思忖一会儿，许霖继续说："就怕他轻易把钱给对方，把他们的胃口养大，还是会缠着不放。"

于蓓蓓一时心乱如麻，在她心里，顾铮的麻烦就是她的麻烦。但他的这个麻烦太复杂了，连钱都解决不了，如果一直纠缠下去，就会变成一个无底洞。

"我找她去！"于蓓蓓挂了电话腾地转身就往更衣室走。

"欸——"陆苓追上来："那些个无赖，能讲得通道理吗？"

"我找讲道理的去。"

"谁？"

"苏瑾。"

"能说得通吗？"

于蓓蓓还没有回答，就被路边的鹅卵石绊倒，结结实实地摔在地上，她捂着膝盖坐起来，嘴里嘶嘶地抽着凉气，感觉到火辣辣的痛，从四面八方涌了过来。

一时间，她泪如雨下。

陆苓急了："伤到哪里了？快站起来看看有没有伤到骨头。"

于蓓蓓只是摇头，拼命地摇头，眼泪从她的眼眶里大颗大颗地流下来——没有伤到骨头，伤到的是她的心。为什么他要去喜欢一个让他这么辛苦的人呢？为什么就不可以是她呢？她不会给他添任何麻烦，她会很乖巧地守在他身边，可为什么顾铮就是看不到她呢？

但爱情原来是这么残忍的一件事，当你用尽全力去爱一个人的时候，就已经不再爱自己了。

苏瑾站在落地窗前，看窗外的世界。远处写字楼的玻璃瓦上反射出的夕阳就像一个亮点，有些刺眼。自从搬进这间偌大的办公室，她最喜欢的就是这面落地玻璃窗，每每思考时总是会起身看远处，高楼大厦，车水马龙——那些人，他们也在营营役役地生活

吗?她一直很努力,很坚强,她以为她可以凭借自己的努力实现自己的梦想。可是实现了梦想以后呢?她真的会快乐吗?她要放弃很多,连同顾铮也在为她放弃——可真的要她不去为梦想打拼,她的心里又会有不甘和不舍。

这让她矛盾,也令她迷茫。

她现在有了自己的团队,她运筹帷幄,一呼百应;她审时度势,雷厉风行;她刚毅果敢,未雨绸缪……她现在操控的资金已经是用亿来计算。她已经不再是槐树街那个卑微的粉妹,而是金融市场最当红的职业经理人。有很多家猎头公司来找她谈,他们翻她的履历时总是会被震到,这么年轻的女子,竟然已经运作成功了这么多项目。

苏瑾现在的穿着都尽量往成熟上靠,深色系的职业套装,打底的白衬衫,头发绾在脑后,不管是与领导交谈,还是与对手谈判,都是冷静地直视对方的眼睛,毫无怯意。

可她现在对自己有些失望,因为有些事她力不从心。她想要和顾铮在一起,却总是让顾铮很辛苦;她想要照顾好弟弟,但又没有那么多时间;她不想去理会李凤华,但这个人却总揪着她不放……工作她能做好,生活上的这些事,她处理得乱七八糟。

每每面对顾铮,她的心里就充满内疚、无力、疲惫的情绪。

刚刚于蓓蓓来找她,跟她讲李凤华开口索要一百万的事。一百万,不是一个小数目,顾铮竟然自己就扛了下来——他怎么可以这么没有原则?

李凤华要了一百万,还会要第二个一百万……她的心是黑色的,根本没有一点儿人性。

"苏总,孟总请您去一下。"秘书敲门进来。

苏瑾示意知道了,她拿起桌上的文件夹,正好有事要找孟总谈。

"这个投资项目怎么停下来了?"孟总不解地问,"你们都跟进到签合同这一步了。"

"我正想跟您谈这件事。"苏瑾打开文件夹,把资料呈到孟总的桌上。

但他竟然看都没看,就合上了文件夹,不以为然地说:"我知道你查到了什么。"

"这家公司做假账骗股东。"

"那我们被骗住了吗?"孟总反问她。

"所以不能投钱进去。"

孟总笑了:"苏瑾,我们知道真相,所以我们不会有损失。"

苏瑾即刻明白了他的意思。他们知道这家公司真实的财务情况,被蒙骗的只是那些小股东和股民,他们公司给这家公司注入资金后,会拉升股价。在股价高涨的时候,他们公司再宣布减资,在股市上捞一笔钱走人,股价狂跌,受损的就是那些小股东和小股民。这种圈钱的行为在股市上已经不是新鲜事。

只是苏瑾没有做过这种违背内心原则的事。

思忖一下，她直言："抱歉，孟总，这种事我做不来。"

"苏瑾，我知道你年轻气盛，知道你正直善良。可每一家公司都会这么操作，大股东操盘股价，这也是为了给公司赚更多的钱。"孟总停顿一下，"我一直没有让你做这样的事，就是为了给你时间来接受资本市场的残酷性，你若不做，会有别人来做。我给你时间，不代表可以一直容忍你的……清高。"孟总把最后两个字说得很重。

"那我辞职。"苏瑾脱口而出。

孟总云淡风轻地笑了："不管你去哪里，总有一天你也会做同样的事，如果你要做大做强，就必须对别人残忍，就必须接受不择手段！"

"也许有一天我会对这种事见惯不怪，但现在的我，没有办法。"苏瑾把文件拿起来，"孟总，我是从社会底层走到现在的，我知道那些街坊那些邻居他们把仅有的存款放进股市上的心情，如果我还要去做欺骗他们的事，我会看不起自己的。"

苏瑾走出办公室，她的心情有些沉重。她知道她不能去改变什么，这个项目在她走后，自然会交给别人来做，那些投进毕生积蓄的股民会输得倾家荡产。她热爱这份职业，她希望只做光明正大的资本博弈，但她躲不过资本的劣根性，那就是利欲熏心。

苏瑾回到办公室，开始敲辞职报告，她心里无奈地苦笑一下：自己竟然也有顾铮的那种冲动，是被他影响了吧。

第7章 生死一线

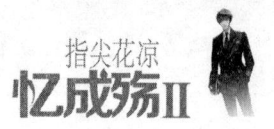

4

苏瑾很久没有下厨了,厨艺都变得生疏起来,她甚至连厨房里那些调料工具的摆放位置都不清楚了。现在梁宏都是自己在外面吃早饭,中午在学校用餐,晚上是顾铮、莫小晚他们轮着照顾他,如果他们都忙,肖琴阿姨就会过来做晚饭。

门还没有打开,她就听到顾铮和梁宏在外面热络的声音,进门时说到激动处,梁宏还比画了几下。苏瑾看到他现在日益开朗的性格,心生欣慰,他应该和同龄孩子一样,有蓬勃的朝气。

在门口的两个人看到苏瑾,一时怔住,惊喜之情溢于言表。

"姐姐,你不舒服吗?"梁宏问。

"没有。"

"那你怎么在家?"

"想给你们个惊喜。"她笑,"我把晚饭都做好了,洗洗手就来吃。"

"耶!"梁宏欢呼一声,赶紧冲到餐桌前来看,"清蒸鲈鱼、咕咾肉、红烧茄子,还有藕带排骨汤!"他直接拿手去捞菜吃,另外两个人也没管他。

顾铮自然地走到厨房,一边洗手一边问她:"怎么不打电话说一声?"

"这是我家,回来还要通知?"苏瑾白他一眼。

"不是,是我们应该早点儿回来。"顾铮擦了擦手,又以迅雷不及掩耳之势在她脸上捏了一把,"我们在外面打了会儿篮球。"

梁宏的身体现在有所好转,透析已经暂停,虽然可以用药物控制,但还是需要加强锻炼提高身体素质。而且这个病随时都有可能复发,要特别小心地护理。顾铮开始给梁宏制订锻炼计划,让他早起晨跑,在饮食上也有所注意。就连梁宏都打趣他,说他像个啰唆的老妈子。

他们三个人在一起热热闹闹地吃饭,然后梁宏说要做功课,把他们赶到外面散步。

"你也该陪陪顾铮哥哥了!"梁宏打抱不平,"不是加班就是出差,不是出差就是开会,不是开会就是应酬……"

"停停停!"苏瑾摆手,"我收到你们的控诉了。"

顾铮嘻瑟地牵起她的手:"走喽。"

"去看场电影?"苏瑾提议,"要不就陪你玩电玩?"

"不用了,你这么累,就在楼下散步吧。"顾铮牵着苏瑾,走到小区楼下的儿童娱乐区，他们坐在秋千上，一边轻轻地晃荡，一边轻声地聊天。

风轻拂过去，带着微醺的暖意，又是一个初夏了。

时间长了一双脚，在你身边不停地走，不停地走，不经意间，就已经走了老远的距离。

"颜乔今天给我发邮件，说她的婚礼在下个月。"苏瑾有些感慨，大学宿舍里的姐妹，她一直以为赵冬玉会是那个最早结婚的人，没想到会是颜乔。赵冬玉的男友为了她来到北京，他们感情那么要好，却在要毕业的时候分手。而颜乔这么热爱自由的北京姑娘，一毕业就四处云游，却在和男友交往半年后就决定结婚。还有沈小红，她选择了回甘肃老家创业。她们四个人毕业这么多年竟然没有时间再重聚。颜乔说，希望她们无论如何都能够来参加她的婚礼，也是为了大家能够聚一聚。

顾铮还记得那个北京姑娘，他们曾经有过短暂的谈话。

"不如我们也选个日子？"顾铮偏着头，语气是玩笑话，但表情很认真。他们认识这么多年，又交往了三年，彼此之间早已熟稔，走到婚姻也是水到渠成的事。

苏瑾错愕地看向他，一时之间不知如何回答。

"什么表情嘛！"顾铮不满地嘟囔，"有这么吓人吗？"

"顾铮。"苏瑾艰涩地说，"我让你太辛苦……"

"别自以为是。"

"李凤华——"

"她能出什么幺蛾子？"

"可是你为什么不跟我商量？"

顾铮顿一下，小心翼翼地问："你知道了？"

"为什么擅作主张？"

"我只是想为你分担。"

"这是我的事。"

"又来了！又来了！"顾铮激动地扬高声线，"每次都是你的事，我的事，我们之间用分得这么清吗？我是你男朋友，帮你处理这些事就让你这么不舒服？"

"就算你给了她一百万，她再问你要呢？"

"我会跟她写协议。"

"那种人，协议能约束得了吗？她想做什么就做什么！"苏瑾无奈地叹口气，"你太天真，太幼稚了！"

顾铮气得跳起来："我幼稚！我天真！难道在你眼里我就这么不靠谱？不能把事情

处理得妥妥的？"

"你能冷静点儿吗？"

"不能！"

"你这样不就是幼稚吗？"

"是你不相信我！"

"是你擅作主张！"

"我会处理好！"

"不能再给她钱！"苏瑾态度很坚决，"会没完没了！"

"你的话题转得也太快了！"顾铮板起面孔，幽怨地说。他不是在求婚吗？可她竟然转移话题跟他吵了一架。

"问题总是要解决！"

"我就是在解决问题！"

"顾铮，这件事你别管了！"苏瑾站起身，"对付李凤华那样的人，你不是她的对手。"

苏瑾说完这句，转身就走了。她不想跟他吵架，原本只是想好好谈一谈，原本心里有那么多感动和温暖，但话一出口，竟然变成了利器，伤了他的自尊和心。她知道再谈下去，他们也是会不断地争吵，她离开，让他们都冷静一下吧。

苏瑾醒来的时候，看看床头柜上的闹铃，是早晨五点半。她像往日那样，先拉开窗帘，让外面稀薄的晨光透进来。转念之间无奈地笑了，她都忘记她已经辞职，虽然孟总还没有批，但她已经决定把手上的工作交接下去就不再去公司。

所以她今天不用赶着时间去上班，可她从来就没有睡懒觉的习惯。早起后要一边听新闻一边锻炼，然后处理一些琐碎的事，为当天的工作做充分的准备。她的每一天都这样清晰简单，每一个步骤都井然有序。

一时之间空闲下来她还有些不适应。

那就和梁宏一起吃早餐，再送他去学校。她决定。

梁宏已经上初二了，成绩一直不大好，基础差，理解能力也不甚强，学习起来很吃力，而且他也不像苏瑾念书时那么刻苦，有时候对学习偷工减料，苏瑾会忍不住对他发脾气。她知道学习不是唯一的出路，但对于家境贫寒的他们，唯有念书才是改变命运最直接的道路。

可是她再急，梁宏的成绩依然没有起色，也只能顺其发展。

做好丰盛的早餐，她去隔壁房间敲梁宏的房门，里面悄无声息。她干脆推门而入，看到他捂着被子睡得沉沉的。

"懒虫,要迟到了!"她笑着撩开他的被子,看到他的样子心一下就狂跳起来,"梁宏,梁宏!"

面前的梁宏满脸通红,浑身滚烫,神志也已经不清楚。

苏瑾奔回房间去拿手机,拨通"120"电话的时候,声音颤得厉害。

梁宏很快被送到医院,熟悉他病情的主治医师也赶来参与会诊,高烧四十摄氏度,血压不稳,心率偏高,医生给他上了呼吸机让他舒畅一些,再输上液,一阵忙乱后,他的情况才有所好转。

所有的检查结果一直到下午才出来,苏瑾把那些单子拿去给主治医生,在还没有见到医生前她就知道情况不乐观,那些升高降低的箭头,让她焦急万分。

"不是已经好转了吗?"苏瑾艰涩地问。

"这应该是他自身免疫系统出现问题。"医生耐心地解释,"透析虽然能改变他的血液环境,但他年纪太小,很容易出现这种病情反复。"

"不做透析,炎症会加重。做透析,会有并发症……"苏瑾垂了垂眼,"难道只能换肾?"

"现在不用这么悲观。"医生宽慰道,"虽然肾小球肾炎所致的肾功能衰竭率达到64.5%,但病情的发展过程很漫长,有时候几年,有时候几十年。不到万不得已,不用走到那一步。"

苏瑾对这个病早已了解,这个病只能控制不能治愈,而他最后很可能就是肾衰竭,非要换肾才能够继续活下去。换肾需要高额的费用,包括后期的抗排斥药,最重要的是还要有合适的肾源。

虽然梁宏现在的病情没有发展到那一步,但她得为他的将来打算,万一哪一天……她不能放任他不管。在接梁宏回来住时,她就决定要把这份责任承担起来。

苏瑾失魂落魄地回到病房,看到叔叔来了。她早晨送梁宏到医院的途中就给叔叔打了电话,但现在已经是下午,他才赶来。

梁宏的高烧还没有退,昏沉之间有些呓语,仔细听,他喊的是:妈妈,妈妈。

苏瑾心痛不已,他们都是没有妈妈的孩子,这是一生里永远的缺憾。

梁树民有些木讷地看着梁宏,在这种时候他完全没了主见,只能看着面前的儿子昏昏沉沉,看着他因为难受而蹙起的眉头。

来医院之前,李凤华刚跟他大吵一架。她怕他来了以后,苏瑾就会把梁宏送回去,让他们来照顾。她怕甩不掉这个麻烦,更怕没有可以制约苏瑾的筹码。

"不许去！"李凤华叉着腰尖叫，"你去了有什么用？有钱替他治病，还是有时间去照顾他？我可告诉你，你要敢把他接回来，我就天天虐待你儿子！"

梁树民气得浑身直颤，涨红了脸说："这是我家！他是我儿子！"

"你儿子？"李凤华扭曲地笑了，"你儿子早死了！你忘记是你们害死他的吗？"

"梁玮的死是意外！"提到儿子，梁树民语气弱下来，"谁也不想……我现在也只有这一个儿子！"

"他不是你儿子，他就是野种！"李凤华用手捶打着他，"你就只有梁玮这一个儿子，你还我儿子！你还我儿子呀！"

每每吵架，她都会提起梁玮，这也是梁树民的痛处，他容忍李凤华，也因为她是一个可怜的女人，她失去了唯一的儿子。

这一次，梁树民突然失控地抓住她的手臂，咆哮道："李凤华，我们离婚！"

李凤华像头暴怒的狮子一头朝他撞过去，他没有站稳，一个趔趄摔在地上。她扑上去，继续捶打撕扯："我们已经离过一次了，这一次我死都不会和你离！你要是敢提离婚，我就杀了梁宏，再自杀！你信不信，你信不信？"

梁树民不寒而栗，浑身一个激灵，顿时憔悴萎顿。

他认识她这么多年，知道她那豁得出的性子——什么事她做不出来？从和她复婚起他就后悔不已，之前她佯装可怜，对他嘘寒问暖，不过都只是演戏！他恨自己的懦弱，却又无法摆脱这个女人，只能不断地退让和隐忍。没想到她更加飞扬跋扈，肆无忌惮。

"梁树民！"李凤华发狠地诅咒，"我没了儿子，你这个儿子也好不了！"

梁树民的心里充满了绝望之感，他张开嘴大哭起来。

"叔叔。"苏瑾喊了好几遍，梁树民才回过神来。苏瑾把他叫到走廊上，把医生说的病情跟他大概讲了一遍，但叔叔看上去神情恍惚，对她的话置若罔闻。

"用我的吧。"梁树民叹口气，"把我的肾给他，一个，两个都行！"

梁树民捂着自己的脸哭起来，眼泪从他的指缝间汹涌而出，他蜷缩起来的身影显得更加瘦小了。

"还没有到那一步。"苏瑾于心不忍，"只是病情反复，不代表就是在恶化。"

"那该怎么办？"梁树民干巴巴地问苏瑾，他完全没有了主见。

"现在医生建议继续透析。"苏瑾还有一句话没有说出来。透析，只是控制病情，但他们要随时准备梁宏的病情发展到肾衰竭，然后只能给他换肾。

"我——"梁树民欲言又止。

苏瑾知道他要说什么，宽慰道："弟弟跟着我也习惯了，我会照顾好他。钱的方面

你也别担心。"

"去法院告你是那李凤华……"梁树民羞愧难当,眼泪又涌了出来。

"叔叔,梁宏是我的亲弟弟,我不会不管他的。"

"真的对不住你了!"梁树民重重地打自己大腿一拳,"是我无用,无能!"

苏瑾是在医院里接到孟总的电话的,她说她在医院,孟总便说直接来医院找她。话音落下,他不容置疑地挂了电话。

苏瑾看了看还在沉睡的梁宏,一整天了,她滴水未进,这才感觉到又饿又累,精疲力竭。

和孟总在医院旁边的咖啡厅碰面,她到的时候先给自己点了一份吃的。

顾铮没有打电话发短信给她,今天他有飞行任务,下午的时候范加林给她打电话说去接梁宏一起吃晚饭,她说不用了。她没有告诉他,梁宏此刻正在医院里。

"需要我给你放几天假?"孟总落座后,看到她面前的餐盘,心里已经了然。

"孟总。"苏瑾迟疑地问,"没有收到我的辞职报告吗?"

孟总爽朗地笑了:"恐怕你是我从业这么多年,第一次收到两份辞职报告也不批的员工。"

"孟总。"苏瑾不明究竟。

"刘备会三顾茅庐,所以我也会这样挽留你。"孟总真诚地说,"一起工作快三年了,我相信我们之间也有了默契。只是在某些方面,你确实很固执——好吧,以后这种事我不会再让你参与。你就只做你想做的项目。"

"其实不用。"苏瑾沉默一下,"公司不是非我不可。"

"公司里是有很多人才。"孟总顿了顿,"但我看重的就是你的这份原则。因为这份原则你会对公司绝对忠诚,也会对你的工作充满敬畏。而别人,他们可能会更圆滑,也更世故,但这也让公司利益有了一定的风险。"

"孟总,那份辞职报告我收回。"苏瑾停顿一下,"我弟弟治病还需要很多钱,事实上,我需要这份收入不错的工作。"

孟总伸出手与她握握:"欢迎你归队,如果有一天你真的辞职,我希望不是我们理念上的分歧,而是你找到了更好的平台,我会祝福你!"

苏瑾动容地看着孟总。他们私交不多,但她视他为良师益友。他教会她很多东西,也给了她最大的空间,所以她一直对他充满感激。

"你弟弟情况怎样?"孟总问。

苏瑾大概地讲了一下。

"这确实是需要耗费巨大精力和资金的病,有困难可以来跟我说。"

苏瑾颔首。

他说得对,治疗梁宏的病不仅是金钱,更多的是精力。

那么顾铮,要让他一生都耗费在他们身上吗?

5

陈白走进KTV（配有卡拉OK和电视设备的包间）的时候，看到莫小晚正跳得兴奋，她穿着一条葡萄色的礼服，V领，鱼尾的裙摆，让身形玲珑修长。她的头发蓬松地侧搭在肩膀上，刘海儿处别了小小的珍珠饰品，颈项上是一条碎钻项链，虽然香汗淋漓，但越发衬托出皮肤的晶莹剔透。大约是沾了酒精的缘故，她此刻看起来眼神有些迷离，神情中透着娇憨的稚气。

陈白挤开围绕在她身边的众人，在嘈杂的背景音乐里，大声地对她说："生日快乐。"

莫小晚有些鄙夷地打量他，指指他老气的衬衫："这里可是年轻人的聚会，大叔，你应该去隔壁的相亲俱乐部！"

陈白有些黯然。今天的官司又输掉了，当事人当场就甩了他一记耳光，在愤懑的咒骂声里，他默默地离开。这是一个争夺抚养权的官司，孩子的母亲，因为财力的缘故只能请得起陈白这样的律师，而孩子父亲的律师却有很多的证据证明，孩子跟着父亲有更多的优势，他会提供最好的教育，很全面的照顾。接这个委托的时候他就知道会输，可他却愿意收最少的费用给这个可怜的母亲最大的帮助。

没有人理解他的心情，那一记耳光他也不觉得冤枉，他没有赢，这是事实。

他知道今天是莫小晚的生日，他并不在被邀请之列，却还是厚着脸皮问苏瑾要来了她聚会的地址，看到那么美丽的她，看到围绕在她身边的人，他突然间有些自惭形秽。一个像小强一样的人，其实是可悲的，不断满血复活完全就是自欺欺人！

他在旁边讪讪地站了一会儿，然后转身离开。

"喂。"莫小晚在走廊追上他。她有些意外，以为他会赖在这里，可他竟然一言不发地走了。

陈白别转面孔看她。

他的眼里没有被她喊住的意外或者是惊喜。

"怎么了？"莫小晚走到他面前，难得温柔地问。

"跟你的朋友去玩吧，我就是来看看。"陈白淡然一笑。

莫小晚皱皱眉："我是马戏团的猴子吗？来看一看？"

"生日快乐，其实是想说这一句。"他没有回嘴。

"礼物呢？"她问他。

"忘记拿了。"他从法院出来，一路走到这里，样子颇为狼狈。

"太没诚意了！"莫小晚调侃道，"有你这样给人过生日的吗？"

他说不出话来。心里有太多沉重的东西。觉得自己很失败，进而觉得感情也很失败，一直到现在莫小晚连个好脸色也不给他看，追她真是太不自量力了。

"你到底怎么了？"莫小晚有些急地追问。他今天真是太反常了，反常得让她担心——但她并没有意识到自己的担心。

"我——"陈白欲言又止，看着面前这张让他沉迷的脸，垂了垂眼，"对不起。我忘记给你带礼物了。"

"你今天到底吃错什么药了？"她的语气隐隐有些急躁。

"没什么，就是输了官司。"他朝外面走。

"输就输了呀，反正你也习惯了！"莫小晚在他身后喊，"这副垂头丧气的样子是来给人过生日的吗？真扫兴！"

她的话音还没有落，他已经走得老远了。

每一次，都是她把他甩在身后，今天突然看着他的背影，她的心感觉特别不自在，还有种莫名的失落感。

陈白一个人落寞地走在寂静的马路上，突然之间，思念却像河水决堤一样——他没想过他是这样的人，一段感情只提得起，却再也放不下。

6

　　于蓓蓓把车开到最快,还不要命地拿起手机打电话给苏瑾:"快到机场来,顾铮出事了!"

　　顾铮和苏瑾大吵一架后,有好些天没有联系。后来他给她发了条信息,说他去云南了,需要几天才能回来。他还交代了几句梁宏的事宜。她知道,云南地震了,他们航空公司派人去送急需的物资。

　　这几天云南地震的新闻铺天盖地,灾区受损严重,公路阻断,通信中断,还有堰塞湖的隐患。车辆根本进不去,只能用飞机空投食物和帐篷。因为地势复杂,气候多变,需要最专业的飞行员,而顾铮就在第一批名单里。

　　他已经来回执行了十几次空投任务,除了空投物资,他们还需要巡视附近村庄的地势情况,以及是否还有求救者。

　　他在最后一次执行任务时发现在两座山之间竟然有个大峡谷,峡谷里有个村落,因为太偏僻,所以被救援人员疏忽了,他决定穿过这个峡谷,低空飞行,看一下村落里的情况,再空投一些物资。当时天气恶劣,控制塔在迟疑以后还是接受了他的请求。当他完成任务通知控制塔该村落具体位置和大致情况后,控制塔再也没有联络到顾铮。

　　现在他已经失去联系十个小时了,生死未卜。

　　于蓓蓓接到消息时都快要疯掉了,她立刻驾车赶到机场。

　　接到电话的苏瑾此时却有些迟疑。

　　于蓓蓓气得几乎要摔掉手机:"你还在想什么?现在不应该去机场等消息吗?"

　　苏瑾此时在华盛顿,来出席一个风投的国际会议,她作为KPCB的代表将要在这次会议上发言。这个会议对公司,对苏瑾来说,都很重要。这个演讲稿她准备得很充分——她不允许她的工作有差池,况且她代表的是整个KPCB公司。

　　"我不在国内。"

　　"那立刻、马上、迅速地飞回来。"于蓓蓓不容置疑。

　　"不行。"站在大厅外的苏瑾垂了垂眼,"于蓓蓓,我相信顾铮不会有事。"

　　"他现在完全失去了联络!"于蓓蓓重复一遍,声音哽咽,"你知道这意味着什么吗?"

　　苏瑾恨不得立刻冲出会场,买一张回国的机票,然后在机场等待着顾铮的消息。就像她每一次在困境里时,他为她不顾一切。可此时,她的心在焦灼也在迟疑,她甚至连

继续和于蓓蓓讲话的勇气都没有。

她默默地挂上电话,伏在栏杆上,额头抵上去,在心里说:顾铮,你一定要回来!一定要活着回来!我已经失去至亲,我不想再失去至爱。

苏瑾是在第三天会议结束后返回国内的,那个时候顾铮已经成功获救,当她接到顾铮打来的电话时,喜极而泣。天知道,每一分每一秒她是怎么熬过来的,她的手一直都紧紧地握着手机,她没有去追问,也没有去看任何消息。她就是等,她相信顾铮回来的时候一定会给她打一个平安的电话。

顾铮的声音里透着疲惫:"没什么大碍,就是飞机出现状况,不得不迫降。通信也中断了。"

他说得云淡风轻,但她知道那几十个小时对他来说有多难。

"我在这边还要待些天。"顾铮说,"你等我。"

好半天苏瑾都没有说话,他也没有挂电话,他们听着彼此的呼吸,竟然有些无言以对。半晌后,她一字一顿地说:"顾铮,我爱你。"

这是她第一次对他说这样的话。可是她的心并没有一丝安稳,她想用这句话表达什么?是愧疚,是补偿,还是安抚她一颗迷茫的心?

一段感情,只有在没有安全感的时候,才需要一连串的"我爱你"。

苏瑾后来知道了,于蓓蓓跟顾铮的父母赶到了云南,因为当时天气恶劣,持续的大雾天气,能见度低,没有办法派出飞机搜救。是于蓓蓓给她爸打电话,让她爸安排一架私人飞机,她要亲自去找顾铮。

她真的在他出事的一百公里外找到了他。

苏瑾知道,她永远也做不到像于蓓蓓那样去爱一个人。她骨子里最爱的人其实是她自己。她不肯放弃,不肯妥协,也没有那种为爱不顾一切的牺牲精神。

于蓓蓓在知道没有搜救人员的时候,人都快疯掉了。

她走到一边泣不成声地打电话给父亲:"爸,我要一架飞机!"

于清语重心长地说:"控制塔都说了不能飞行,你这样完全就是去冒险!我不能拿我女儿的性命开玩笑!"

于蓓蓓苦苦地哀求:"爸,没有顾铮,我一辈子都不会快乐,你希望我像行尸走肉一样地活着吗?求您了!求求您了!"

"那你答应爸爸一件事。"

"什么?"

"找到他以后,辞职,离开航空公司。你去哪里都可以,做什么或者什么都不做也

可以,爸爸只要你快乐!"

"爸——"于蓓蓓哭着说,"我答应你。"

于清沉默片刻,轻声地说:"我跟你妈在家等你回来。"

于蓓蓓坐上那架出去寻找顾铮的飞机时,所有人都被她震撼了。

她真是连命都不要了!

他们的飞机在顾铮信号消失的地方转了很久,因为大雾,加上又是热带雨林,灌木丛遮挡了他们的视线,他们不得不低空飞行展开地毯式的搜索,也因此搜寻的速度很慢。

于蓓蓓拿着望远镜一点儿一点儿地看过去,此时此刻她变得镇定冷静起来,她不断地提醒自己,一定不能慌乱,顾铮肯定还活着,只是在某个地方等着她。

于蓓蓓第一次的搜寻因为燃油耗尽返航,在重新补给后飞机再一次出发,寻找另一片区域。

地震造成了山体改变,导航也失去作用,他们完全得靠着记忆和运气才能不偏离航线。

有好几次,于蓓蓓眼睁睁看着余震造成山地滑坡,那些巨石和泥流汹涌而下时,她的心都碎掉了。她晚一分钟找到他,他的危险就多一分,各种难以想象的困境——泥石流、堰塞湖、沼泽地、野兽……

第三次补给后飞行的时候,他们终于发现了顾铮的飞机。

她的心狂跳起来,那么高的上空,他根本听不见她的声音,她也声嘶力竭地喊着他的名字,泪如雨下。

顾铮飞机迫降的地方是一个斜坡,周边是树木,根本不好降落,那应该是他在紧急状态下的迫降。很危险,稍有差错,就会机毁人亡。

飞行员尽可能把飞机降低,放下救援梯,于蓓蓓做好准备就开始往下滑。

她心里有些惶恐,因为飞机这么响的轰鸣,顾铮竟然没有出现,他并没有在飞机上,还是他出了意外?当她找到他的飞机时,果然没有看到他,所幸顾铮在飞机上留了张字条:通信中断,我朝西南方向出发,那里的大峡谷里有一个村落,大约70公里。

在知道顾铮的具体位置后,于蓓蓓和控制塔联系,迷雾天气有所好转,控制塔派出了搜救队,他们沿着顾铮所说的方向步行前进,在守林人的小屋找到了顾铮。守林人是位老者,地震来时,房子坍塌,他被砸伤了腿。顾铮没有继续出发寻找救援,而是留下来照顾他。

于蓓蓓看到安然无恙的顾铮,抱着他号啕大哭。

她怕极了。

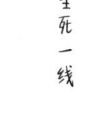

指尖花凉 忆成殇 II

这不仅仅是顾铮的劫后余生,也是她的劫后余生。

在那一刻,她知道她可以放弃了。

只要他安好,只要他好好地活着,她就退到他的世界之外,还他平静的生活。

短短的两天两夜,她终于明白了爱一个人的真谛,那就是适时地放手。

Zhijian Hualiang Yi
Cheng Shang II

第 8 章
原来就是他

  莫小晚在一个拍卖会上发现了问题,那幅标题为《白色中心》的画作,竟然是她临摹的赝品。这是马克·罗斯科在1950年创作的作品,构图很简单,几个色彩明亮、边缘柔和、微微发光的矩形色块排列在一起。这幅作品在几年前曾被拍卖,价格颇高,知道今天又会出现在拍卖会上,竟然让莫小晚有些激动。作为画家,能够看到这些世界名画,本身就是一件令人欣喜的事。

  虽然买不起这些作品,她也会来欣赏一下。

  可是她没有想到,自己临摹的复制品竟然会被当成真品来拍卖。

  这可是一件违法的事。

  她能想到的人只有罗绍辉。

  在慎重考虑后,她和罗绍辉签订了经纪协议,由他负责她的工作事宜,包括开画展、出售画作、参加一些商业活动等,罗绍辉会收取一定的佣金。

  他给她安排的第一件事就是复制马克·罗斯科的这幅作品,他说是一个朋友装饰新家想要这幅画,而且他给的价格还不错,莫小晚也没有多疑。临摹作品对他们来说也是平常的事,而这幅《白色中心》她自己也很喜欢,她用了很多天来画这幅作品,为了达到最佳的效果,光调色她就试了上百遍。最后的成品罗绍辉也很满意,他笑着对莫小晚说,他找了不下十个画家来临摹这幅作品,但只有莫小晚达到了逼真。

  莫小晚对自己的作品自然熟稔,即使为了达到怀旧的效果,罗绍辉用茶包涂抹了表面,但她还是一眼就认了出来。

  她退出拍卖会场,气急败坏地给罗绍辉打电话质问:"那幅画不是说朋友挂在家里做装饰吗?"

  罗绍辉停顿一下:"钱已经打到你账户上了,五十万。"

  "你这是犯法!"莫小晚情绪激动,"所以你当初找我,就是为了让我替你做这种工作?我们的协议终止!钱我会退给你,请你立刻把这幅画收回来!"

  "这件事你可以当作没有看到。"罗绍辉不以为然,"买下它的人根本不在意它是不是真的,他在意的是他出得起这个钱。"

  "不行!"莫小晚斩钉截铁,"我警告你必须把这幅画收回来,否则我现在就报警。"

  "好。"罗绍辉笑了,"我们之间有协议,你替我画这幅作品会不知道用途?警察

只能认定我们是同谋,何况你已经收到费用。"缓缓语气,罗绍辉继续说,"你想想后果,青年画家陷入卖假画案中,你的前途全毁掉了……"

莫小晚承认他说得对,没有人会相信她清白无辜,只会认定她是同谋。她脑海中甚至出现自己身陷囹圄的情景,后背发凉,冷汗涔涔。她对罗绍辉的印象也全然颠覆,以前觉得他绅士,有风度,积极于慈善……现在看来,他多可怕!莫小晚从小生长在单纯的环境里,一路平顺,所以根本没有想到人心险恶。

她失魂落魄地站在街头,内心焦躁、喧嚣、一团乱麻。

有个路人不慎重重撞了她一下,她还没有开口,对方已经不耐烦地嚷嚷:"没长眼睛呀,不好好走路?"

莫小晚怒了,扬起手中的挎包劈头盖脸地砸过去,破口大骂:"你撞了人你还横!你以为你是谁呀?骗子!坏蛋!我跟你拼了!"那个男人被她泼妇似的行径吓了一跳,赶紧倒退两步躲闪着她包中四散的物品。

"喂!"男人讨饶,"我就是不小心撞了你一下!"

莫小晚高高扬起的手沮丧地垂了下去,她完蛋了!她再也不是那个新锐画家,而是一个诈骗犯。她会坐牢……等等,她猛然想起来,那幅作品还没有被拍卖出去,她要去阻止!

莫小晚踩着高跟鞋在男人瞠目结舌里转身狂跑,他觉得她一定是疯了。

"现在拍卖的作品是安得柳·怀斯的《河边的月亮》,起拍价五百万……"台上的拍卖师在喊。

莫小晚侥幸地拉着旁边的人:"《白色中心》是不是流拍了?"

"没有呀!"对方奇怪地看她一眼,"两千三百万拍走的。"说完又八卦地补充一句,"喏,就是京惠的陆总买下的。"

莫小晚眼前一黑,浑身发软,几乎站都站不住。两千多万的诈骗呀,她得坐多少年牢?

半个小时后,莫小晚出现在苏瑾的办公室里,她能寻求帮助的人只有苏瑾了。苏瑾聪明,理智,一定会替她想出办法。

苏瑾从会议室回来的时候,看到的是蜷在沙发上的莫小晚。她鬓发散乱,脸色发青,眼眶发红,像是天塌下来一样的绝望神情。她从未见过莫小晚这样,心里隐约觉得有大事发生。

"苏瑾。"莫小晚刚一开口,眼泪就涌了上来,"我惨了!"

苏瑾给她倒了一杯咖啡,递到她手里的时候,发现她手抖得厉害。苏瑾捧着她的手

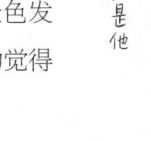

指尖花凉
忆成殇 II

握住咖啡杯，温言问她："怎么了？慢慢说。"

莫小晚从认识罗绍辉开始讲起，她如何和他签了协议，又如何替他临摹了一幅名画，现在这幅作品以两千多万被拍走，她陷入了两千多万的诈骗案里，有可能要坐一辈子的牢。

苏瑾沉吟一下："先报警。"

"不行！"莫小晚惊恐地直摇头，"没有人会相信我对此毫不知情，只会认为我们是分赃不均……"

苏瑾直视她的眼睛，劝慰道："这幅作品是假的，总有一天会被鉴别出来，如果是买家报警，你更加说不清楚，何况你今天也出现在了拍卖会。"

"我……"莫小晚头痛欲裂，整个人都要垮掉了。

"小晚。"苏瑾握紧她的手，"你把合同拿来，我们问问陈白，再听听他的意见。"

"我会坐牢吗？"

"你根本就不知情，当然不会坐牢！"

"不会有人相信的！"莫小晚扑到苏瑾怀里，一把鼻涕一把泪。

苏瑾安抚了她许久，才让她慢慢地镇定下来。

陈白用了很长一段时间来看协议，每一条、每一句、每一字都很认真，等他放下合同的时候啧啧出声："这份合同真是严谨得滴水不漏，所有的情况都涉及了。"

莫小晚一听，又开哭了。

苏瑾赶紧说："这幅作品现在已经被拍卖，小晚的责任大吗？"

"我看那家伙就不是个好人！"陈白面露喜色，"你也不想想你的作品能值那么多钱吗？买你那么多画就是为了给你挖个坑！你这个傻瓜，被人卖了还替人收钱！"

"滚滚滚！"莫小晚心情极度糟糕，再被他落井下石地奚落，气得把他往门外推，"我真是疯了才会找你来！我都忘记你是一个只会输不会赢的律师！"

"小晚。"苏瑾拦住她，"先听他把话说完。"

"他巴不得我坐牢！"莫小晚嘟囔一声。

"你知道你这是什么？不听老人言……"

"陈白！"苏瑾制止他。

"好啦！"陈白收起玩笑的表情，认真说，"苏瑾的建议是对的，要先报警。"

"然后呢？"莫小晚眼巴巴地问。

"警察会调查呀！"陈白轻描淡写，"他们会查清楚事实真相……不过罗绍辉做这种事不会是第一次,他很聪明,会把每一步都计划好,肯定不会轻易就范。"

"要怎么证明小晚不知情?"

"只有罗绍辉能证明。"陈白叹口气,"如果他要咬着你不放,那也没有办法……"

莫小晚越发绝望了,扑到沙发上痛哭。

"请我做你的律师吧。"陈白笑嘻嘻地说。

莫小晚抽抽搭搭:"除非我真想坐一辈子牢!"

"相信我!"陈白蹲下身,郑重其事,"这段时间对你来说会很难,作为嫌疑人你会接受警察的问讯,媒体应该很快就知道,对此大做文章。但都会过去的。"他不想空洞地安慰她,要让她了解到事情的严重性,要让她勇敢地去面对。

"我也会陪着你。"苏瑾鼓励地说,"你一定不会有事。"她在心里苦涩一笑,她的案子也要开庭了,没想到莫小晚也陷入官司里。在她和陈白的竭力阻拦下,顾铮没有答应支付李凤华一百万,他们决定就由法院来判。

顾铮从云南回来,在过安检的时候竟然没有看到于蓓蓓,他有些意外。

许霖在他身边叹口气:"还真辞职了呀!"

"辞职?"顾铮不由得看向他,"她辞职了?"

"是终于大彻大悟了!"许霖意兴阑珊,"我真替她高兴,能够不再迷恋你!可一想到以后很难见到这丫头,就有点儿难过。"

顾铮沉默一下。在知道于蓓蓓竟然在搜救队都无法飞行的天气里也执意来找他时,他的心也被她深深地撼动了,这个傻姑娘真是连命都不要了。可当飞机迫降面临机毁人亡时,他想到的人是父母,是苏瑾……却没有于蓓蓓。

当时他穿过大峡谷,看到了那个隐匿的村落,有十来户人家的样子,房子已经倒塌大半,在空地处有人朝他挥手,他朝他们空投了食物和帐篷,又向控制中心汇报了该村落大致的情况。在返航的途中,他遇到了气流,发动机在颠簸中突然出现状况,通信信号也消失。在如此危险的状况下,飞行员可以放弃飞机跳伞逃生,但下面全是灌木丛林,一旦飞机着火爆炸,很可能引起森林大火。

顾铮冷静地环顾四周,发现没有好的着陆点,缓冲的开阔跑道更是没有,只能就近迫降。此时情况越来越糟糕,发动机完全停止运转,飞机开始不受控制,他竭力让飞机在灌木丛中滑翔一段,此时起落架也不能放下,手控操作也无效,机腹直接擦着那些灌木滑过,他甚至能听到各种噼里啪啦的声响,在惊心动魄的几分钟后,飞机终于在一个斜坡处停了下来。

无法启动发动机,也没有信号,他只能简单准备了一下,开始朝刚才发现的村落步行前进。他在军校时就受过野外生存的训练,所以面对现在的情况还能应付。按照指南针的方向前行,用刀劈出一条道来,沿途做一些记号,还要小心毒虫猛兽和沼泽地。

虽然他打了绑腿,全身武装,但还是要不断停下来扯掉缠在皮肤上的蚂蟥,有的蚂蟥扎进皮肤太深,他需要倒上盐水使它们掉下来,伤口撕心裂肺地痛,但是他必须要忍耐。大约走了四个小时,天就黑透了,他停下来给自己找了一个安全的休息地方,点燃了一个火堆,一来取暖,二来防止野兽侵扰。那是他生命里最漫长的夜晚,黑暗中仿佛有无数双眼睛在盯着他,此刻的他就像和猛兽关在同一个笼子里。

那个时候,他特别想念家,想念父母,想念苏瑾。

有惊无险的一晚过去,他开始赶路,如果位置没有偏差,预计下午就可以找到村

落。看到那个林间小屋时,他欣喜不已,那房子虽然简陋也有些损坏,但还算完好,他奔跑过去拉开门发现在地上躺着一个老人。地震来的时候他正在做饭,横梁砸下来伤到了他的腿。顾铮查看了一下,并没有骨折,但伤到了筋肉导致动弹不得。

他留下来照顾老人,只能等到老人伤势稍好才能去山下的村子找人。

没有想到,于蓓蓓他们找到了这里。他知道从飞机迫降地走到这里有多难,完全的徒步——对于娇生惯养的于蓓蓓来说,简直就是酷刑。他看到于蓓蓓时,她的样子狼狈极了,浑身都是泥水,还有被蚂蟥咬过的血迹,她又哭又笑,抱着他不肯松手,像个强迫症患者一样不断地喊着他的名字,但没有一个人取笑她。顾铮轻轻拍着她的肩膀,让她的情绪平复下来。

搜救队的人跟他讲,于蓓蓓在路上差点儿被蛇咬,还滚进了沼泽地,非常危险,这个稚气的姑娘倔强而勇敢。

他和搜救队的成员都是受过专业训练的,这样的路程对他们来说都异常艰难,何况是平日里娇生惯养的于蓓蓓。

虽然知道苏瑾在国外参加重要会议,但她没有来云南,顾铮还是隐约有些失望。

顾铮在心里安慰自己,就算苏瑾不像他那样爱她,但只要她愿意留在他身边,那也就够了。只是这样,他就已经满心欢喜。

顾铮和许霖在楼梯间遇到了于蓓蓓,她抱着一个玻璃缸,里面是一只乌龟,等待的时间太久了,她站起来的时候腿发麻,扶着墙过了好一会儿才又灵活起来:"欸,怎么这么麻?我都动不了了!你们别动,等等……"她的样子可爱又好笑。

"怎么不打个电话?"许霖笑着说,"今天没有在机场见到你,还怪不习惯的。"

"我要走了。"于蓓蓓难过地垂了垂眼。

她今天表情特别严肃,许霖把开玩笑的话生生给吞了回去。

顾铮打开房门,做邀请状:"进来喝点儿东西。"

于蓓蓓把手里的玻璃缸递给他:"这个是告别礼物。"

她已经快要哭出来:"以后你和苏瑾好好地幸福吧,结婚的时候别告诉我——也不要在网上发你们的照片。还有,能答应我一件事吗?"

"到底怎么了?"顾铮轻声问。

于蓓蓓的眼泪落下来,她深深地吸口气,重新扬起面孔,笑中带泪地对他说:"恭喜你!我决定放弃了!"

许霖在一旁深深地看着她,他恨不得扒拉着顾铮的眼睛质问,看清楚了吗?眼前这个姑娘是真爱你呀!你怎么能够做到一直拒绝她呢?

第8章
原来就是他

顾铮内心愧疚，却无言以对。

"我打算去环游世界。"于蓓蓓抹了把眼泪，"自从穿越过那个原始森林后，我发现我开始热爱徒步了，一定很有意思——你还没有问我答应我什么事？"

顾铮也笑了："好，我答应你。"

于蓓蓓撇撇嘴："现在倒是答应得挺溜，不过不会为难你啦，就是以后我每年生日，你都得跟我说声'十八岁生日快乐'。"

许霖"扑哧"笑了："我也答应你，以后你生日都跟你说'十八岁生日快乐'。"

"走了。"于蓓蓓第一次洒脱地转身。

"于蓓蓓。"顾铮喊住她，停顿一下，由衷地说，"要好好的，要幸福！"

于蓓蓓哽咽一声，朝前走了几步又转过身奔向顾铮，她紧紧地抱了抱顾铮，再一次转身飞快地跑开。她一直以为最痛苦的事是顾铮不爱她，但其实最痛苦的事是放弃一个你爱的人。一想到以后都不能见到他，她觉得都要窒息了。她会想念他，会不习惯没有他……没有他的天空，永远都是晦暗的颜色了吧。

一直到顾铮看不到的地方，她才让自己停下来，蹲了下去，像个被遗弃的孩子般号啕大哭。

她送了他一只乌龟——她不能住进他的心里，就让她的宠物住进他的家里。它会陪着他，看着他，会一直守着他。

"顾铮。"许霖好半天才说了后面的一句，"她一定哭得很惨。"

"是吧。"

"不打算去安慰吗？"

"不打算。"

"够狠！"

"这样她就能死心了。"顾铮深深地叹口气。

"为什么她就不能换个人喜欢？"许霖怅然地说，"如果是我，一早就接受她了。"

"她会换个人的，而那个人一定会接受她！"顾铮在心里对于蓓蓓充满了祝福，这个女孩让他感动，让他感激，但……他只能这样决绝地让她离开他的生活。她已经为他浪费太多的时间了，她应该去做自己喜欢的事，继续去爱，还有，得到爱。

3

陈白还是第一次进入莫小晚的画室。很大，纯白的墙面，在落地窗那里有个布艺的榻榻米，休息的时候躺在那里，可以看到外面东湖的美景。在铁艺的阳台上有各种小架子，摆放了她四处收集来的多肉植物，正是阳光灿烂的秋季，这些植物也生长得生机勃勃。

在四面靠墙的位置摆放了很多莫小晚的作品，画架上未完成的作品是一幅素描。

在另外一个角落有一个白布帘，陈白一时好奇走过去拉开，也是一些画作。他怔了一下，很快就明白过来了——这个系列的作品无一例外都是一个年轻的男子，有背影，有侧影，有正面……他穿白衬衫、牛仔裤，那种悠然自得的神情，看了叫人很舒服。他还长得很帅，眉毛修长，英挺地向上挑起，一双眼睛深邃冷静，是那种温文尔雅的气质。

他在心里喟然长叹一声，这就是她喜欢的男子呀。即使是藏在角落里，也让她的心事昭然。他不由得自惭形秽，像他这样的人，即使再喜欢她，也像是把水泼进干涸的地面，连痕迹也不会留下。

莫小晚端着水杯进来的时候，看到陈白盯着那些画。她已经很久没有去看过它们了，这些作品有人曾说要买，她拒绝了。这是她最珍贵的初恋，她不想用钱来亵渎，只是留下来，时间久了却慢慢遗忘在那个角落。

"他是谁？"陈白轻声地问。

他的话就像是一道拉链，拉开了莫小晚的回忆。

他是谁？莫小晚在心里重复了一句。他是唐柠，是她的美术老师，是她深深爱着却无法言说的故事主角。她第一次体会欲罢不能的痛楚，心里就好像被撒了一把图钉，一个一个地按下去。她愤怒，抓狂，怨恨，她用莫须有的罪名逼得他背井离乡。

"他在哪里？"陈白问了第二个问题。

他在哪里？莫小晚在心里问自己。这么多年她再也没有遇到过他，人海茫茫，他们连重逢的缘分都没有，她在心里对这段感情缅怀纠结的时候，故事里的人应该早就不记得她了。

莫小晚走到阳台上看外面的天，她"哗啦哗啦"地搅拌玻璃杯里的冰块，像是掩饰自己的慌乱。

"你们？"即使没有等到她的回答，陈白还是问了第三个问题。

我们。莫小晚默念了一遍。大风像盛大而寂静的海水把她覆盖了，那些回忆像是黑暗中一匹光滑绚丽的丝绸，珍贵而柔软。他们之间什么都没有发生，他只是教她画画。

每到了绘画课她就兴奋地冲向画室，坐在那里看他在每一个学生那里停下来指点，他也会指点她，他握着笔在她的画本上补上几笔，或者告诉她一些技巧，她脑子嗡嗡地响，却每一个字都记住了。

陈白没有再问下去，这几年他连这个人的存在都不知道，那莫小晚和他应该也没有联系了。只是一想到她为他画了那么多画，还画得那么美，他的心还是被重重击打了一下。

在陈白的建议下，莫小晚已经报案了。做笔录的时候，陈白一直在她旁边，有时候她会停下来转过身看陈白一眼，像是获得力量一样，再继续讲下去。

从公安局出来的时候，她脚步有些软。

"警察应该先去确定那幅作品的真伪。"陈白说，"确定是假的才会追查来源，然后着手调查罗绍辉。现在你不要轻举妄动，以免打草惊蛇。"

莫小晚点点头。

"还有一个办法，你给罗绍辉打电话，引导他把这件事说出来。"陈白停顿一下，"不过这只是证据链中的一环，还需要其他的证据证明罗绍辉不止一次做过同样的事。"

"我有个办法。"莫小晚淡淡地说，"我召开一个新闻发布会，让受骗的人都站出来，不仅是被骗的画家，还有买画的人。"

"……这会让你身处舆论旋涡。"陈白不是没有想过这样的方式，但这也势必把莫小晚推到风口浪尖上去，她要承受更多的压力，对她以后的事业发展也有所影响。

"现在这已经不仅仅是我自己的事了。"经历这件事，让莫小晚迅速地成熟了起来，她开始学着去担当，去面对。

莫小晚跟罗绍辉通电话，想要做录音证据时，他觉察到了什么。她的问题他一概装作不知道，回答得滴水不漏。看来他已经料想到莫小晚会套他的话了。

另一方面警察在证明了那幅《白色中心》是假的以后，开始调查包括拍卖行老板在内的若干人。只是案件在调查中，莫小晚也成为嫌疑人之一要随时接受问讯。

当莫小晚披露出这件事来，竟然没有另外的受害人来报案。想想也是在情理之中，如果买画人报案，他手中拿着一张赝品画不仅会被嘲笑，也会让他再也无法把这幅作品脱手。没有人愿意来承认他买到的是假画。而那些参与过的画家更是会明哲保身，绝口不提曾经参与过这种事。

罗绍辉也一口咬定他根本不知道画是假的，他也是从一个神秘人那里收的画，并且支付了费用。他甚至说莫小晚就是想借此炒作自己，她不满他收取过高的佣金所以才来诬陷。

案件的侦破并不顺利，而这条新闻竟然变成娱乐版的花边新闻，八卦杂志甚至以莫小晚和经纪人翻脸是因为情感纠纷来长篇累牍地编造事实……

莫小晚起初还开手机接受采访，但发现那些记者总是会找一个漏洞来夸大其词后，她就干脆关了手机不再出门，也不再见任何人。

因为怕父母担心，莫小晚在报案前就将他们送到国外度假，这段最艰难的时光就是陈白在陪伴着她。除开他们总是斗嘴，其实他是个口才极好的人，旁征博引，又诙谐幽默，让莫小晚的心情好了不少。

"你已经很多天没有出去过了，快发霉了！"陈白拿起她的一件外套，"走吧，出去晒晒。"

莫小晚懒散地扫了一眼窗外："这大晚上的……"

"所以应该趁着风高夜黑，做点儿坏事。"陈白把她往外面推，像哄小孩子似的说，"乖。"

莫小晚下楼坐上陈白的车，也不问他去哪里，由着他一路向郊外驶去，直到他开车上了高速路，她才惊讶地问："你要去机场接人？"

"送人。"

"谁？"

"你！"

"我要携款私逃吗？"莫小晚苦涩地笑了。

"出去避避风头也好，免得在这里天天被骚扰。"

莫小晚白他一眼："什么都没有准备，就这样走？"

"这就是一场说走就走的旅行！"

莫小晚不由得笑了："要是警察找我呢？"

"我会去报备一下，放心，有我这个律师在。"

"那我们去哪里？"她脱口而出。

"不是'我们'，是你！"陈白又坏笑着补充一句，"其实心里很激动吧，很想和我一起旅行？"

"去死！"她没好气地回答。

"如果你盛情邀请，我会考虑！"陈白戏谑地说，"作为伴游，要收费的哦！我可是堂堂毕业于美国的知名律师！"

莫小晚用手戳了他的胳膊一下："你别毁了'知名'两个字，说真的，去哪里？"

"大理。"

大理倒是个不错的地方,莫小晚思忖一下。她曾不止一次去那里写生,在洱海边,在苍山下,在双廊城里……都留下过她的足迹。那里会让她的心获得宁静吧。

莫小晚不再反对。

他们到机场后,陈白去换她的登机牌,她才意外地问:"你真的不去?"

"还有一堆的事。"陈白凑到她面前笑,"反正那里你熟门熟路,也丢不了,就不需要我这个大人陪同了。"

莫小晚有些失望,但又不想做出邀请,这关乎面子问题。她有些赌气地朝安检走去,心里还在想,陈白是故意试探她的吧,指不定等会儿就会出现在她眼前,巴巴地跟着她。她不知道什么时候起开始在意这个人,但等她察觉的时候就已经不同了。他追了她也有三年了,死缠烂打的招用多了,她也就开始习惯这个人在身旁。

虽然每次见面她都表现出很烦他的样子,但也不过是女孩的傲娇而已,在他面前,使使性子,摆摆谱,小作一下。因为知道那个人会全部笑纳,她也就很安心。

可是快上飞机的时候,陈白还没有来,她有些生气了。

手机响了一声,是陈白发来的短信。上面留着一个大理的地址,还有一个客栈的名字,最后几个字一下子刺痛了莫小晚。

唐柠是客栈的老板。

莫小晚全明白了,他没头没脑地送她去大理,就是为了让她去见唐柠。

她觉得好奇怪,她去过大理那么多次,那家客栈她经过数次,怎么就没有见到唐柠呢?找一个人很难,所以她没有认真地去找过,又或者她并没有打算真的找到他。此去经年,她早已不是当初的自己。怀念的也不是那个人,而是在青春岁月里的自己。

那个傻傻的,哭哭笑笑的,为爱痴狂的自己。

唐柠也已经变成一个坐标,她青春里的坐标,路过,就过了。

4

"明天在法庭上你可不许乱讲话！"李凤华一边吃饭，一边训斥道，"你要是敢不要钱或者要少了，我跟你没完！"

梁树民默默地嚼着菜。

"听到没有？"李凤华把碗一顿，瞪着他，"你养了她十多年，名义上她该喊你一声'爸'，让她出赡养费那是天经地义的事！我跟你说，少了一百万我就继续告，非告得她烦得抓狂，乖乖把钱吐出来！喂，问你话呢！听到没有？"

梁树民伸出筷子夹菜，被李凤华一巴掌打掉："吃吃吃！就知道吃，你个废物！三句话打不出个屁来，我这一辈子都被你害惨了！"

梁树民把筷子放下，站起身朝外面走。

他这种沉默的抵抗激怒了李凤华，她气急败坏地把桌子一掀，桌上的碗盘发出噼里啪啦的声响，摔了一地的汤水。

梁树民早习惯了她的随时撒泼，他走到玄关处穿鞋子，不打算理会她。

"梁树民！你出去了就别想回来！"李凤华尖锐地喊，见他手上动作没有停止，干脆冲上去一把抓住他，"去哪里？你给我回来！"

梁树民稍稍用力抬起胳膊甩开她，李凤华顺势就跌坐到地上，开始捶胸顿足地哭喊："你敢打我！你竟然敢打我！"

梁树民不胜其烦，他拉开门准备走出去，没想到李凤华扑了过来，她伸手挠他，用牙咬他……为了躲闪，梁树民不得不抓住她的手臂，而她更加疯狂地挣扎，一副要跟他拼得鱼死网破的样子。

"离婚！"梁树民怒不可遏，脸红脖子粗地大喊一声，"李凤华，不跟你离婚我就不姓'梁'！"

"老娘这一辈子就跟你耗上了！"李凤华一边捶打他，一边歇斯底里地咒骂，"我已经没有儿子了，你儿子也别想好过！你要敢不要我，我就杀了他！"

梁树民像呆了一样站在那里任由她捶打，他感觉自己被两堵墙夹在当中动弹不得，无法前进也不能后退，肺里的空气被抽空，连呼吸都变得困难。

他这一辈子都很穷，都很窝囊，他还算是个男人吗？以前梁宏妈在的时候，她也要被这个女人欺负，现在这个女人还要来虐待自己的儿子。一听到这个女人说要杀了梁宏，他跟她同归于尽的心都有了！他一直隐忍，一直退让，甚至把给儿子治病的钱也给了她，但也填不满她的贪婪。她还要榨取更多的钱，一天好日子也不让他过……什么时候是个头？

梁树民大脑突然被打醒了一样，他抬起手奋力挥下去，巴掌带着风呼啸般地落到李凤华的脸上，她用咒骂和拳头袭击他，哭声如撕云裂帛般地响起来，即使很远的地方，也能听到。

他们是夫妻，却像是在用命博弈。

遍体鳞伤，血迹斑斑。

整个屋子狼藉一片。

即使动静这么大，也没有邻居来劝。所有人都了解李凤华，她的泼辣彪悍简直非同一般，也完全说不通道理。

一直到最后，他们终于打累了，气喘吁吁地停下来。李凤华哭着抓起电话报警："这里出了人命，你们快来抓杀人犯！"

梁树民心里倒一阵轻松，就算是坐牢他也不想再和这个女人生活在一起，至少他能够得到个安宁平静。警察带他走的时候，他一句辩解都没有，他说："你们带我走吧！"

李凤华还在号哭："你个挨千刀的，你敢打我，你不得好死！"

5

苏瑾接到顾铮电话的时候,才知道今天的庭审没有进行,叔叔没有出现,他因为打了李凤华被关进了拘留所。

苏瑾的案子开庭,顾铮让她不要出现,由他和陈白做她的代理人。苏瑾也不想去跟李凤华费唇舌,反正他们已经达成共识,法院怎么判他们就怎么给。

"我跟陈白先去拘留所保释叔叔。"顾铮宽慰道,"就是家庭纠纷,不要紧。"

"开完会我就赶过去。"苏瑾看看时间,会议应该还需要一段时间才能结束。

"其实也没多大的事,但他自己不肯走。"顾铮他们赶到拘留所时,警察告诉他们。

"那我们探视一下。"陈白说。

办完相关手续后,顾铮和陈白在访客室见到了梁树民。一夜之间他的头发全白了,萎靡不振地坐在那里,背佝偻得像个迟暮老人。

"叔叔。"顾铮轻声地问,"吃饭了吗?"

梁树民的眼泪滚了下来,他痛楚地抱着头,怆然地喊:"我对不起梁宏他妈呀!她两个孩子我都没有照顾好,真是没脸见她呀!"

顾铮无言以对。

梁树民抹了抹眼泪:"我不会让她再欺负你们了,就算跟她同归于尽,也不怕她了!"

"不用。"陈白淡然地说,"离婚就可以。"

"如果能离,我早离了!那李凤华是什么人?"

"我是律师!"陈白把名片递过去,"跟顾铮是朋友,我会帮你的。你现在有'家暴'行为,再加上长期的感情不合,法院会判你们离婚。如果一审不过,二审应该就会判。"

"她会对我儿子不利!"这是梁树民的软肋。

"放心。"顾铮笃定地望着他,"我和苏瑾一定会保护好梁宏,但现在要做的第一件事是你得和李凤华离婚!这也是为了梁宏的成长。"

"好!"梁树民斩钉截铁,"你们说怎样就怎样,我全听你们的。"

"等从这里出去以后,先找个住处。"陈白说,"然后去法院交离婚申请。"

梁树民的住处很快就安排好了,范加林的养生馆有给技师们准备的宿舍,梁树民住了进去,开始跟着技师学习,以后就留在养生馆工作。不仅轻松些,还比擦皮鞋的收入高很多。为了离婚,他甚至不要房子和那些拆迁款,只想获得平静。

  窗外下起了瓢泼大雨,苏瑾看了看时间,顾铮现在应该在返航途中,这样的天气会对他的飞行有影响——在顾铮飞行的每一个日子里,她都特别关注天气情况。
  门突然被拍得山响,她的心不由得狂跳起来。
  她透过猫眼朝外面看,是李凤华。她披头散发,浑身透湿,在这雨夜像个幽灵。
  苏瑾不由得朝身后退了一步。为了避免李凤华伤害梁宏,他们让他暂时住到了顾铮家里,由顾妈妈来照顾。苏瑾也特别交代过小区的保安,不要放李凤华进来。不知道今天她怎么混了进来。自从叔叔不再回家,李凤华就四处找他。她找不到别的地方,就来堵苏瑾,她说不知道她自然不相信。
  "我知道你在家!"李凤华在外面"哐哐"地踹门,"你不开门我就一把火烧了你家!"
  踹门声已经吵到邻居,有人出来看了一眼,刚一出声询问就被她吼了回去。
  她骂街又撒泼,根本没有人招架得住。
  苏瑾把门刚一打开,李凤华已经一个箭步冲进来,然后开始在每一个房间搜索,没有找到梁树民让她很失望,她突然间从包里拿出一个矿泉水瓶子,打开朝苏瑾泼了过去。
  苏瑾有所防备,站得距离又稍远,及时躲闪开来。
  她闻到了汽油的味道。
  然后李凤华拿出打火机,她擦了几下,火星直冒。
  苏瑾努力让自己镇定下来,缓缓语气:"我真的不知道叔叔在哪里,也许过几天他就回去了。"
  "胡说!"李凤华瞪着她,"你会不知道?不是你们捣鼓着他离婚他能有这个胆?你们害了我儿子还来害我!我不会放过你们的!"
  "是需要钱吗?"苏瑾慢慢靠近她,"我会给你,考虑下,要多少?"
  "一百万!"李凤华张狂地喊,"不,两百万!"
  "我没有这么多钱。"苏瑾一边和她周旋,一边注意她的手。因为太烫,她手里的火机已经灭掉,她没有察觉,还在那里叫嚣她这一辈子跟着梁树民吃了多少苦,所以这些钱是她应得的。
  "你把梁树民找来,他能躲我一辈子?这个孬种,我拿了这些钱还不是为了让他轻松些,我是为谁呀!全世界就我对他最好,他不明白吗?"李凤华号哭起来,"我的梁玮呀,妈妈就你一个儿子,你走的那么早,把你妈孤苦伶仃地扔世上……"

提到儿子,李凤华真正伤心了,在她注意力转移的时候,苏瑾一个箭步上前扣住她的手腕,大力一抖,让打火机落在地上。李凤华开始和她争夺起打火机来,她身形粗壮,蛮力又大,苏瑾很快就落了下风,被她掐住颈项。苏瑾拼命挣扎,却越发感觉呼吸困难。

电光石火间李凤华被拖开,苏瑾重新获得空气,大力咳嗽,好一会儿才缓过来。

是保安出现,救了苏瑾。

苏瑾感觉到一阵后怕。

"要报警吗?"保安问。

李凤华一怔,腿一软可怜兮兮地跪了下去:"别让警察抓我!苏瑾,你行行好,放了我吧!"

苏瑾迟疑了一下。

"她差点儿杀了你!"保安说,"要不是邻居通知我们,后果不堪设想。"

"求你了!"李凤华哭着,"我知道错了!我再也不敢了!"

苏瑾一时心软,挥挥手:"你走吧。"

"真的不报警吗?"保安再一次确认。

"让她走吧。"苏瑾筋疲力尽道,"我没有大碍。"

他们相互看一眼,无奈地说:"那你要小心。"

顾铮看到苏瑾颈项上那一圈青紫的勒痕,已经是第二天。那时他接她下班,她坐在副驾座上,颈项上戴了一条丝巾。顾铮随意地瞥了一眼,惊惧得一个急刹车,然后停在了路边。

他动手去解她的丝巾,声音又气又急:"怎么回事?到底是怎么回事?谁?"

苏瑾原本不想告诉顾铮,怕他担心,但他竟然察觉到,她只得把昨天晚上惊心动魄的一幕告诉他。其实一直到现在,她自己也在害怕。

"你居然没有报警!"顾铮愤怒了,"你差点儿被她烧死,掐死!"说到"死"这个字,顾铮不寒而栗,心脏的跳动陡然加快。

"我不是没事吗?"苏瑾宽慰地说,"我不想再陷入这种纠纷里,如果让媒体知道,又得狠狠地八卦一番!"

"苏瑾!"顾铮喊起来,"你这样是纵容她!"

"别气了!"苏瑾笑笑,"下次我会注意。"

"不行!"顾铮斩钉截铁地说,"你也住到我家去,这样安全点儿。"

"这怎么行？"苏瑾摇头，"梁宏在那里，如果让李凤华知道，他会很危险。"从昨天晚上的事来看，李凤华真的什么事都做得出来。

"那你呢？多危险！"一想到她昨天晚上遇到的事，顾铮就要抓狂了。她怎么可以这么淡定，这么无所谓，这么不当回事？他差一点儿就失去她——他害怕地一把紧紧地抱住她，声音哽咽了："为什么不告诉我？"

"昨天你有任务。"苏瑾拍着他的后背，安抚他惊惧的心，"我会保护好自己的。"

"不行，我要搬过来和你一起住。"顾铮说，"你不在我眼前，我会受不了的。"

"影响多不好！"苏瑾赶紧推开他，"保安不会放她进来了，放心，好不好？"

顾铮摩挲着她颈项上的勒痕，心疼不已。即使她只是轻描淡写，他也知道那有多凶险。

"让我照顾你。"顾铮温言地说。

"你一直都在照顾我。"

"你知道我什么意思。"

"顾铮……"苏瑾握住他的手，"小晚在等我们。"

顾铮没有再继续追问下去，心里生出了很多的失望。

顾铮和苏瑾走进这家两层的青石老房子时,露天小广场正在举行一场婚礼,这是一场怀旧的民国风婚礼,新郎穿中山服,新娘穿大红旗袍,他们站在一整排的合欢花树下,粉红色的合欢花像挂了满树的灯笼,随风轻轻摇曳,透着说不出的浪漫情怀。

"你的婚礼想在哪里举办?"顾铮温言问。

苏瑾莞尔:"琴台音乐厅。"

"音乐厅?"顾铮有些意外,"那种大红大金富丽堂皇、灼灼生辉的地方?"顾铮去听过音乐会,一进去就是一股欧范贵族气势。

"那里有个巨大的管风琴。"苏瑾说,"第一次看到的时候,觉得好神圣。"

"好吧,我答应你!"顾铮牵起她的手放在胸口,"一生一次嘛。"

苏瑾没有回答,她看向前面的那对新人,他们在为彼此念诗:

我曾经沉默地、毫无希望地爱过你,

我既忍受着羞怯,又忍受着嫉妒的折磨。

……

苏瑾没有想过婚姻。对于她来说那太遥远了,她觉得现在这样就已经很好,她跟顾铮有着彼此的空间,独立地生活,思念的时候通个电话或者见一面。婚姻给她的印象就是像母亲那样忙碌琐碎,日复一日、年复一年的柴米油盐,把整颗心都揉碎到家庭里。她没有这种心理准备,更害怕和顾铮的爱情被生活的琐碎消磨殆尽。她见过很多因为工作忙碌而离婚,或者为了要孩子而不得不放弃工作的员工。一想到这些,她就下意识地逃避。

她去参加了颜乔的婚礼,在教堂的西式婚礼,美得像童话。但过后呢?一场绚烂以后,就要去承担责任义务……把自由压榨得一点儿也不剩。

顾铮不太明白她为什么会回避这个话题,难道所有的爱情不都要一个结果吗?苏瑾在迟疑什么呢?但她不愿意提,他也就草草地收了尾。

今天是莫小晚召集的聚会,说她也许以后就要吃牢饭,现在得吃点儿好的,跟大家能见见也就多见见,免得以后只能探监了。

虽然她语气沮丧,但苏瑾觉得不用那么悲观,证据会还她一个清白。

"让顾铮把陈白也叫来吧。"莫小晚随意地说。

苏瑾笑了，故意问："不是最讨厌他吗？算了，还是不要让他来影响你心情了！"

"那个傻瓜竟然要送我去见唐柠。"莫小晚愤愤不平。

苏瑾一怔："唐老师还好吗？"

"我没有去。"莫小晚说，"平白无故地跑到他面前去有什么意思？根本也不喜欢他了……"

"那你喜欢谁？"苏瑾逗她。

"顾铮。"莫小晚爽朗地笑起来，"他竟然成为航空公司最年轻的飞行员，上高中时他成绩虽不算惨不忍睹，但也好不到哪儿去！"

"送你了！"

莫小晚停顿一下，认认真真地说："你可不要任性地弄丢了你的幸福。"

苏瑾沉默。

"这么多年我都看在眼里。"莫小晚继续说，"他是这世上最深情的男人了！"

苏瑾知道莫小晚说得对。他总是用最盛大的温柔包容着她，记得他们的每一个纪念日，记得她喜欢的颜色、喜欢的菜，害怕什么讨厌什么。起风的时候，他会送一件外套；下雨的时候，他会等在楼下；过马路的时候，他会走在左边；生病的时候，他会一直陪着她……他甚至会送爱心便当到她的公司，用绿豆拼成的笑脸总是让她的心暖得想要流泪。

恐怕再也没有人像顾铮这般善待她了，可她的心却总是充满了害怕，害怕幸福长出一双翅膀，突然地飞走了。

年少时的成长经历，铸就了她内心的不安全感。她懂，但是克服不了。

陈白走进餐厅的时候，没想到会遇到莫小晚，他又惊又喜，差点儿冲上去一把抱住她。她走了三天，对他来说简直就跟一个世纪那么漫长。一想到她见到唐柠，他们再续前缘，他的心都要呕出血来。其实，在看到她走进安检的时候，他就已经后悔了。

他恨不得扇自己一巴掌，就那样让她去见别的男人？

这三天他给她发了几条短信，故作轻松地问她到了吗、玩得怎么样之类，她都用"还好"来回答。

他整个人都掉进酸菜坛子里了，因为心情郁结，所以约了顾铮一起吃饭，他得吐槽一下莫小晚有多狠心。

"饿了！快吃！"莫小晚忽略他眼里闪动的狂喜——这就是她想要的效果了。要不也不会故意失踪三天，她就是要让他嫉妒、吃醋、抓狂、后悔。

"这里的杭州酥鱼不错。"顾铮往苏瑾碗里布菜，"香甜滑嫩，而且是用鳜鱼做的，没有鱼刺。这个是江南文火小牛肉，选的上等牛肉，对火候的要求也很高。吃起来入味醇厚，肥嫩多汁，还有股奶香……"

莫小晚没好气地打断他："跟你们俩吃饭我就是找虐，能别这么恩爱吗？"

陈白赶紧夹一筷子菜过去："这是地菜丸子，吃了通便！"

"噗——"莫小晚差点儿吐出来，气咻咻地丢还给他，"自己吃去！"

"看你这几天着急上火都长痘了，多吃点儿蔬菜……"陈白还在无辜地辩解。

莫小晚怒目相向，呵斥道："闭嘴！"

苏瑾和顾铮相视一笑。

"老白其实挺不错的，为你的案子鞠躬尽瘁！"顾铮打圆场，"莫小晚，你差不多就得了，一天到晚捏软柿子，想想你哪天进去了还得人家老白给你送牢饭！"

莫小晚气得把苏瑾碗里的菜给抢了过来："你是巴不得我进去吧？"

"顾铮最近都在帮忙搜集资料，还在调查罗绍辉和拍卖行老板的关系……"陈白啧啧地说，"我觉得顾铮应该去开个私家侦探社！"

"自然了！"顾铮也不谦虚，得意扬扬，"福尔摩斯我小学就看完了……"

……

吃完饭，苏瑾想留空间给莫小晚和陈白，拉着顾铮说去楼下转转。

"马上会有说书的表演！"顾铮朝前台看了一眼，这家餐厅是民国老宅，到处都是怀旧韵味。他第一次来的时候就觉得特别，想着也要带苏瑾来。

"我想出去走走。"苏瑾使个眼色给他，顾铮还是没有明白，却依然站起来。

"怎么就回来了？"等到另外两个人走开，陈白讪笑着问，"是不是发现他变得又老又丑，然后失望了？"

莫小晚白他一眼："怎么有点儿幸灾乐祸的感觉？"

"到底怎么样？"陈白臊眉耷眼地凑上去，"为什么回来了？"

"我没去。"莫小晚也不卖关子了。

陈白一怔，不由得问："为什么？"

"你说为什么？"莫小晚促狭地望着他笑，反问道。这个呆瓜，平日里那么聪明怎么就猜不出来原因呢？她在机场等到最后一个人上飞机，也没有等到陈白进来，心里很是火大。他算什么？是伟大的成全吗？在拿到唐柠的地址时，她发现自己其实并没有迫切地想要见到他——那些过往，在不经意间已经被尘封了起来。

陈白停顿了几秒钟才明白过来，他看到她的笑意，然后被巨大的幸福感包裹住，他一把握住她的手，她往回缩，他却握得更紧了。他没想到幸福来得这么快，没想到他终

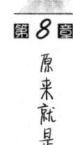

于精诚所至，金石为开，更没有想到前一刻他还在深渊现在就已经在天堂——这人生的大逆转，让他狂喜得快要昏过去了。

"松开。"莫小晚板起面孔。

"偏不！"他已经开始放肆了。

"臭不要脸！"

"没皮没脸，才能追到你！"陈白笑得眼睛都快眯成一条缝，"你掐我一下，看是不是真的？"

她毫不客气地在他脸上拍过去一巴掌："你就是在做梦，还是白日梦！"

"哈哈！"陈白狂笑起来，"这就对了，就是真的了！"

莫小晚"扑哧"就笑了。

事情就是这么简单，她爱上了一个人而不知晓，习惯了一个人而不自知，因为偶然的一件事，她突然察觉到，啊，原来就是他。那么，就简简单单地相爱吧。

Zhijian Hualiang Yi
Cheng Shang II

第 9 章
不说再见

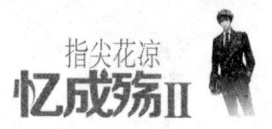

　　从法院出来的时候,梁树民颤抖着双手拿着离婚证,摸了一遍又一遍。

　　他真的从这噩梦一样的生活里解脱了。

　　法院今天审理他和李凤华的离婚案,陈白是他的代理律师。李凤华没有找律师,她一个人来的,看见梁树民就情绪激动地扑打过来,他们已经有一个多月没有碰面了。这段时间梁树民一直在养生馆做保健师,他肯吃苦又勤快,工作很快就上手。生活平静下来,他也会常常跟儿子见面,他们父子俩很久没有这样舒服地在一起了,只是吃个饭都让他快活。

　　庭审的时候,李凤华只是重复一句话,她不离。

　　陈白把他们婚姻这几年的经历介绍了一下,李凤华不仅不出钱给梁树民的儿子治病,还曾虐待他,使得孩子的性格变得阴郁内向……

　　法院当庭宣判梁树民和李凤华离婚。

　　李凤华一屁股坐到地上捶胸顿足哭天抢地:"梁树民,你这是要逼死我呀!"

　　苏瑾淡然地看着她,她不同情李凤华,如果她能够自省,那她也不至于走到众叛亲离的一步。

　　当李凤华的目光望向苏瑾的时候,她的仇恨找到了出口:"是你!我就知道是你!你不安好心,你不得好死……"

　　一连串的咒骂,苏瑾早已习以为常。顾铮扶住她的肩膀,把她带出法庭。

　　"她真是疯了!"陈白愤怒地说,"这是法院,又不是菜市场!"

　　"谢谢你们!"梁树民哽咽着说,"要不然我还不知道怎么摆脱她!唉,都怪我没用!"

　　"苏瑾——"顾铮欲言又止。

　　苏瑾知道他想说什么,他害怕李凤华会找她的麻烦,她宽慰地笑笑,说:"别担心,我不会有事。"

　　"我看要申请人身保护令!"陈白说,"为了安全,不能让李凤华接近你!"

　　即使这样,顾铮依然觉得心事重重,很怕李凤华还会做出什么事来。他想过给苏瑾换一个住所,但她没同意。她不想躲闪,这只会让李凤华更加嚣张。

　　送梁树民回养生馆后,顾铮和苏瑾去机场接林浩卿。已经两年没见了,他毕业后一直满世界飞,但他每到一个地方都会给苏瑾寄来一张明信片,当地的景色,几句问候——老朋友不用太热络，这样简简单单就够了。

"他还单着吗？"顾铮有些吃醋地问。即使林浩卿已经不构成威胁，顾铮还是会把他当成假想敌。在某些方面，他确实如苏瑾说的那样——幼稚。

"不清楚。"苏瑾莞尔一笑，"一会儿见到了问问。"

"这家伙对你会不会还余情未了？"顾铮没好气地问。

"顾铮！"苏瑾加重语气，佯装生气。

"好好好！"顾铮讨饶，"我不问了——他总给你寄明信片，怎么不寄给我？"

苏瑾无声地笑了。他就是个孩子，永远也长不大。

猛然间，他们的车尾被猛烈地撞击，气囊弹开的时候，顾铮感觉到车子失控地朝右边护栏甩过去，他下意识将方向盘朝左打死，拼命地踩住刹车。车子在高速路上横向画出一个半圆，然后戛然停在了高速路中央。

顾铮的头嗡嗡直响，昏沉之间拼命让自己清醒一些，他转身去看苏瑾，她被安全气囊弹昏，额头上有血渗了出来。

顾铮打开安全带，再把苏瑾抱到路边查看她的伤势，这时苏瑾已经醒来，看上去只是外伤没有大碍。他们的车子被后面一辆沃尔沃追尾，那辆车在撞过他们后又撞到护栏上，整个车头已挤压变形，更糟糕的是发动机漏油，已经有火苗蹿了上来，随时都有爆炸的危险。

顾铮让苏瑾马上报警，然后打开应急灯，再冲过去查看后面那辆车的人员情况。

苏瑾在他身后喊："顾铮！"

"你别过来！"顾铮厉声说，"尽量站远一点儿！"

苏瑾知道拦不住他，想也没想地就奔上前帮忙。

车里是一家三口，父亲坐在驾驶位置，母亲抱着孩子坐在后排座位上。顾铮打开后排座位的门，想要把母亲和孩子拖出来，但前排椅子变形，母亲的腿被卡在了下面，她疼得直流眼泪，哀求地说："救孩子，救救我的孩子！"

孩子四五岁，被母亲抱在怀里，已经失去意识。顾铮先把孩子抱出来交给苏瑾照顾，再去救母亲，到处都是碎玻璃，他用力扳动前椅，想要抽出母亲的腿，但纹丝不动。

"救我老公。"她眼里流露出绝望。

后面有车停了下来，见到车祸纷纷过来帮忙。此刻车前已经蹿起一米多高的火焰，苏瑾把孩子交给旁人，继续过来帮忙。

父亲被救了出去，但此时母亲还是没有办法挪动。

顾铮只好弓着身子钻进车里，车厢逼仄，浓烟滚滚，他把工具放在底座，想要撬起

车椅，但椅子太过牢固，几次用劲都徒劳无功。

"算了……"母亲气若游丝，"别管我了！"她知道车子快爆炸了。

"别怕。"顾铮安慰，"孩子需要母亲，你一定要撑住。"

她点点头。

顾铮再一次用力，有人从另外一个方向共同用力，终于撬开一条缝隙，苏瑾抱住她，把她从车厢里拖了出来。

"顾铮，快出来！"苏瑾焦急地叮嘱道。

苏瑾和众人合力把母亲抬到边上，还没有回头就听到"砰"的一声巨响，她的呼吸蓦然停滞，惊恐地转过身——熊熊火光已经把整个车子都吞没了。

苏瑾感觉到整个世界都在燃烧，巨大的痛楚让她发不出声音来，跟跄地朝前扑去——顾铮。

顾铮奇迹般地从火焰的另一边出现，在爆炸的瞬间，他扑到了车外，只因为在另一侧，苏瑾没有看到他——他把她吓坏了。

她悲怆地扑向他，嗓子里只能发出破碎、撕裂的哭喊声。他继而紧紧地回抱住因剧烈哭泣而颤抖的苏瑾。

"没事了，没事了。"他柔声地安慰。

她说不出话来，只是不停地哭，不停地哭。

救护车来了，交警来了。当他们检查那一家三口时，发现孩子已经没有了心跳。

母亲悲恸的哭喊撕裂了所有人的心："慧慧，慧慧！你睁开眼看看妈妈，你喊妈妈呀！"

事故的原因是孩子在后座上跳来跳去，父亲分神逗弄孩子，然后发生了追尾。

苏瑾和顾铮站在那里，看着哀伤的父母，泪如雨下。

生离死别是命运的失控，一旦偏离了轨道，就再也不能回头。

那场车祸让苏瑾的心情低落了很久，她总是会想起那个孩子来，她抱过她，她长得那么可爱，那么美，但短短几分钟，她就离开了这个世界。

她的心竟然生出一些可怖的念头——如果顾铮没有及时从车里出来，那么她会怎么办？她承受不了这种痛苦。她害怕，惊惧，夜里总是噩梦连连。

她没有了父亲，又没有了母亲，这个世界上她最爱的人都一个个离开了她，痛楚已经那么多，如果顾铮——她发现自己变得好脆弱，只要想想，就会流下泪来。

顾铮知道她情绪不好，越发多花时间陪伴她，他温柔地呵护，耐心地宽慰……可她的心却在不断地退缩。她在心里哭喊着：顾铮，分开吧！我很害怕，我害怕你会消失，害怕再去承受一次痛楚……

因为那么依恋，因为那么深爱，所以害怕会失去这一切。

不知道怎么去面对。

那个母亲悲伤的脸，总是在她眼前浮现。

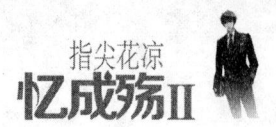

"看起来怎样？"莫小晚拉着苏瑾在自己的新画廊转了一圈。她发现苏瑾最近竟然瘦了一圈，面色憔悴，情绪不佳。

"还不错。"苏瑾环顾四周。罗绍辉已经认罪了，他和拍卖行老板已经不止一次联手把赝品当真品拍卖，获取了巨大的利润。他也承认，莫小晚并不知情，只是以为当作装饰品才会复制。莫小晚在洗清嫌疑后决定以后的画作都由她亲自出售——她在陈白的楼下开了一家属于自己的画廊。

"老白说以后他身兼两职，一是律师，二是画廊的小弟。"莫小晚心情愉悦地笑，"当初还觉得这个商务楼很破，没想到我竟然也在这里租了一间！"

"这叫夫唱妇随！"陈白转过身子插话道。

莫小晚白他一眼："你别想太远了，我还得给你十年八年的考察期！"

陈白一声惨叫："别呀，我才转正你就要打压我！"

顾铮戏谑地说道："要是画廊的生意好过律师行，我觉得你很有可能要被打压一辈子！"

"好吧，悉听尊便！"陈白一副"要杀要剐随便你"的模样。

林浩卿推门而入，手里捧着一束花，爽朗地笑道："怎么不搞个剪彩仪式？"

"我就是低调！"莫小晚大言不惭。

林浩卿把花递给她："祝贺你！"

莫小晚刚想去接，他却只递去一枝花，另外的一大束全部塞到苏瑾的怀里："是你喜欢的桔梗。"

"林浩卿！"莫小晚气恼地问，"你是来庆祝我开业还是借机见苏瑾？"

"见苏瑾。"他毫不掩饰。

"喊！"莫小晚知道他在开玩笑，把苏瑾手里的花抢过来，"正好有个空花瓶。"

林浩卿的手机响了，他看了一眼上面的名字，然后走到一边去接。

"在哪里呢？"电话那边的女声问。

"小晚的画廊开业，过来凑个热闹。"

"苏瑾也在？"

"在。"

"那好吧。"她的语气听不出情绪。

林浩卿停顿一下:"我很快就回去,来机场接我。"

"到时候看情况吧。"女声很傲娇。

林浩卿早已习惯,他知道虽然她每次都这么说,但她一定会出现在机场。他们没有多余的亲昵,也没有继续寒暄,简短地挂了电话,很普通的样子。

挂上电话的时候,他看到电话屏幕上"冯岚"的名字,有些发怔。他们的联系不多,不少,很随意,又像很刻意……这就是冯岚的性格。她很在意却要装作不在意,她很紧张却偏要表现出无所谓,他们像在捉迷藏,你退我进,我退你进——但冯岚已经是他女朋友了,他们在一起一年,却还没来得及告诉苏瑾。他怕一说出来,他们全都会追问前因后果,那是一个很冗长的故事,他从讨厌她,到喜欢她,连自己都没有察觉是从什么时候开始的。

她就是这样,偶尔发条短信,偶尔一句问候,又或者到他工作的地方来出个差。出差的时候他们会碰个面,就是简单吃个饭。那天她说她要去米尔大街开个会,他们却在塞纳河边遇到了。冯岚一个人,落寞地坐在露天的咖啡馆里——他突然间很心疼她。她是专门来见他的吧,就像那时候他被思念折磨的时候,也会找借口专门飞去波士顿,也像这样等着苏瑾。

他径直走向冯岚,然后说:"我知道有个更好的喝咖啡的去处,要去吗?"

"我考虑下。"冯岚淡淡地回答,她的眼眶却湿了。

林浩卿这次回来见苏瑾,冯岚也知道,她没有问什么,但她会适时地打个电话来。林浩卿在心里问自己,还喜欢苏瑾吗?他得承认,在见到她的时候,他的心依然澎湃起伏,但他已经能够很快地调整好自己的情绪,也能够淡然地面对她永远也不会爱上他的事实。

她把他当成好友、知己,但他的心里却藏着一个秘密。

于蓓蓓正在环球旅行,他们在罗马见了一面。其实他们俩认识很多年了,那时候他整天在于蓓蓓面前提到顾铮,他就是要激起她的好奇来。她那么天真,果然迷上了顾铮——他原本是想要和于蓓蓓一起破坏苏瑾和顾铮,当他发现这根本行不通的时候,就放弃了。没想到这个傻妞竟然一直坚持。他后悔极了,如果他不让他们认识,那于蓓蓓的人生,应该是另外一种样子吧。

他不知道于蓓蓓经过怎样的心路历程,才决定放弃,但他知道,那个过程很痛,很痛。

3

苏瑾和顾铮依偎在沙发上看电视,明明是一部喜剧片,苏瑾却很沉默。

十指相扣握在一起的双手,被她轻轻地挣脱开来。

顾铮停下来,抬手揉揉她的发:"不如我们去旅行吧?"

"不如我们分开吧。"苏瑾淡淡地说。

"为什么?"顾铮一怔,"就因为你看到了那样的场面?"

"我害怕……"苏瑾垂了垂眼,"我已经失去父母了,我怕……"

"因为害怕失去所以也不愿意拥有,你这是什么逻辑?"顾铮缓缓语气,"我知道你情绪不好,咱们去旅行散散心?"

"顾铮。"苏瑾的泪涌上来,"你不明白……"

"我懂!"顾铮抱住她,"你不能再失去了!你害怕再次面对痛楚!我向你保证,苏瑾,我一定不会有事,我们会白头到老,会一辈子在一起。"

"我不相信!"苏瑾的眼泪湿了他的衣襟,"这些天我总在做噩梦,梦见你摔下悬崖……"

"那是梦!"

"那个孩子……她前一秒还活着……"

"就因为这样,我们更要珍惜,更要好好地在一起。这个世界已经有那么多意外,谁也不清楚下一秒会发生什么,活着的时候就去做自己想做的事。"

苏瑾别转面孔:"不要逼我,顾铮,让我们冷静一下。"

"我给你时间,要多久?"

"我不知道。"

"一个月?一年?"

"我已经提交申请,打算回总部了!"苏瑾静静地说。

"没关系,我等你回来。"

"顾铮!"苏瑾挣脱他,"你不明白吗?我想要和你分开!我想要远离有你的生活!"

叔叔已经和李凤华离婚,他把梁宏接过去和他一起生活,这样苏瑾也放心了。她也没有想过自己会突然想要离开,只是这个念头一出现,就像野草一样疯长。

顾铮苦涩地说:"去留都由你决定,好吧——我们暂时分开。"

"不，别等我了。"苏瑾艰涩地说，"我不一定会回来。"

顾铮感觉到心朝着深不可测的夜色里惶惶然沉了下去，带着微微涌起的酸楚。

屋外突然传来一阵欢呼声，那是一场万众瞩目的足球赛，欢笑声，呐喊声，电视的声响，都透过未关严的窗扇漏进来，越发让他们沉默无言。

顾铮没有再和苏瑾争论下去，他无法理解她的想法，但他愿意去接受。

也许爱情就是这样，有一个人在等，就有一个人在找。

苏瑾接到叔叔的电话时，正从一场招商会现场出来，拿出手机一看，上面已经有几十个未接来电，她心里一惊，然后狂跳起来。叔叔这么急找她，一定是出什么大事了。

"梁宏怎么了？"刚一拨通电话，苏瑾就着急地问。

叔叔的声音急促颤抖："是李凤华，她要跳楼。现在顾铮在上面跟她谈，啊——小心！"

听到叔叔的惊呼，苏瑾眼前一黑，几乎站不住，手紧紧握住手机，轻声地问："顾铮他怎么样了？"

"我也不知道该怎么办，警察给我打电话我找不到你，就给顾铮打电话了。"叔叔在那边哭了，语无伦次地说，"算了，算了，我不跟她离了。我这一辈子反正也活这么大岁数了，就跟她过吧。"

"我是问你顾铮怎么了？"苏瑾毫无耐心，急躁地吼起来，"他到底怎么样了？"

"他没事。"

"你们在哪里？"

"保利花都。"

"让顾铮下来！"苏瑾命令道，"李凤华要死就让她去死！"她了解李凤华，她从来就是一个虚张声势的女人，她闹得这么厉害就是想要逼着叔叔就范。就因为这样，他们才一直被她压制着，她不想再去受她的胁迫了，要死要活那是她自己的事，她只要身边的人都好好的。

她很后悔上次没有听顾铮的，应该让李凤华去坐牢，现在竟然让她做出更加疯狂的举动来。这个女人，是没得救了。

挂上电话苏瑾就朝保利花都赶过去，正是下班高峰期，全城都陷入瘫痪样的交通里，每挪动一步都要数分钟，此起彼伏的喇叭声让整个世界都变得烦躁。苏瑾坐在车里心急如焚，保利花都在槐树街，离她现在所处的地方隔了一个区，照这样的速度她要赶过去至少得两个小时。她干脆下车，脱下高跟鞋赤脚往前面跑去。

风在她耳边呼呼地吹着，她听到自己的呼吸，感觉每跑一步心脏都在钻心地疼。泪水和汗水让她的眼前一片模糊，她想起十六岁时遇到顾铮时的情景，那个青碧的少年一直陪伴在她身边，他给了她那么盛大而隆重的一份爱，而她却总是在躲闪和逃避。她恨透了心里那个自私懦弱的自己，为什么总是要仗着他对自己的好而一次次地伤害他呢？

当她赶到槐树街的时候，看到在保利花都小区的工地上，围着大堆看热闹的人和警察，亮着车顶灯的消防车在一旁待命，防坠的气垫已经充好了气，铺在楼下。

仰起头来，她看到李凤华站在最高的那层平台上，背对着楼下。从这里看上去，她的身影像蚂蚁一样小。

前面的这一条马路是梁玮出车祸的地方，周边的房子已经拆迁，米粉店阁楼早已不存在。如今早已是大片空旷的建筑工地，陆续耸立起的一栋一栋居民楼，就像一片钢筋混凝土铸就的丛林。

李凤华选择这里，还真是令人感叹。

苏瑾刚穿过黄色的警戒线，马上就有警察拦住了她。

"我要上去！"苏瑾斩钉截铁地对警察说。

"你是谁？"

"苏瑾。"叔叔挤过来，"她一直喊着要见你。"

警察见苏瑾执意要上去，迅速地交代了几句。叮嘱她不能刺激李凤华，要和她周旋，保持一定的距离……苏瑾一个字也没有听进去，她现在只有一个目的，她要上去把顾铮带下来。

这栋楼没有完工，简陋的电梯四面都没有封起来，随着电梯缓缓上升，苏瑾感觉到风铺天盖地地灌了进来。

当苏瑾出现在李凤华面前的时候，她正坐在平台的最边沿处，脚朝外面耷拉着，双手抱着一根柱子，随时准备往下跳的样子。她头发散乱，面色晦暗，看到苏瑾便咧开嘴笑起来，表情狰狞可怖。

顾铮看到苏瑾，把她拉到身后，小声叮嘱："别靠近她。"

"跟我走。"苏瑾攥住他的手，"别管她！"

"都是你！"李凤华笑着喊起来，"都是你这个扫把星，害了我儿子，还要来害我！我就知道你没安好心，你一回来就把那小兔崽子接走，就是为了逼梁树民跟我离婚吧！就他那个胆子，他敢吗？你们还找律师，上法院……"

"你想怎样随便你！"苏瑾冷冷地看着她，"我已经不是小时候那个任你欺负的苏瑾了，当年梁玮明明是出车祸，你却逼着我跪在他的面前！你哄着叔叔和你复婚，却又对梁宏百般虐待！我接走他，你就一次次找我要钱！你想过你自己的所作所为吗？如果你做人有起码的良知，叔叔也不会非要和你离婚！"

"你闭嘴！"李凤华尖叫起来，"是你们！都是你们！"

她的身体往外面斜了下，引起楼下一阵惊呼。警察赶紧过来制止苏瑾："别再刺激

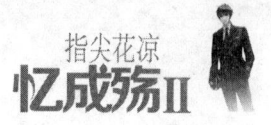

她!"

苏瑾轻蔑地笑了:"你跳,你跳呀!如果你真的敢跳,我佩服你!"

"苏瑾,苏瑾!"叔叔也急了,"别……别这样激她。"

"她敢吗?"苏瑾怒视李凤华,"像她这样的人最惜命,她舍不得!"

苏瑾示意顾铮和她一起走。顾铮迟疑一下,他接到叔叔的电话就赶来了,在这里和李凤华僵持了四个小时,虽然他从内心里厌恶李凤华,但关乎人命,他不敢大意。

眼看着苏瑾要走,李凤华大喊一声:"苏瑾!我死给你看!"

苏瑾头也不回,她拽着顾铮的手朝电梯缓缓走去,每走一步都感觉到千斤重。她知道这一场和李凤华的博弈非生即死,如果她跳下去,她会背负一条人命,但如果真的受她的要挟,那她这一辈子再也摆脱不了李凤华了。

这是最后的机会,她只能赌!

一秒,两秒……顾铮看着决绝的苏瑾,紧紧地握住了她的手。他看到她眼里的决心,也感受到了她内心的惶恐,他知道为什么在此时此刻她还要说话来激李凤华,她要在这里,和李凤华做最后的了结。

所有人都屏住呼吸,紧张地注视着李凤华。她绝望地朝身后看了一眼,闭上眼睛,在惊呼声里朝后仰了仰——在漫长的几秒后,她突然"哇"的一声大哭起来。因为她知道她输了,她即使真的跳下去,苏瑾也不会停下来。

李凤华瘫软地坐下去,旁边的警察眼疾手快地一把抓住了她。

顾铮看到苏瑾长长地松口气,她虚弱地靠在他胸前,顾铮抱着她,一下一下地拍着她的后背,像哄一个婴孩:"没事了,没事了!"

当所有人以为事情都结束了的时候,李凤华突然挣脱警察,疯了一样一头撞向苏瑾,由于惯性,苏瑾和李凤华朝着左侧摔下去,眼看着两个人都要摔出平台。几乎是同时,顾铮飞身过去把她们往旁边一推,自己没有站稳,直直地朝身后仰倒下去。

苏瑾惊惧地看着他摔下去,她伸出的手只能碰到他的衣角,然后看着他消失在眼前。

"不!"悲怆的喊声从心里撕裂开来,苏瑾不顾一切地朝前扑去,却被身后的手给拼命地拽住。她挣扎,歇斯底里地挣扎,但眼前一黑,整个人失去了意识。

5

偌大的机场，人来人往，苏瑾站在安检处，和莫小晚轻轻地拥抱。

"什么时候回来？"莫小晚在她耳边轻声地问。

"不知道。"离开，并不是她冲动所为，是她深思熟虑后的结果。是谁说过，深爱的人并不一定是最适合的人，顾铮爱她，可她不适合顾铮。顾铮需要的是像于蓓蓓那样单纯明亮的女孩，是能让他放松让他自由的女孩。她的身上背负了太多的痛，虽然她一直努力想要改变命运，但她没有办法停下脚步只是简单地生活。

她没有去经营一份爱情或者婚姻的勇气和时间。

能让她有安全感的是事业的成功，是能够自己掌握的一切。他们束缚了彼此，顾铮过得很辛苦，而她也很迷茫。

当顾铮为了救她纵身一跃的时候，她知道他们只能分开了，他连命也顾不上，这份沉重她负担不起。她害怕，也只有退缩。

顾铮摔下去的时候落在了气垫上，但因为楼层太高，他的头部脑震荡，一直到现在还住在医院里。苏瑾去跟他告别的时候，是在他睡着以后，她坐在他床边许久，看着他沉睡的脸，泪如雨下。他们一起走了这么长一段距离——这是她生命里最珍贵的记忆，是她足以缅怀一生的爱恋。她会在每一个晴朗的日子，想起顾铮最灿烂的微笑；她会在每一个下雨的日子，想起顾铮为她撑起的那把伞；她亦会在每一个起风的日子，想起顾铮披在她肩上的那件外套……即使是她执意要离开，她也知道自己放不下。她会用很长的时间来适应没有顾铮的生活，她会难过，会哭泣，会思念，也会在想起他的时候傻傻地微笑。

苏瑾一直是如此理智，即使知道自己会痛，还是选择了离开。

机场的广播里在催促苏瑾要乘坐的航班已经开始登机了，她环顾四周，看看这熟悉的城市，熟悉的朋友……

成熟的代价就是你明白了你想要怎样的生活——这是不是很残忍？

"她真的就这么走了？"看着苏瑾的背影，陈白忍不住扼腕叹息。

"这就是苏瑾。"不管她做什么决定，莫小晚都会支持她。只是没有想到，兜兜转转，她和陈白好不容易在一起了，苏瑾却和顾铮分开了。

"这就是相爱容易相处难吧。"陈白揽了揽莫小晚，"希望他们还能在一起。"

"谁知道呢！"

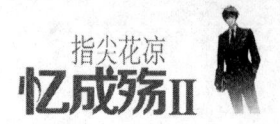

"不如我们回上海吧?"陈白突然说。

"去上海?"莫小晚惊讶地望向他,然后明白了他的意思。她的脸微微一红,心里有些慌乱,"这太早了吧,我们交往才多久?"她根本还没有心理准备要和陈白回家见家长,她也没有跟父母提过陈白。陈白还想要说服莫小晚,但看她态度坚决,也只能作罢。

三万英尺的高空,苏瑾看向外面的云层,她想起上次回国的情景。她坐着顾铮驾驶的飞机,她的掌心里还有他印上去的"想你"……那时候她满心的欢喜甜蜜,但再一次离开,却是在这样的境遇下。她知道在顾铮还没有康复前就离开,这对他来说不公平,但再拖下去,她怕她越发地没有勇气。

每每面对他,她都充满了复杂的情绪,难以平静。

何况,现在他的身边还有于蓓蓓。那个为了他穿越原始丛林的姑娘才适合一直陪在他身边,才是他最好的伴侣。可是……一想到有一天他和于蓓蓓也许真的会在一起,她就心如刀绞。

她只能缄默地看着窗外,然后逼着自己勇敢地走下去。

别了,顾铮。别了,我的爱。

她抬起手来,在玻璃窗上默默地写下一行字:我爱你,再见!

6

于蓓蓓把信交给顾铮的时候，他已经在长椅上发了很长时间呆了。前面的草坪上有几个玩耍的孩子，他们在重复做一件很无聊的事，把满地的落叶一片片捡起来放到一个小坑里去。他们来来回回地跑，像是做着很有意义的事。顾铮淡淡地笑了，对于别人来说毫无意义的事，只要自己觉得开心就可以了。所以他会一直等下去，等到有一天他不想再等，那时候他会放弃吧。昨天苏瑾来的时候他知道，但他亦知她选择在这个时间来就是不希望面对他，所以他一直假寐。他听到苏瑾说抱歉，听到她说她要走了。

他仿佛听到他的心盛着满满的爱从高处落下来，摔得粉碎的声音，他无力拼凑，因为到处都是疼。他的手微微蜷缩起来，指尖扎进掌心，硬生生逼退了眼泪。

既然她已经做了决定，他就放她走吧。

原来爱一个人是没有底线的，他愿意在这里等，就像他曾经承诺过的那样，等她累了回来的时候，他只希望让她好好吃个饭好好睡个觉。

"这是她给你的信。"于蓓蓓坐到他旁边。她看着他深邃的眼睛，就像阳光下的黑海，碧蓝清澈。她是在大马士革知道顾铮受伤的事，许霖讲得很简单，顾铮从楼上摔下来了。她一听就急了，订了最快的航班返回了国内。到了医院她才奇怪地发现，苏瑾竟然很少来看顾铮，他们的感情似乎陷入了低谷，她不知道是不是该开心。她希望顾铮快乐，但又知道能让他快乐的人只有苏瑾。即使在外面的世界晃荡了一大圈，遇到那么多人，看过那么多风景，她的心依旧是孤单和寂寞的。

周围再喧闹繁华，因为少了一个人，狂欢也不过是一群人的孤单。

她每天都来看顾铮，她陪着他做检查，守着他打吊针，她给他削水果也给他念报纸。她说："顾铮，你不要有负担，我只是来看看你，像朋友一样。等你康复了我就消失。"

她知道自己傻，好不容易离开又重新回到原点，但越走越茫然，越走越思念，回来看到顾铮，她的心就平静了下来。

顾铮握着信，很久也没有动。

"不看吗？"于蓓蓓轻声地问。

"我知道她想说什么。"顾铮看了看天空——那是一匹最干净的孔雀蓝绸缎，连一丝云也没有。苏瑾此时已经离开了吧。他们之间连道别都没有，这样也好，不说就没有改变。永远不说，就永远没有改变。

指尖花凉 忆成殇 II

他的双手轻轻交握起来，就好像握着苏瑾的手。

于蓓蓓看着顾铮，他的唇边露出一丝倔强温暖的笑容。这让她想起了年少时的顾铮，即使从未遇到过青春时的他，她也知道，那时的他一定就是这样望着苏瑾的吧。

不管她走多远，走到哪里，他的目光都会追随着她，一直，一直。

仰望着天空，顾铮在心里一遍又一遍默默地重复着：我爱你，再见！

我爱你，再见！

——本季完——

后记

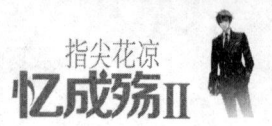

一、后来的故事

坦白地说,写第一季的时候,我并没有想过还要写第二季。对于我来说,一个故事完结,会让我的心情在很长一段时间内不能平复,因为我总是会把自己代入故事里,我在想,如果我是她,如果我是他……会怎么想,怎么做,怎么选择?我的内心也如同经历了他们一样的波折,感到极度疲惫——这就是所谓的入戏吧。

我要不断地调整自己,才能让自己从这个故事里走出来,才能让心情恢复平静。

但是,《指尖花凉忆成殇》完结两年了,我却常常想起苏瑾和顾铮来,他们因为不得已的理由分开了,那么以后他们还会遇见吗?明明是彼此喜欢的人,却要分开,这真的是最最残忍的事。

微博上,读者群里,也会时不时地有读者来问,《指尖》会出第二部吗?

我不知道,我确实没有想过。

有一天,编辑蓝曦悦同我聊天,她说我这么多作品中,她还是最喜欢《指尖花凉忆成殇》。我自然很是得意,然后她突然又有些遗憾地说道:"也不知道飞到美国之后的苏瑾怎么样了?"我当时心里顿了一下,是啊,这个故事的结局是开放性的,那么……

这时候,编辑也刚好问道:"有没有可能写第二部呢?"

我愣了一下,然后立刻就应下了。原来我也放不下苏瑾,放不下顾铮……成长在继续,命运也在驱使着他们。他们变成什么样了?又会发生什么?选择了什么?

我很开心,我能够继续写下去,能够静静地思考他们长大后的模样。

二、不完满的结局

在着手写第二季前,我和小编用了大段的时间讨论。在人物性格、故事走向等方面,我们都能友好和平地商榷,但在最后结局的地方,我们有了严重的分歧。

我更愿意给他们一个大团圆的结局,就像所有的童话故事那样,王子和公主幸福地生活在了一起。这也是我的私心,我舍不得让我的"孩子们"继续受伤和分离……但是蓝曦悦说,苏瑾和顾铮的性格差距太大,所处的环境也已经变化,从更理性和现实的角度来分析,他们很难走到一起。

好吧,我承认她说得对。

苏瑾就是太理性了,她很清楚地知道自己想要什么,也很明白自己该做什么。她骨子里特别没有安全感,而这种安全感不是顾铮能够给的,是要靠她自己获得的。

她只能不断地努力,就好像是一种惯性,停不下来。

即使她很想要跟顾铮在一起,但她不愿意背负他的命运,她怕自己负担不起,会有沉重感。

理性如苏瑾，她选择了放手。

三、让人心疼的她们

第二季里，我写得最艰难的其实是苏瑾和顾铮谈恋爱的片段。我一直想象不出像苏瑾这样沉静的女孩谈起恋爱来会是怎样：她不会撒娇，不会使小性子，甚至连依赖也谈不上，她和顾铮在一起的时候会做些什么？

我想了很久，头都想大了。

后来，我明白了，其实恋爱不一定非要轰轰烈烈的，她和顾铮在一起就是自然而然的事，就是如顾铮所说，希望累了的苏瑾回来，能好好吃饭好好睡觉。他们已经长大了，有各自的生活，有各自的事业，恋爱已经融入生活的细枝末节里，一条短信，或者一个电话……平平淡淡，现世安好。

只是这样，仅仅是这样，已经足够了。

你在我身边，就已经很好。

当然，在这段感情里，顾铮付出的更多，这也是他的性格使然，他就是那种爱一个人，就豁出所有的男生。

在第二部里，我加入了一些人物，也有第一季里人物的延伸。于蓓蓓是我所喜欢的一个姑娘，她在第一季最后出场，寥寥数笔，塑造出的只是一个活泼开朗的女孩。

小编说，于蓓蓓可以是一个很出彩的人物，但是千万不要写成"傻白甜"式的女孩。不过，最后写出来的于蓓蓓看起来是有点儿"傻"，可是这种傻里却藏着大豁达大智慧，她死乞白赖地跟着顾铮，却没有一般女二号的嫉妒和刁难，相反她还几次出手站在了苏瑾这边。

她说，如果你不打算为爱做点儿傻事，你就不配拥有爱。

这种傻气，令我动容。

她不是一个任性的大小姐，她只是为爱不顾一切，这种"傻"其实就是用情至深。她看上去大大咧咧，没心没肺，但她却百折不挠地爱着，即使明知道根本没有机会，却也跟随着自己的内心。她活得那么率性，那么真实。

特别是在顾铮失去联络时，她前去找他，她的"傻"震住了所有人。

我相信，顾铮心里一定给这个女孩留着位置，即使无关爱情。

说完于蓓蓓，我们再聊聊冯岚。

她是第二季里新出场的人物，她的家庭背景和苏瑾有些类似，出身贫困，一切都得靠自己打拼。但她却是一个小小的反派，即使知道教授的阴谋也不愿意帮助苏瑾，一方面她嫉妒苏瑾，另一方面她选择明哲保身。

其实我挺心疼她的，她就是那种嘴硬心软、虚张声势的姑娘。那么喜欢一个人，却非要让对方讨厌自己——因为她害怕，不想被看透。

她出于本能保护自己，不惜伤害了身边的人。但其实她的内心柔软极了，我想，林浩卿也是发现了这一点——当他看到她落寞地坐在咖啡厅的身影时，他的心被打动了。

并不是非要开口表白，一直说喜欢，才是真正的喜欢。

什么也不说，只是默默地靠近你，凝视你，这也是一种喜欢。

有些姑娘，只会用这样的方式，所以，我很心疼压抑而孤单的冯岚。

四、这不是结尾

苏瑾和顾铮再一次分离了。

这一次，不仅仅是命运的驱使，更多的是自己的选择。

我让他们自己做出了选择，长大后的苏瑾——她可以自己主宰自己的生活了。

有伤感，有遗憾，有不舍……但她的理智让她放弃了另外的可能，再一次背井离乡。

长大真的是一件很无奈的事，因为长大代表着成熟，你想得越来越多，再也没有青春时期的那种果敢和洒脱，即使痛彻心扉，也要去割舍和放弃。

写完第二季，我的心里很难过。他们又分开了，他们为什么还要分开……我怎么可以这样残忍？但顺着故事，它就这么发生了。

好吧，我安慰自己，我只是说苏瑾离开了，并没有说他们分手了。他们还爱着彼此，既然有爱就会有奇迹，也许他们在未来还会相遇，还会有故事继续。

时光不停，他们还在成长——

意林品牌书系推荐

意林女生文学·《小小姐》品牌书系　中国女生文学第一品牌、纯正、阳光、向上、优质女孩必选文学读物

萌灵小说系列

书名	价格
《悠莉宠物店Ⅰ》	18.80
《悠莉宠物店Ⅱ》	18.80
《悠莉宠物店Ⅲ》	19.90
《悠莉宠物店Ⅳ》	19.90
《悠莉宠物店Ⅴ》	19.90
《封印之书·九尾狐》	19.80
《封印之书·独角兽》	19.80
《玛丽晴异闻录》	19.90
《薇妮天使旅行》	19.90
《苍岛有风①·人鱼过境》	19.90

冒险励志系列

书名	价格
《迷藏·海之迷雾》	18.80
《迷藏Ⅱ·月影迷踪》	19.90
《花与梦旅人Ⅰ》	19.90
《花与梦旅人Ⅱ》	19.90
《花与守梦人①·大公的苏醒》	19.90
《花与守梦人②·占星师的眼泪》	19.90
《萌侦探纪事Ⅰ》	18.80
《萌侦探纪事Ⅱ》	19.80
《萌侦探纪事Ⅲ》	19.90
《萌侦探纪事Ⅳ（大结局）》	19.90
《迷宫街物语》	19.90
《艾蜜儿宇航日记》	19.90

幸福蔷薇系列

书名	价格
《蔷薇少女馆Ⅰ》	18.80
《蔷薇少女馆Ⅱ》	18.80
《蔷薇少女馆Ⅲ》	19.90
《蔷薇少女馆Ⅳ》	19.90
《蔷薇少女馆Ⅴ》	19.90

浪漫古风系列

书名	价格
《七寻记Ⅰ》	18.80
《七寻记Ⅱ》	19.90
《七寻记Ⅲ》	19.90

果绿年华系列

书名	价格
《蝴蝶飞过旧时光》	19.80
《第一女执政官》	19.90
《风之少女琪琪格》	19.90
《霓裳小千金》	19.90
《两生花开时》	22.00

月舞流光系列

书名	价格
《前方江湖请绕行》	19.90
《三色堇骑士之歌》	19.90
《守望彼岸星海》	19.90

萌淑女驾到系列

书名	价格
《萌淑女驾到之美女训练营》	19.80
《萌淑女驾到之天使候补生》	19.80
《萌淑女驾到之人鱼的信奉》	19.90
《萌淑女驾到之天鹅公主成人礼》	19.90

星愿大陆系列

书名	价格
《星愿大陆①：天命巫女》	19.90
《星愿大陆②：白银蔷薇》	19.90
《星愿大陆③：幻月手杖》	19.90
《星愿大陆④：永恒星钻》	19.90
《星愿大陆⑤：夜之王子》	19.90

浪漫星语系列

书名	价格
《处女座：完美年华初相见》	20.90
《天蝎座：假面黑桃Q》	20.90
《双子座：闯进你的孤单星球》	20.90
《巨蟹座：追梦的水晶鞋》	20.90
《天秤座：优雅走过下雨天》	20.90
《白羊座：裙摆是花开的地方》	20.90
《摩羯座：寄给青春一座城》	20.90

淑女风尚馆·气质养成系列

书名	价格
《我要我的淑女范儿》	18.80
《优雅女孩的秘密》	18.80
《清新森女在路上》	18.80
《俏女孩的甜美主义》	18.80

小MM迷你爱藏本

书名	价格
《蝴蝶停在十六岁》	18.80
《焦糖玛奇朵天使咒》	18.80
《那一年，花开半夏》	18.80
《雨季微凉时》	18.80
《只穿一天公主裙》	18.80
《月色银蔷薇》	18.80
《傲娇公主的美丽回旋》	18.80
《花田明月照年少》	18.80

重磅作家系列

书名	价格
《薄荷香女孩》	19.80
《不说再见好吗（上）》	17.90
《不说再见好吗（下）》	17.90
《风走过树林》	17.90
《忆棠的夏天》	17.90

唯美新漫画系列

书名	价格
《钢琴小淑女（第一季）》	17.90
《钢琴小淑女（第二季）》	17.90
《钢琴小淑女（第三季）》	17.90
《钢琴小淑女（第四季）》	17.90
《最佳女主角（第一季）》	18.80
《七寻记·鎏金龙纹镯（漫画版）》	15.00
《七寻记·夔龙黄玉佩（漫画版）》	15.00
《天鹅座·鹅黄》	18.80
《天鹅座·柳青》	18.80
《天鹅座·冰蓝》	18.80
《天鹅座·禧红》	18.80

绘色缤纷系列

书名	价格
《淑女绘·花的学校》	22.00
《淑女绘·童话诗人》	22.00

《淑女绘·雪花的快乐》	22.00	**班花朵朵系列**	
日光倾城系列		《班花朵朵①·我是艺术生》	20.90
《巧克力色微凉青春Ⅰ》	20.90	《班花朵朵②·电影初体验》	20.90
《巧克力色微凉青春Ⅱ》	20.90	《班花朵朵③·偶像保卫战》	20.90
《浅蓝色时光舞步Ⅰ》	20.90	**小MM四周年主题书**	
纯美小说系列		《现在是女生时代!》	28.80
《少女果味杂志书①：甜心草莓号》	14.80	《现在是女生时代!②·我们闺蜜吧》	28.80
《少女果味杂志书②：蜜桃慕斯号》	14.80	《现在是女生时代!③·女生都是小怪物》	28.80
《少女果味杂志书③：焦糖布丁号》	16.80	**欢乐联萌系列**	
《少女果味杂志书④：香草海绵号》	16.80	《养只萌呆镇镇宅①》	19.90
《少女果味杂志书⑤：可可森林号》	18.80	《养只萌呆镇镇宅②》	19.90
《少女果味杂志书⑥：果果米苏号》	18.80	《养只萌呆镇镇宅③》	19.90
《少女果味杂志书⑦：香橙泡芙号》	18.80	《养只萌呆镇镇宅④》	19.90
《少女果味杂志书⑧：樱桃芝士号》	18.80	《养只萌呆镇镇宅⑤》	19.90
《少女果味杂志书⑨：蓝莓布朗号》	18.80	《萌师上线，顽徒请签收①》	19.90
《少女果味杂志书⑩：薄荷方糖号》	18.80	**天使在身边系列**	
《少女果味杂志书⑪：樱花紫苏号》	18.80	《路过心上的哈士奇》	20.90
《少女果味杂志书⑫：柠檬红茶号》	18.80	《当心！浣熊出没》	20.90
蝴蝶蓝系列		《萌动之森①·雪地精灵伶鼬》	20.90
《蝴蝶蓝（第一季）·千面桃花姬》	19.90	**公主天下系列**	
《蝴蝶蓝（第二季）·紫莲山庄》	19.90	《清河公主·洙宛传》	22.80

《意林·轻小说》·轻文库品牌书系　引领校园小说阅读新潮流

绘梦古风系列		《后天男神Ⅱ》	25.00
《公主驾到》	23.80	《世界第一的公主殿下Ⅰ》	23.80
《花颜错》	23.80	《世界第一的公主殿下Ⅱ》	23.80
《山寨世家》	23.80	《挥手告别小时光》	23.80
《倾世迷迭书》	23.80	《少年站在云之彼岸》	23.80
《凤九卿（一）》	23.80	《我的青春，以你为名①偶像来了！》	23.80
《凤九卿（二）》	23.80	**奇幻仙境系列**	
《凤九卿（三）》	23.80	《彼渡少年与妖怪契约》	23.80
《凤九卿（四）》	23.80	《神典·末夜公主》	23.80
《美人千千泪西楼》	23.80	《御灵骑士团·诺茵与彩狸》	23.80
《郡主驾到·壹》	24.00	《逆世之瞳》	23.80
《郡主驾到·贰》	24.00	《玫瑰帝国·荆棘鸟之冠》	25.80
《木兰帝（上）》	23.80	《玫瑰帝国·黑羽蝶之翼》	25.00
《木兰帝（下）》	23.80	《玫瑰帝国·白蔷薇之祭》	26.80
《俏娇小仙闹皇宫》	23.80	**暗影迷踪系列**	
《连城赋（上）》	23.80	《终极推理事件簿》	22.80
恋之水晶系列		《超级学园探案密码》	22.00
《致淡玫瑰色的你》	22.80	**新炫武侠系列**	
《宁负流年不负君》	22.80	《邻家武圣》	23.80
《世界第一的假面殿下》	25.00	**星光璀璨系列**	
《脱线萌星易容记》	25.00	《轻星球·仙女星云号》	19.80
《指尖花凉忆成殇》	22.00	**灵气少女系列**	
《欢歌犹在意微醺》	22.00	《星有灵犀遇见你》	20.80
《见习保镖呆呆兽》	25.00	《萌熊改造计划》	20.80
《可可少女梦想纪》	25.00	《守护极速甜心》	20.80
《后天男神Ⅰ》	25.00	《元气星女倾城记》	20.80

轻轻闪耀吧，少女成长史中第一缕青春的霓虹

轻文库品牌·青春潮流读物·轻小说原班人马开心打造

夏日清晨的微光透过透明的蝉翼，
床头边飘来淡淡奶茶的小香气，
栀子的清香拥抱了棉布床单和陪你长大的毛毛熊。
衣柜里淡蓝色的连衣裙已迫不及待地停在掌心，
镶着小水晶的米白色鞋子也悄悄增加了小高跟，
对着穿衣镜轻快旋转，旋转着仰起微笑的脸庞，
藏好那本写了多少憧憬和期盼的带锁日记，
推开门啊，少女！
向青春说声hello，
向最梦幻的年华丢去一个自信的眨眼，
你的青春，会钻进我们的每一个句子，写进我们的每一本书……

恋之水晶系列

《我的青春，以你为名》偶像来了！
最新速递·首部追星浪漫小说
超值价：23.80元

《后天男神》（I、II、III）
白金畅销·王子篇
超值价：25.00元/本

（封面以实际出版为准）
超值价：26.80元

《世界第一的公主殿下》（I、II）
女生必读·公主篇
超值价：23.80元/本

《世界第一的假面殿下》
超值价：25.00元

暖心私藏
超值价：23.80元/本

《公主病》	20.80	《迷迭香在青春里绽放》	19.80

轻舞飞扬系列		**私人定制少女馆**	
《毛毛熊的浪漫樱花雨》	19.80	《恋恋星煌十二宫》	25.00
《发梢轻绾茉莉香》	19.80	《守护十二生辰石》	25.00

《意林·小文学》品牌书系　　阳光阅读·快乐写作

成长物语系列		**爆笑学园系列**	
《艾丽鲨半成年》	19.90	《鬼马女神捕①：绝密卧底（上）》	14.80
《换双翅膀飞翔》	19.90	《鬼马女神捕①：绝密卧底（下）》	14.80
《琥珀青春》	19.80	《鬼马女神捕②：绝命预言（上）》	14.80
魅力悦读系列		《鬼马女神捕②：绝命预言（下）》	14.80
《程家兄妹·永不毕业的少年》	19.90	《天神学院·魔女见习生》	19.90
幻之星球系列		**动物奇缘系列**	
《地球假日①：寻找洛神》	19.90	《萌兽报到，请多关照》	19.90

意林青少年国际大奖小说系列（少年励志正能量丛书）　总统的选书标准，世界级童书大奖获奖作品

国际大奖小说系列		《沼泽女孩》	25.90
《鲸武士》	22.90	**一生必读的经典名著系列**	
《囧男孩日记》	19.90	《80天环游地球》	19.90
《阿萨的心事》	14.90	《海蒂》	16.90
《冬天的小木屋》	12.90	《吉卜林动物故事集》	16.90
《河豚少年》	12.90	《木偶奇遇记》	15.90
《林克的流浪之旅》	13.90	《青鸟》	15.90
《墓地低语》	16.90	《森林王子》	12.90
《铅十字架的秘密》	19.90	《所罗门王的宝藏》	16.90
《少女骑士变身记》	22.90	《汤姆·索亚历险记》	15.90
《雪橇犬之歌》	14.90	《小飞侠彼得潘》	16.90

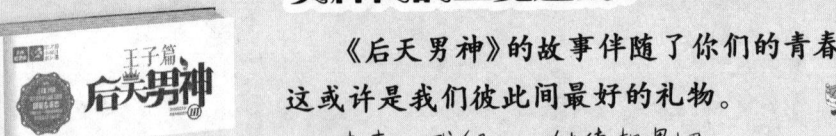

后天男神三部曲　甜蜜&虐恋引爆最终回
——男神间的卫冕之战！

《后天男神》的故事伴随了你们的青春，
这或许是我们彼此间最好的礼物。
未来，我们——继续相遇吧。

随书赠送精美同学录：
《男神女神，青春万万岁》

定价：26.80元

单本定价：25.00元

钱小芙，如果早知余生的每一天都不再有你，
我一定不会放开你的手。
陆铭熙，如果早知所有美好都将化作尘埃，
我宁愿从未遇见你。